ROMAN EHRLICH

VIDEOTIME

FAMILIENROMAN

S. FISCHER

MIX
Papier | Fördert gute Waldnutzung
FSC® C083411

Erschienen bei S. FISCHER

Satz: Denise Sterr, Dornbirn
Druck und Bindung: CPI books GmbH, Leck
ISBN 978-3-10-397197-2

00:00'00"

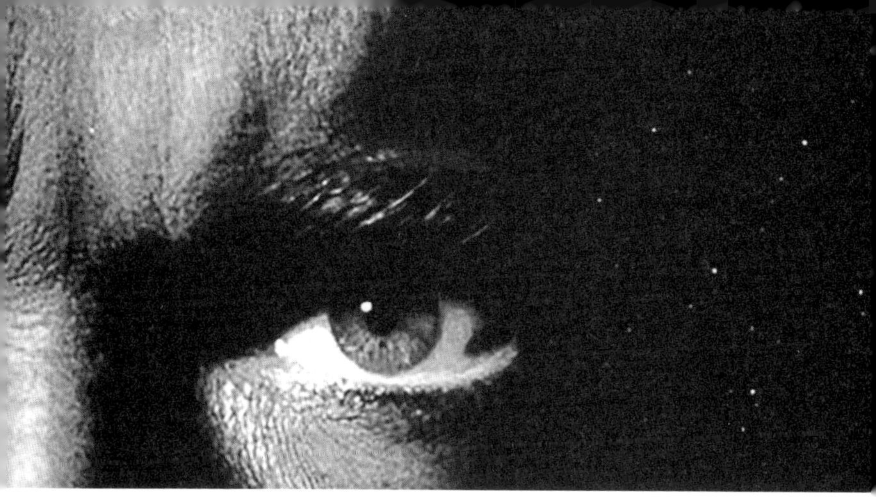

Die Verleihvideothek *Videotime* ist aus der fensterlosen Blechbaracke, in der mein Vater und ich sie jahrelang aufgesucht haben, verschwunden. Der große Schriftzug auf dem Dach, der abends von zwei Baustrahlern angestrahlt wurde und verheißungsvoll leuchtete, wurde abmontiert. Die separaten Eingangstüren für Familien- und Erwachsenenvideothek sind verschlossen.

Auf dem Parkplatz vor der Blechbaracke, die jetzt eher aussieht wie ein Lager für Maschinenteile, in der ich mir aber gerne noch einen ähnlich magischen Ort vorstellen möchte wie den, den ich jahrelang mit meinem Vater besucht habe – ein Noctarium vielleicht oder ein Labor zur Aufzucht psychoaktiver Pilze –, ist ein verbeulter Container für Bauschutt abgestellt, aus dem oben Fetzen blauer Müllsäcke herausragen, die im leichten Wind, der über den Parkplatz geht, leicht rascheln. Ein alter Passat mit abgeschraubten Nummernschildern ist in einem halbschattigen Winkel des Platzes zwischen Gestrüpp, das aus den Rissen im

Asphalt wächst, permanent geparkt. An einen Baum gelehnt stehen ein paar rostige Fahrräder aneinandergeschichtet und mit einem langen Stahlseil zusammengeschnürt.

Die Einfahrt zum Parkplatz vor der fensterlosen Blechbaracke der ehemaligen Verleihvideothek geht von einer verkehrsberuhigten Wohnstraße am Stadtrand ab. Das Leuchten des *Videotime*-Schriftzugs war von der Straße aus von Bäumen und Hecken und Wohnhäusern verdeckt. Erst wenn man in die Einfahrt zum Parkplatz einbog, leuchtete einem das angestrahlte Schild entgegen. An der Straße selbst wies nichts auf die Videothek hin. Man musste schon wissen, dass sie da war.

Mir erschien das angestrahlte Schild auf dem Dach der Baracke, wenn mein Vater und ich mit dem Auto absichtsvoll und zielgerichtet in die Einfahrt einbogen, um auf den Parkplatz zu fahren, jedes Mal aufs Neue wie die feierliche Versicherung, dass die Videothek noch da war, für uns, ihre Stammkundschaft, dass sie geöffnet hatte, dass noch mehr neue Filme eingetroffen waren, die ausgeliehen und zu Hause angeschaut werden konnten. Ich war jedes Mal wieder in aufgeregter Erwartung, wenn mein Vater den Blinker setzte, um von der verkehrsberuhigten Wohnstraße in die Einfahrt abzubiegen, und euphorisch, nervös gespannt, wenn uns der Schriftzug nach dem Abbiegen entgegenleuchtete.

Ich erinnere mich an den Innenraum unseres Autos, die verkehrsberuhigte Wohnstraße vor der Windschutzscheibe im gelben Licht der Straßenlaternen, das in einzelnen, langgezogenen Reflexen über die Motorhaube wanderte. Innen die schwach leuchtenden Armaturen, mein Beobachten der lenkenden Hände meines Vaters aus dem Augenwinkel, vom vorüberziehenden gelben Licht der Laternen durch die Scheibe beschienen, pulsierend in diesem Licht, als dränge es von innen gegen die Haut. Mein Wissen, dass etwa zwanzig Meter vor der Einfahrt der Mittelfinger der linken Hand meines Vaters den Hebel nach oben schieben und ein grüner Pfeil zwischen Tacho und Drehzahlmesser aufleuchten würde. Sofort auch das akustische Signal des Blinkens, das elektronische Klacken, dessen kalte Bestimmtheit mir immer angenehm war, weil es das Abbiegen mit jeder Wiederholung zwingend einforderte und ein Vorbeifahren an der Einfahrt, wenn der Blinker einmal gesetzt war, sicher ausgeschlossen werden konnte.

Später ist mir aufgefallen, wie dieses Klacken in seiner rhythmischen Unnachgiebigkeit in verschiedenen Filmen eingesetzt wurde, um auf dramatische Weise menschliches Versagen oder gescheiterte Versuche des Entkommens zu inszenieren. Wenn zum Beispiel nach schweren Unfällen oder Drive-By-Shootings nur noch dieses monotone, unbeirrte Klacken des Blinkers im stehenden Fahrzeug zu hören ist, ohne Musik oder Hintergrundgeräusche, Signalgeber für einen Abbiegevorgang, der niemals stattfinden wird.

Auf meinem Schoß befanden sich auf diesen Fahrten die neutralschwarzen Plastikhüllen mit den zurückzubringenden VHS-Kassetten darin, die wir beim letzten Mal ausgeliehen und zu Hause angeschaut oder zumindest auf Leerkassetten überspielt hatten, um sie der umfangreichen Piratenvideothek meines Vaters hinzuzufügen. Für diese Raubkopiervorgänge hatte mein an sich vordergründig weitestgehend gesetzestreuer Vater, der als Vollzugsbeamter im Mittleren Dienst in der Justizvollzugsanstalt am Stadtrand angestellt war, vom befreundeten Fernsehtechnikermeister Bernd Letterau eine Kombination aus Abspiel- und Aufnahmegeräten in den heimischen HiFi-Schrank eingebaut bekommen, die hochwertig und zuverlässig waren, aber vor allem alt genug, um den Kopierschutz auf den Leihkassetten zu umgehen, da sie ihn wohl schlicht noch nicht erkannten mit ihren alten Abtastköpfen.

Letterau spielte im selben Verein in der Ü40-Herrenmannschaft Tennis, in dem mein Vater sowohl ehrenamtlich als Platzwart tätig war als auch regelmäßig meinen Bruder mit harten Drills trainierte, zu der Zeit, in der mein Bruder als Kind und Jugendlicher überregionale Hoffnungen geweckt hatte, von einem Sportausstatter mit Ausstattung gefördert wurde und geringe Summen bei Preisgeldturnieren gewann, was die Hoffnungen, die Ambitionen und die Erwartungen vor allem meines Vaters mit jedem Erfolg ein wenig steigerte und sich wiederum in noch härterem, anspruchsvollerem Training niederschlug und schließlich in eine Stressfraktur im Schlagarm meines Bruders mündete, die ihn wochenlang außer Gefecht setzte und hinterher nie wieder zu alter Form zurückfinden ließ, zu dem erbarmungslosen Durchschwingen ohne Angst, das seinen Spielstil von Anfang an geprägt und seine Gegner eingeschüchtert hatte.

Die Videothek war ein Raumschiff, das in der Kleinstadt, in der Wohnsiedlung am Stadtrand, gelandet war. Und es brachte den Kleinstadtbewohnern Nachrichten aus phantastischen Welten: fremde Orte, verstörende Bilder, Gewalt, Sex, Sternenkrieg, Dinosaurier, schnellen Witz und unendlichen Verweisreichtum, den ich nicht fassen konnte, vielleicht nie würde fassen können und umso mehr angezogen wurde, zurückwollte, mehr schauen, mehr gezeigt bekommen, was sich anderswo abspielte, wo der Verkehr nicht beruhigt war und das Leben entsprechend entfesselt.

Der Schatten, den die leerstehende Blechbaracke auf den Parkplatz wirft, zieht sich zum Gebäude hin zurück. Der permanent zwischen das Gestrüpp geparkte Passat steht jetzt schon zu mehr als der Hälfte in der Sonne dieses späten Vormittags. Ich halte es für sehr wahrscheinlich, dass mein Vater in seiner Wohnung zu dieser Tageszeit wach vor dem Fernseher sitzt. Ich könnte zurückgehen zu seinem Haus und diesmal wirklich die Stufen hoch zu seiner Wohnung im zweiten Stock, klingeln und warten, ob er mir öffnet.

Das Glas der Frontscheibe und der vorderen Seitenfenster des Passats ist von innen beschlagen. Entweder ist der Innenraum feucht geworden, weil die bemoosten Türabdichtungen nicht mehr richtig schließen, und diese Feuchtigkeit verdunstet jetzt im warmen Sonnenlicht von den Armaturen und aus den Sitzpolstern gegen die Scheiben, oder jemand hat da drin übernachtet, geatmet, geschwitzt, liegt vielleicht jetzt noch da, denke ich, und wälzt sich. Ein Windstoß raschelt an den Fetzen der blauen Müllsäcke im verbeulten Bauschuttcontainer und bewegt die Haare auf meinem Kopf.

Zu der Zeit, als der *Videotime*-Schriftzug noch auf dem Dach der Baracke leuchtete, vor der ich, die schwarzen Plastikhüllen auf dem Schoß, mit dem Abschnallen so lange wartete, bis auch mein Vater sich abschnallte, nachdem er die Handbremse angezogen und seinen Schlüsselbund vom Zündschloss abgezogen hatte, mit der linken Hand den quer über die Brust verlaufenden Gurt fasste und mit dem Daumen der rechten Faust, aus der vorne der Zündschlüssel herausragte, den Öffner am Gurtschloss drückte, war der Parkplatz vor der Videothek ein in den Abendstunden häufig frequentierter Treffpunkt für die Stadtrandproleten der Kleinstadt, die sich dort gegenseitig ihre getunten Kleinwagen präsentierten, ihre Sportfahrwerke, Niederquerschnittreifen, Alufelgen, Rennlenkräder, verchromten Endrohrblenden, Heckspoiler und Wabengitterfrontschürzen. Sehr beliebt war unter den Kleinstadttunern dieser Zeit der *Böse Blick*, bei dem die Frontscheinwerfer mit zwei abgeschrägten Plastikstreifen so verblendet wurden, dass die Kleinwagen, wenn man vor ihnen stand und sich ihre Vorderansicht als Gesicht vorstellte, wütend wirkten. Die Stadtrandproleten wollten wohl so der latenten Niedlichkeit des Designs ihrer Kleinwagen entgegenwirken.

Das Innere der Verleihvideothek *Videotime* war zu jeder Tageszeit künstlich beleuchtet. An den Wänden im Eingangsbereich hingen Filmplakate, und der Boden war mit tiefdunklen, stets makellos sauber und neu wirkenden Teppichfliesen ausgelegt. Links vom Eingang ging ein kleiner Raum für Videospiele und Konsolen ab, nach rechts gelangte man in den langen Gang, der durch die Filmregale hindurchführte. Die Filmplakate am Eingang wurden zwar regelmäßig ausgewechselt, wenn ich aber daran denke, wie ich mit meinem Vater durch die Tür ins Innere eingetreten bin, sehe ich an der Wand, die der Eingangstür gegenüberliegt, immer dasselbe Plakat hängen: *Total Recall – Die totale Erinnerung*. Das angeschnittene Gesicht Arnold Schwarzeneggers in kalten Blautönen, das sich zur Mitte des Posters auflöst in die Dunkelheit des Alls mit den weißen Punkten der von unendlich weit her leuchtenden Sterne und dem Aufforderungstext: »Mach Dich bereit für die Reise Deines Lebens«.

Es gab nur einen einzigen Weg durch die Regalreihen, der mehrmals abknickte und einen am Ende am Verleihtresen entließ, wo man die bunten Plastikmarken abgeben konnte, die vor die Videohüllen in die schmalen Regalbretter gesteckt waren und signalisierten, ob ein Film noch verfügbar war oder nicht. Der Gang war so aufgebaut, dass der Innenraum der fensterlosen Blechbaracke maximal ausgenutzt wurde, wand sich und knickte oft genug ab, dass in den einzelnen Teilbereichen auf dem Weg zum Verleihtresen ein Gefühl von Intimität aufkommen konnte, auch wenn viele Menschen zwischen den Regalen unterwegs waren. Hinter jeder Kurve waren andere Neuerscheinungen zu erwarten, andere Suchende nach neuen Nachrichten des Raumschiffs an die Stadtrandbewohner. Der Gang war dadurch wie ein Heckenlabyrinth auf eine Weise mit jeder Biegung immer vertraut und fremd zugleich, und obwohl es nur einen einzigen Weg gab, dessen Ende bekannt war, war der eigenen Orientierung niemals ganz zu trauen.

Die Bewegung der Blätter des Baumes, an dem die Fahrräder zusammengeschichtet stehen, wirft einen unruhig wimmelnden Schatten auf den Asphalt des Parkplatzes, der sich ebenso wie die gerade, ruhige Fläche des Schattens der Baracke zum Mittag hin immer weiter zurückzieht.

Und dennoch, denke ich, obwohl vom Licht des Tages hell beschienen, löst sich alles mehr und mehr auf in eine sagenhafte Dunkelheit, wie Arnold Schwarzeneggers Gesicht im All der *Totalen Erinnerung* oder wie die Märchenwelt Phantásiens im Nichts der *Unendlichen Geschichte*, die ich zum ersten Mal als Film gesehen habe, ausgeliehen aus der verschwundenen Videothek, lange bevor ich wusste, dass es ein

Buch gab, das vorher da war und dessen Autor die Verfilmung hasste und sich wünschte, sein Name würde so wenig und so selten wie möglich mit diesem Film assoziiert. Vielleicht, weil es ihm so vorkam, als würden seine Figuren und ihre liebevoll ausgedachte Welt durch diese Verfilmung in das Nichts hineingesaugt werden, das im Buch alles Phantastische und Phantasierte bedroht und auf diesem Weg in Lügen verwandelt, als die allein die phantastischen Wesen in der Wirklichkeit existieren können.

Auf dem Parkplatz vor der Baracke scheint es mir, als trennte mich selbst ein solches Nichts, so eine düster unheilvolle, alles einsaugende Gewitterwand wie in der *Unendlichen Geschichte*, von einer anderen Welt zu einer anderen Zeit, als hier noch der *Videotime*-Schriftzug auf dem Dach leuchtete und ich mit meiner Familie zusammenlebte, die Piratenvideothek gepflegt und ständig erweitert wurde und mein Vater auf Ansprachen noch wirklich reagierte. Und als würde alles und jeder, jedes Detail, das in dieser anderen Welt und Zeit eine Rolle gespielt hat, durch die Erinnerung zunächst in diese düstere Gewitterwand hineingezogen, um diesseits, in der Gegenwart, in der ich mich zu erinnern meine, als Lüge wieder hervorzukommen.

Während ich spüre, dass die Sonne des späten Vormittags über dem Parkplatz vor der Blechbaracke langsam beginnt, die Haut auf meinem Nasenrücken und meinen Wangenknochen zu verbrennen, denke ich, dass es, wie in der *Unendlichen Geschichte*, ein fester

Glaube an die Existenz und die Wahrhaftigkeit der phantastischen Welt der Vergangenheit, der eigenen Geschichte sein muss, der sie erhält. Wo dieser Glaube fehlt, wo er nicht aufrechterhalten werden konnte, sind all ihre Figuren und Orte der unheilvollen Verwandlung ausgesetzt.

Die Kassetten der Piratenvideothek meines Vaters befinden sich im Keller der Mehrparteienmietskaserne, in die er gezogen ist, nachdem meine Mutter ihn und den Ort verlassen hatte – einer von vier identischen Häuserblocks aus den 50er Jahren, drei Stockwerke, drei Treppenhäuser mit zwei Wohnungen auf jeder Etage, Aufgang B, zweites Obergeschoss links, ein großes und ein kleines Zimmer, schmale Küche, fensterloses Badezimmer mit Stockflecken an der Decke und ein Kellerabteil, das von denen der anderen Parteien durch deckenhohe Zäune aus unbehandelten Holzlatten abgetrennt ist. Die Lattentüren, durch deren Spalte man in jedes Kellerabteil hineinschauen kann, sind an ihren Verschlusshaken mit Vorhängeschlössern gesichert. Am Abteil meines Vaters hängt ein Zahlenschloss, dessen vierstellige Kombination das Jahr des größten sportlichen Erfolgs meines Bruders beziffert (Bayerischer Landesmeister der Junioren).

Nach meiner Ankunft im Ort, in der Straße, im Haus meines Vaters, nachdem ich die Haustür aufgedrückt hatte, die tagsüber nie abgeschlossen ist, damit die Postboten und die Verteiler von Werbeprospekten, Amtsblättern und anderen kostenlosen Zeitungen Zugang zu den weißlackierten Aluminiumbriefkästen haben, die vor den ersten Stufen nach oben an der Treppenhauswand hängen, stand ich auf dem kühlen Steinboden, der sauber war und nach glattem, unversiegeltem Beton roch, und zögerte.

Im Treppenhaus von Aufgang B der Mehrparteienmietskaserne, die mein Vater im zweiten Obergeschoss bewohnt, führt ein schlichtes Metallgeländer an den Seitenkanten der Stufen eng um einen sehr schmalen Spalt im Treppenhauszentrum herum. Links von diesem Metallgeländer sah ich die hellen Stirnseiten der Steinstufen nach oben, wo mein Vater nicht auf mich wartete. Und auf der rechten Seite die Kante des Fußbodens, auf dem ich stand, und das Dunkle des Abgangs in den Keller.

Ich spürte eine starke Anziehung von diesem kühlen Dunklen her, das meiner Erwartung an meinen Besuch und dem sich unaufhörlich ausbreitenden Nichts um die gemeinsame Geschichte meiner Familie am ehesten zu entsprechen schien.

An den beiden Seitenwänden des Kellerabteils meines Vaters, das einen sehr schmalen und sehr kurzen Gang bildet, der an der immerkühlen, grobverputzten Hauswand endet, die es an seiner Stirnseite begrenzt, hat mein Vater zwei tiefe Bücherregale aufgestellt, in denen die vielen hundert VHS-Kassetten seiner Piratenvideothek in doppelten Reihen noch immer sorgfältig nach fortlaufender Nummerierung einsortiert stehen. Die Kassetten sind nicht mehr Teil seines Haushalts und aktiv in Benutzung, wie sie es über die Jahre unseres Zusammenlebens gewesen sind.

Der dicke Ordner mit den durch Klarsichthüllen geschützten, beidseitig mit Schreibmaschine beschriebenen Blättern, in dem der Bestand dieser Videothek indexiert ist, oftmals mit sauber ausgeschnittenen Artikeln zu den jeweiligen Filmen aus der Fernsehzeitung versehen, ist von seinem zentralen Platz auf dem Wohnzimmertisch, wo mein Vater, mein Bruder und ich uns jahrelang darübergebeugt haben und von wo ich mit dem Telefon am Ohr mögliche zu schauende Filme an meinen Schul- und Kindheitsfreund Markus Fellhauer, Sohn des Besitzers des *Mercedes Fellhauer* Autohauses Ernst Fellhauer, durchgegeben habe, um sie mitzubringen für einen Nachmittag vor dem riesenhaften Fernseher der sehr viel wohlhabenderen Familie, ebenfalls in das Kellerabteil ausgelagert worden.

Ich blätterte in diesem dicken Ordner zwischen den Regalen im kühlen Kellerabteil meines Vaters, ratlos und vielleicht auch in der Hoffnung, dass mir dieses Blättern etwas von der gemeinsam verbrachten vergangenen Zeit zurückbringen könnte, die mit meinem Vater nicht mehr zu besprechen ist. Ich erinnerte mich daran, wie ich über diesen Ordner gebeugt mit Markus Fellhauer telefoniert habe, und meinte ziemlich sicher zu wissen, dass Markus nie gemeinsam mit seinem Vater zur *Videotime* gefahren ist, um sich dort Filme auszuleihen. Und dass er wohl deswegen umso neugieriger war auf die Kassetten, die ich von zu Hause mitbringen konnte –, gleichzeitig aber auch angstvoll besorgt um ihren Inhalt, die Jugendfreiheit der Filme und ihr Potenzial, die Eltern gegen sich aufzubringen.

Das Wohnhaus der Autohausbesitzerfamilie Fellhauer, in dem Markus lebte mit seiner Mutter, die im Autohaus Sekretärin und zuständig für die Buchhaltung war, zu Hause Hausfrau und zuständig für alle Belange des Häuslichen, und die im Verlauf der Jahre, die ich im Fellhauerhaus ein und aus gegangen bin, verschiedene Schönheitsoperationen vor allem an ihrem Gesicht hat durchführen lassen, was mir bis dahin eine völlig fremde Angelegenheit war und mich besonders unmittelbar nach den Operationen, wenn die Stellen, in die die Chirurgen eingegriffen hatten, noch nicht vollständig verheilt waren, auf eine Weise ängstigte, über die ich mit niemandem wirklich sprechen konnte und daher immer auch dachte, dass diese Angst oder dieser Anblick oder meine Reaktion auf diesen Anblick vielleicht aus den gleichen unergründlichen Sphären herkommen wie die Albträume in der Nacht, und seinem Vater, der im Autohaus Besitzer, Verkäufer, Repräsentant, Chefcharmeur und Sachverständiger war und zu Hause ein zwangsneurotischer Despot, habe ich zum ersten Mal besucht, als Markus und ich noch in die Grundschule gegangen sind, in der wir uns kennengelernt haben.

Das Fellhauer'sche Wohnhaus liegt nur ein paar Straßen von dem Gewerbegebiet entfernt, in dem sich das Fellhauer'sche Mercedes-Autohaus an einer Ausfallstraße aus dem Ort befindet, auf die man gelangt, wenn man die verkehrsberuhigte Wohnstraße an der Einfahrt zur ehemaligen *Videotime*-Verleihvideothek vorbei stadtauswärts fährt. Oder eben zu Fuß geht, denke ich, als ich auf dem Parkplatz vor dem Passat mit den beschlagenen Scheiben stehe, zu dem ich zu Fuß gegangen bin, einem spontanen Impuls nachgebend, den ich spürte, als ich die Stufen vom Kellerabteil meines Vaters hochgestiegen war und im Begriff, weiter hochzusteigen bis zu seiner Wohnung. Ich könnte ja noch etwas Zeit draußen verbringen, dachte ich, die Mittagszeit vielleicht, zu der mein Vater ja eh höchstwahrscheinlich einen Mittagsschlaf halten würde.

Die Autohausbesitzerfamilie wohnte so sehr am Rand der Stadt, dass der Fellhauer'sche Garten hinterm Haus lediglich durch einen Holzzaun von einem der Äcker abgetrennt war, die die Kleinstadt in alle Richtungen umgeben. Das Haus selbst kam mir schon als Kind irrsinnig überdimensioniert vor für drei Personen. Alle anderen Familien, die ich kannte, wohnten in kleinen Wohnungen zur Miete. Das Fellhauer'sche Haus hatte eine eigene, straßenbreite Einfahrt, eine Doppelgarage und einen ausgebauten Hobbykeller, einen riesigen Raum, der sich fast über die gesamte Grundfläche des Hauses erstreckt haben muss, an dem nur die Deckenhöhe niedrig war und der ansonsten in seinen Dimensionen alle Keller übertraf, die ich bis dahin gekannt hatte, vor allem die üblichen Verschläge und Abteile wie das, in dem mir der Ordner in die Hände gefallen war, der mich überhaupt erst an Markus Fellhauer erinnert hatte.

Markus' Autohausbesitzervater errichtete in diesem weitläufigen Hobbykeller auf verschiedenen Tapeziertischen, die wie in einem Showroom oder einer Messe oder für einen Wettbewerb im Raum angeordnet waren, hochkomplexe Bauten aus vielen Tausend Legosteinen, die in abschließbaren Werkzeugschrankschubladen nach Farben und Größen sortiert aufbewahrt und später in den Gebäuden, Luft- und Wasserfahrzeugen des Vaters mit Heißkleber fest verbaut wurden, so dass sie den Kindern nie zum freien Spiel zur Verfügung standen. Als Kind, das Markus besuchte, bekam man diese Bauten von Herrn Fellhauer persönlich vorgeführt und präsentiert, in einem Duktus, der wahrscheinlich auch im Autohaus zur Anwendung kam, wenn sich weniger wohlhabende Leute auf die Anlage verirrten, die sich einen Mercedes Neuwagen nie würden leisten können, ihn aber durchaus einmal bewundern durften.

Das Kinderzimmer, das Markus in seinem Elternhaus bewohnte, war von den Fellhauereltern in ökonomischer Voraussicht gleich schon als Jugend- beziehungsweise vielleicht sogar schon als Fremdenzimmer konzipiert und eingerichtet worden, mit sehr schlichten, nüchternen Möbeln, Bett, Schreibtisch, Einbauschrankwand mit ausfahrbarer Kleiderstange für Hemden und Anzüge, die Markus naturgemäß nicht besaß und wo stattdessen seine Fußballtrikots und Strickjacken hingen, die er gern in Kombination trug, was ihm das Aussehen eines irgendwie frühvergreisten, kindlichen Arbeitslosen verlieh, den Trinkern vor den Supermärkten der Kleinstadt gleichend, die ihrerseits in ihren Fußballtrikots und Strickjacken erschütternd kindlich wirkten.

Im ausgebauten Dachgeschoss der Fellhauers erstreckte sich ein Wohn- und Fernsehzimmer tatsächlich über die gesamte Grundfläche des Hauses, ein Raum, höher und noch größer, noch weitläufiger als der riesige Hobbykeller mit den Legobauten des Autohausbesitzers. Es gab dort einen Flügel, auf dem nie jemand spielte, eine Sammlung historischer Instrumente, die an die Wände gehängt waren, und Regale voller Bildbände zu *Classic Cars*, *Auto Motor Sport* Magazine sowie exklusiv für den Vertrieb gedruckte Mercedes-Benz-Kataloge zu den aktuellen Serien der letzten fünfzehn Jahre. Mittig im Raum, vor einem gigantischen Thomson Breitbildfernseher, dessen Gehäuse auch ein Schrank hätte sein können, stand die Sofagarnitur der Fellhauers, die ausladend tief und breit war und über Eck ging und auf der man als kleiner Mensch in allen Richtungen ausgestreckt liegen konnte, die aber offenbar mit einem sehr feinen, empfindlichen und überaus wertvollen Stoff bespannt war, weshalb es im Fellhauerhaus verboten war, zumindest den Kindern, sich mit Jeanshosen, Hosen mit Gesäßtaschen oder vorstehenden Nähten auf die Polster zu setzen. Und weil man meistens solche Hosen trug, musste man sie eben nach Anweisung der Fellhauereltern ausziehen, bevor man aufs Sofa durfte, um zu den streng limitierten nachmittäglichen Fernsehzeiten eine der mitgebrachten Videokassetten auf dem Riesenfernseher zu schauen.

Herr Fellhauer war herrisch, ungeduldig und jähzornig in seinem eigenen Haus, als Gegenextrem zum professionellen Charme des Autoverkäufers auf der Arbeit. Wie er war oder was in ihm vorging, während er sich auf den langen Umwegfahrten befand, die er morgens von zu Hause zum Autohaus unternahm, wofür er oft eine Stunde oder mehr Extrazeit einplante, um eben auch in den Genuss der Traumautonutzung zu kommen und seine Fahrgefühlexpertise in der eigenen Erfahrung zu verankern, bleibt für immer sein Geheimnis. Markus hatte dagegen etwas permanent Geducktes an sich, signalisierte mit seiner Körpersprache zumeist Bereitwilligkeit, die eigene Schuld einzugestehen und wiedergutzumachen. Auch wenn wir bei mir zu Hause einen der Filme aus der Piratenvideothek schauten, im Vertrauen meiner Eltern weitestgehend unbeaufsichtigt und grundsätzlich jenseits der uns angemessenen Altersfreigaben unterwegs, war Markus sein schlechtes

Gewissen den eigenen Eltern gegenüber immer anzumerken, eine enorme Verkrampftheit, ein Schwitzen und ein Ringen mit den moralischen Instanzen seiner kindlichen Persönlichkeit, die bereits mächtig genug waren, um von außen deutlich sichtbare körperliche Reaktionen hervorzurufen, was eine Überführung und entsprechende Sanktionierung für seine Eltern angenehm vereinfacht haben musste.

Ich habe mit Markus Fellhauer auf der ausladenden Sofagarnitur seiner Eltern vor dem Thomson-Schrankfernseher unter einer Decke ohne Hosen gesessen, eng zusammengerückt aus Furcht, so dass sich unsere nackten Beine immer wieder ganz kurz ganz leicht berührten, was die unheimliche Spannung noch weiter steigerte und elektrisierte, und gemeinsam mit ihm und dem kindlichen Krieger Atréju dem sterbenden Werwolf Gmork in seine müden, aber nicht minder bösen, grün leuchtenden Werwolfsaugen geschaut, in den bösen Blick des Hetzers, der den jungen Krieger durch ganz Phantásien verfolgt hatte, im Auftrag, ihn zu töten. Wir hörten, wie der Werwolf Gmork dem Kriegerkind Atréju erklärte, was es mit der Grenzenlosigkeit Phantásiens auf sich hat und mit dem Nichts und seiner eigenen Rolle als Hetzer und Zerfetzer und Töter, als Markus Fellhauers Mutter nach oben ins Dachgeschoss kam, um nach uns zu sehen, mit ihrem mich auf seine eigene, besonders beunruhigende Weise gruselnden und verstörenden Blick, dem unnatürlich überstrafften, ratlos wirkenden Gesicht, fragte, was das denn sei, was wir da schauten, während Gmork sagte:

»... es ist die Leere, die zurückbleibt, eine Art Verzweiflung, sie zerstört unsere Welt.«

Es ist mehrmals vorgekommen, dass wir Filme pausiert haben, um Markus' Mutter oder seltener Markus' Vater zu erklären, was es mit ihnen auf sich hat und warum sie unbedenklich sind, wenn einer der beiden nach oben ins Dachgeschoss kam, um nach uns zu sehen und zu kontrollieren, was wir schauten und ob wir auch wirklich nicht mit verbotenen Hosen auf dem hochwertigen Sofabezug saßen.

Als ich im Keller meines Vaters zwischen den Regalen stand und durch den Ordner blätterte, der die Filme seiner Piratenvideothek enthält, mich an Markus Fellhauer erinnerte und an das Dachgeschoss im Haus seiner Eltern, bemerkte ich, wie ich nach einem bestimmten Film zu suchen begann, der irgendwo in der Auflistung zu finden sein musste. Ich hatte, glaube ich, das Gefühl, dass die Erinnerung an diesen bestimmten Film und die konkrete Szene des Schauens mit Markus auf dem Sofa seiner Eltern deutlicher zu mir zurückkommen würde, wenn ich ihn im Ordner finden könnte, auf ihn stoßen würde, wenn ich Markus in meiner Vorstellung noch einmal anrufen würde mit dem Vorschlag, *What Dreams May Come – Hinter dem Horizont* mitzubringen und anzusehen.

Der Ausschnitt aus der Fernsehzeitung, den mein Vater im Ordner unter die maschinengeschriebene Zeile zu Kassettennummer und Titel, Erscheinungsjahr und Laufzeit in die Klarsichthülle gesteckt hat, zeigt den Schauspieler Robin Williams, mit einem Dalmatiner an seiner Seite, in einer goldroten Phantasielandschaft, die dem Phantásien der *Unendlichen Geschichte* nicht unähnlich ist, auf einem ebenfalls goldrot schimmernden See, der im Hintergrund des Bildes in die Sturzkante eines Wasserfalls mündet, zu Fuß übers Wasser gehen.

Und tatsächlich, als ich im Kellerabteil meines Vaters im Ordner das Bild aus der Fernsehzeitung sah, die Buntheit des Bildes, das mich erinnerte an die Buntheit der Welt in diesem Film, kam die Erinnerung daran zurück, wie ich mit Markus ohne Hosen auf dem Sofa unter einer sehr weichen Baumwolldecke vor dem Riesenfernseher saß und wie wir gemeinsam seinem Vater zu erklären versuchten, dass es sich bei *Hinter dem Horizont* um einen sehr bunten, kindertauglichen Familienfilm handelt, der nur zufällig gerade im Moment des Heraufkommens und Kontrollierens des Autohausbesitzers an einem etwas düsteren Punkt angekommen war, der aber keinesfalls den Rest der Handlung repräsentierte, die schließlich die ganze Zeit über in einem farbenfrohen Paradies stattgefunden hatte, wo die von Robin Williams gespielte Hauptfigur in kitschigen Gemäldelandschaften herumfliegen konnte und übers Wasser gehen und so weiter.

Markus hatte auf der Fernbedienung des Videorekorders sofort ⏸ gedrückt, als sein Vater die Treppen hochgekommen war und »Und was is des jetzt?« gesagt hatte, mit einem Unterton, der für mich herausfordernd klang und für Markus wohl sehr wahrscheinliche Bestrafung signalisierte. Das Bild war eingefroren, auf die nachzuckende, durchflimmerte Art, in der es Videorekorder bei stehendem Band ausgaben, und zeigte ein kleines Segelboot unter düsterem Himmel auf düsterer See, das im Begriff war, von einer Masse heranschwimmender, Arme und Hände hochreckender, leichenblasser Untoter umgerissen und zum Kentern gebracht zu werden. Die Robin Williams-Figur hielt sich in diesem zuckenden Bild auf dem zuckenden Segelboot an der Reling fest. Vorn im Bug saß eine zerflimmerte Person mit einer Laterne in der Hand. Und vor dem blutroten Segel stand eine Fährmannsgestalt, die mehr Schatten als Mensch war, mit breitkrempigem schwarzen Hut und gesenktem Kopf.

Ich verstand, dass wir es schwer haben würden, Herrn Fellhauer zu versichern, dass dies ein bunter, kinderfreundlicher Film sei, wenn wir nicht zurückspulten und ihm zeigten, wie diese Robin Williams-Figur vorher noch lachend durch die bunte Kitschlandschaft geflogen und mit dem niedlichen Dalmatiner übers

Wasser geschlendert war. Es wäre, dachte ich, unserer Sache wohl dienlich, wenn wir nicht bis ganz an den Anfang spulen würden, wo diese Figur bei einem Autounfall ums Leben kam, weshalb sie ja überhaupt erst in diese bunte Landschaft gelangte, die ihre Nachtodlandschaft war, ihr Himmel oder ihr Paradies – gemacht aus Gemälden der Ehefrau, die sich ihrerseits nach dem Autounfall der Figur das Leben genommen hatte und in eine Art Unterwelt der Verdammten geraten war, da Selbsttötung Sünde ist, wie der Film uns lehrte, die die Hölle bedeuten musste für die Mörderinnen und Mörder ihrer selbst, aus der einen nichts befreien konnte, außer vielleicht, unter Aufbringung allen Mutes und Glaubens, durch den wahnsinnig gefährlichen Übertritt vom Bunten ins Dunkle, die unverbrüchliche, aufrichtige Liebe eines unverschuldet zu Tode gekommenen Toten.

Herr Fellhauer nahm Markus aber die Fernbedienung aus der Hand und spulte vor statt zurück, um zu sehen, wie lange es »damit« noch weiterging, womit er wohl die kinderunfreundliche Düsternis und den Übergriff der Untoten auf das Boot der Lebenden meinte, der ja an sich, wenn man es genau nahm, ein Übergriff von traurigen Untoten auf das Boot weniger trauriger Toter war.

Die Bilder flimmerten vorwärts durch die Handlung, von zwei bunten Blitzen längs durchschnitten, die immer dann auftraten, wenn man das Band der Kassette schnell am Abtastkopf des Videorekorders vorbeilaufen ließ. Das Boot kenterte in comichafter Geschwindigkeit, die Robin Williams-Figur tauchte in die düstere See und gelangte auf eine Weise, die in dieser raschen Abfolge der Bilder nicht mehr nachvollziehbar war, tiefer in die Totenwelt der Selbstmöderinnen und Selbstmörder hinein. Lodernde Schiffswracks rauschten vor unseren Augen vorüber, ein staksender, sehr schneller Gang der Figur über ein weites Feld aus Menschenköpfen, denen es mit jedem Schritt in die klagenden Gesichter treten musste. Dann das Innere einer auf den Kopf gestellten Kathedrale unheimlicher Größe, in deren Decke, zwischen den Kapitellen der monströsen Säulen, ein verfallenes, von toten Rosen umranktes Häuschen stand. Die Figur rannte im schnellen Vorlauf in dieses traurige Häuschen hinein und begegnete dort, zwischen zerborstenem, staubüberdecktem Mobiliar, ihrer Frau, die, wie Markus und ich aus der vorangegangenen Handlung wussten, keine Einsicht in ihr Totsein hatte, da diejenigen, die sich selbst getötet haben, mit ihrem Leben nie abschließen, sich selbst nicht vergeben und also auch den Tod nicht akzeptieren können. An dieser Stelle der Begegnung der Figur mit ihrer Frau stoppte Herr Fellhauer den schnellen Vorlauf und ließ das Band in normaler Geschwindigkeit weiterlaufen.

Markus und ich wussten, dass die beiden Kinder der Robin Williams-Figur und ihrer Frau noch vor dem Autotod der Figur und dem Selbstmord der Frau ebenfalls bei einem Verkehrsunfall ums Leben gekommen waren, was sich die Frau nicht verzeihen konnte, da sie normalerweise die Kinder in die Schule gefahren hätte, das aber am Tag des Unfalls an die Haushälterin delegiert hatte, weil sie eine wichtige Ausstellung ihrer Gemälde organisieren musste. Wir dachten wohl beide, dass es besser wäre, Herrn Fellhauer, den Verkehrsunfallstatistiken und Hervorhebungen der Lebensgefährlichkeit des Autofahrens schnell aggressiv machten, die Tatsache der verunglückten Kinder vorzuenthalten. In der Hölle ihrer Verzweiflung, in die die Frau nach ihrem Selbstmord eingeschlossen war, waren aber auch die Vorwürfe, die sie sich wegen des Todes ihrer Kinder machte, unendlich, was gleich aus der Szene der Wiederbegegnung mit ihrem Mann, den sie aus endloser Trauer, Selbstvorwürfen und mangelnder Einsicht in ihren eigenen Tod nicht erkennen konnte, klarwurde. Die Frau war blass, wenn auch nicht ganz so blass wie die Untoten, die vorher das Boot zum Kentern gebracht hatten. Ihr Haar hatte in der Unterwelt ein paar graue Strähnen bekommen.

In normaler Wiedergabegeschwindigkeit erzählte die Frau ihrem Mann, den sie nicht erkannte, von den Dingen, die ihr fehlen würden. Sie habe keine saubere Kleidung, die Bücher seien verschwunden, aber am meisten fehlten ihr die kostbarsten ihrer Bilder, diejenigen, die sie an ihre verstorbenen Kinder und ihren verstorbenen Mann erinnerten. Ich beobachtete Herrn Fellhauer beim Schauen dieser Szene und versuchte, aus seinem Gesicht abzulesen, wie wahrscheinlich es war, dass er uns den Film zu Ende würde sehen lassen. Die Robin

Williams-Figur war selbst im deprimierenden Totenhaus ihrer Frau, dessen Zustand dem Autohausbesitzer sicher ganz und gar nicht gefallen konnte, von einer tiefen Zerknirschung heimgesucht worden, ahnte wohl auch, dass sie unter Umständen nie zu ihrer Frau würde durchdringen und sich kenntlich machen können –, so wie es der Fährmann ins Totenreich prophezeit hatte, bevor Markus' Vater die Treppen hochgekommen war.

»Ihr Mann«, sagt die Figur in der Szene über sich selbst, »war ein Feigling. Stark zu sein und nicht aufzugeben war seine Art, sich zu verstecken.«

Herr Fellhauer drückte wieder auf schnellen Vorlauf. Die Bilder rasten durch die restliche Handlung im Totenreich. Es war unmöglich zu verstehen, was geschah und wie die Figur es schaffte, ihre Frau davon zu überzeugen, dass sie ihr Mann war und dass sie gemeinsam aus der Hölle der Verzweiflung entfliehen konnten und in das bunte Gemäldeparadies einziehen, das sie ganz zum Schluss gemeinsam mit ihren verstorbenen Kindern bewohnen, unendlich glücklich in einem Kitschhaus am Kitschsee, mit dem niedlichen Dalmatiner, fähig zu fliegen und für immer unabhängig von gefährlichen Autofahrten, Tod und Traurigkeit. Herr Fellhauer ließ uns nur noch die letzten Minuten dieses farbenfrohen Happy Ends in normaler Geschwindigkeit anschauen und sagte dann zu mir, dass es jetzt Zeit für mich sei, nach Hause zu gehen.

Ich frage mich, während ich vor der Baracke in der Sonne auf dem Parkplatz stehe, vor den beiden verschlossenen Türen für Familien- und Erwachsenenbereich in der dem Parkplatz zugewandten Längsseite, ob die Baracke wohl errichtet wurde, um als Verleihvideothek genutzt zu werden oder ob es vorher noch andere Verwendungsformen gegeben hat. Gab es zur kurzen Boomzeit der Videotheken eigens gestaltete, modularisierte Zweckbauten, die auf ihre Anfordernisse ausgerichtet waren? Und bedeutete das, dass überall in der Republik vergleichbare Modulbaracken herumstanden, in Stadtrandsiedlungen, aufgegeben und verschlossen, die für einen sehr begrenzten Zeitraum ihren Anwohnern Wasserlöcher der Unterhaltung gewesen sind, an denen sie sich regelmäßig versammelten?

Es existierte ein unerlaubter Bereich in der Piratenvideothek meines Vaters, einsortiert in zweiter Reihe hinter den fortlaufend nummerierten Kassettenhüllen, auf den oberen Brettern der Regale, die mein Bruder und ich nur auf einem Stuhl stehend erreichen konnten.

Weil das kein gutes Versteck war und die Kassetten aus diesem Bereich auch zu zahlreich, um sie anderswo besser vor mir und meinem Bruder zu verbergen, war diese Sektion der Videothek von meinem Vater als für uns verboten ausgewiesen worden. Sie enthielt, so die Erklärung, die an unsere kindliche Moral und unseren Gehorsam appellierte, Filme, die noch nicht für uns freigegeben waren und zuerst von ihm gesichtet und beurteilt werden mussten, bevor sie mit einer Nummer versehen und in den Ordner aufgenommen werden konnten. Es handelte sich um die Filme, die mein Vater aus dem Erwachsenenbereich der Videothek ausgeliehen hatte, der zusätzlich zum separaten Eingang im Innern der fensterlosen Blechbaracke durch eine dünne Wand abgetrennt war, sich aber mit dem uns vertrauten Bereich denselben Verleihtresen teilte. Wenn mein Vater aus dem Erwachsenenbereich Filme auslieh, trafen wir am Tresen wieder mit ihm zusammen und legten die bunten Plastikmarken, die wir auf dem Weg durch den labyrinthischen Gang eingesammelt hatten, zu denen, die er von der anderen Seite mitbrachte. Die Person hinterm Tresen suchte dann aus großen Schubladen die entsprechenden Kassetten zusammen, wobei sie gerade bei den Filmen aus dem Erwachsenenbereich darauf achtete, sie gleich in den neutralschwarzen Plastikhüllen verschwinden zu lassen und zuunterst in den Stapel einzusortieren, den sie uns auf den Tresen stapelte.

Mein Verständnis dieser anderen Seite der Videothek war, dass dort die Hüllen der Filme zur Ansicht aufgestellt wurden, die zur freiwilligen Selbstkontrolle ab 18 Jahren ausgewiesen waren (die Plastikmarken aus diesem Teil waren alle von der gleichen signalroten Farbe wie das FSK18-Symbol). In den Statuten der *Videotime* war die Kontrolle der Volljährigkeit natürlich nicht mehr freiwillig, sondern obligatorisch. Die Filme ab 18 durften nur an Kunden ausgeliehen werden, die sich vorher als alt genug ausgewiesen hatten.

In meiner Vorstellung handelte es sich bei den Filmen im Erwachsenenbereich vor allem um solche von enormer Brutalität, um Gemetzel und Grusel, Folter, Horror in aller Deutlichkeit, Dämonen und Gespenster, das ganze Schattenreich der Schlurfenden, der Skelette, Zombies und Werwölfe, aber auch die konzentrierten, technisch versierten Körpertreffer des Krieges – Kopfschüsse, abgerissene Gliedmaßen, hervorquellendes Gedärm aus aufklaffenden Bauchdecken.

Es kam häufig vor, dass mein Bruder und ich unserem Vater den Auftrag, nach einem bestimmten Film zu suchen, mit auf seinen Weg in den Erwachsenenbereich der *Videotime* gegeben haben. Weil wir zum Beispiel wussten, dass ein neuer, hyperbrutaler Actionfilm herausgekommen war, der sicher nicht im uns zugänglichen Teil einsortiert werden würde, den wir aber sehr wahrscheinlich nach erfolgter Prüfung durch unseren Vater würden ansehen dürfen, da Waffengewalt, die Brutalität des Militärischen und Martial Arts mit offenen Knochenbrüchen recht zuverlässig als unbedenklich eingestuft wurden.

Meine Eltern waren ganz grundsätzlich uneins darüber, ob es meinem Bruder und mir erlaubt sein sollte, Filme zu schauen, die zur freiwilligen Selbstkontrolle ab 18 Jahren ausgewiesen waren. Mein Vater argumentierte in diesen Streits mit meiner Mutter immer damit, dass wir doch sehr genau wüssten, »dass das alles nicht echt ist«. Ich habe zu diesem Streit immer geschwiegen, aber ich weiß noch, wie es mich gewundert hat, dass die Unterscheidbarkeit von Realität und Fiktion in Sprüngen von 6, 12, 16 und 18 Jahren einem Menschen einleuchten sollte. Dass es sich offenbar um einen langwierigen Prozess handelte. Wie das Sammeln von Erfahrung. Oder das Wachsen der Knochen. Und dass es mich stolz gemacht hat, dass mein Vater wohl glaubte, mein Bruder und ich hätten diesen langwierigen Prozess abgekürzt, wahrscheinlich durch die vielen Filme, die wir bereits geschaut hatten. Eine beachtliche Menge im Verhältnis zu den wenigen Jahren, die wir überhaupt erst am Leben waren.

Während ich vor der leerstehenden Blechbaracke der ehemaligen Verleihvideothek, vor den verschlossenen Türen des Familien- und Erwachsenenbereichs in der Sonne des späten Vormittags auf dem Parkplatz stehe, fällt mir auf, dass ich diese andere Seite, aus der mein Vater uns jahrelang die Filme mitgebracht hat, die wir uns selbst nicht hätten ausleihen dürfen, nie betreten und nie mit eigenen Augen gesehen habe. Ich habe, vor ihrem allgemeinen Niedergang, Erwachsenenbereiche anderer Videotheken an anderen Orten betreten und gesehen. Und ich kann von diesen Anblicken ableiten, wie es wahrscheinlich auch im Erwachsenenbereich der *Videotime* ausgesehen hat: Die Regalwände des Gangs, der spiegelbildlich zum Familienbereich wohl auch dort drüben einen einzigen, mehrfach abknickenden Weg vom Eingang zum Verleihtresen vorgab und eine relative Intimität erlaubte, mit den obligatorischen haut- und fleischfarbenen Hüllen vollgestellt, billiges Coverdesign zu beiden Seiten, gespreizte Beine, krauses Schamhaar, offene Münder, violette Eicheln, schlundartig ausgeweitete Schließmuskeln, rot schimmernde Enddarminnenwände.

Die Vorstellung, die ich mir von der anderen Seite der Trennwand im Innern der fensterlosen Blechbaracke gemacht habe, als mein Vater dort noch die signalroten Plastikmarken für uns einsammelte, war dagegen eher die eines Gangs voller Bilder, die besonderen Mut im Schauen erforderten.

Für einige Zeit, bevor er recht plötzlich das Interesse daran verlor, habe ich mit meinem Bruder diesen Mut auf die Probe gestellt, indem wir immer wieder Filme aus dem nichtnummerierten, verbotenen Bereich der Piratenvideothek heimlich geschaut haben, wenn unsere Eltern nicht zu Hause waren. Es kam bei diesen Proben darauf an herauszufinden, wie lange man in der Lage sein würde, das Andere von der anderen Seite anzusehen. Im Wissen, dass man sich dabei in gewisser Weise nicht die Finger, aber vielleicht die Augen oder die Seele verbrannte.

Die extreme Brutalität, das Monströse, die phantastische Gewalt, die wir uns in diesen Mutproben zwangen anzusehen, ohne wegzuschauen, ohne dem Impuls zu folgen, der uns eingegeben war, die Augen zu schließen und diese Bilder nicht einzulassen in die eigene Imagination, die Träume, in denen sie wiederkehren würden, waren auf beängstigende Weise sehr wohl »echt« insofern, als sie doch aus den Menschen entsprungen waren, von ihnen und durch sie realisiert wurden. Die Tatsache, dass es sich um von Menschen Gemachtes handelte, trug eher noch zur Beunruhigung bei, da die Werke der Menschen schließlich auf etwas Dunkles, Böses, Brutales in ihnen verwiesen, das sich über das Medium des Films Sichtbarkeit verschafft hatte. Wer sich in der Fiktion so zersägte und durchbohrte, so verwandelte in derart Haariges mit derart hornigen Krallen und scharfen Zähnen, sich selbst und andere verstümmelte, zerfetzte, fraß und erbrach, dem konnte auch im wirklichen Leben außerhalb der Filme nicht getraut werden.

Die Mutproben zwischen mir und meinem Bruder wurden zunächst immer härter und schwerer, bevor er sie sehr plötzlich und unerwartet für beendet erklärte. Eine Eskalationsstufe vor dem Ende der Proben war zum Beispiel, die Filme nicht gemeinsam, sondern allein anzuschauen, wobei man dann niemanden hatte, an dem man sich festhalten konnte als Repräsentanten der gegenwärtigen Wirklichkeit. Allein mit den Bildern, dem bösen Blick, der einen aus den blutrünstigen Kreaturen heraus anschaute, wurde man nochmals in ganz anderer Intensität überwältigt, wurde die eigene kleine, gefährdete Seele in anderem Ausmaß umfangen, eingesponnen, eingesaugt und eingespeichelt.

Mein Bruder forderte mich heraus, indem er einen Tag festlegte, an dem ich in der Lage sein musste, ihm von bestimmten Details der Handlung eines Films zu erzählen, den er sich ebenfalls alleine anschauen würde. Es fiel ihm nie schwer, Fragen auszuwählen, deren Beantwortung bestimmt beweisen konnte, dass ich den Mut aufgebracht hatte hinzusehen. Ich entwickelte mit der Zeit selbst solche Fragen, und ich habe meinen Bruder niemals einer Falschbehauptung überführen können. Auf diese Weise redeten wir über die Filme nur solange, wie es nötig war, um zu beweisen, dass wir nicht gekniffen hatten. Was das Gesehene mit uns machte, wie wir es fanden und ob es uns wiederfand in Momenten, in denen wir uns wünschten, die Schwärze am Ende des Wohnungsflurs in der Nacht wäre einfach nur Schwarz, der Keller nur ein Keller, das Knacken und Klickern an den herabgelassenen Rollläden nur der Wind oder das arbeitende Holz der Ladenkästen und Fenster, haben wir nie besprochen.

Mit einem Mal hatte mein Bruder kein Interesse mehr an diesen Proben. Es wurde kein Tag zur Befragung mehr festgelegt, und der verbotene Bereich der Piratenvideothek schien ihm plötzlich völlig egal zu sein. Er kam auch nicht mehr mit, wenn mein Vater und ich zur *Videotime* fuhren, um neue Filme auszuleihen. Bis heute weiß ich nicht, ob er etwas gesehen hat, das ihn so nachhaltig verstörte, dass er befand, damit sei der Punkt erreicht, an dem er sich selbst schützen und zurückziehen musste. Oder ob er einfach rausgewachsen ist aus den Mutproben mit dem jüngeren Bruder und seine Neugier sich auf andere Dinge richtete, die er nicht mehr mit mir teilen wollte.

Mein Bruder ist ein paar Jahre älter als ich und mir dadurch immer ein paar Schritte voraus gewesen. Folglich war er auch immer schon einige Zeit früher desinteressiert an dem, was vorher noch absolute Begeisterung ausgelöst hatte und in mir noch immer auslöste. Oft konnte ich nicht verstehen, weshalb mein erwartungsfrohes, begeistertes Heranstürmen an ihn mit einer Sache, auf deren Großartigkeit wir uns geeinigt hatten, plötzlich falsch war, sich an ihm nicht mehr potenzierte und aufschaukelte, sondern höchstens noch eine müde, irgendwie überheblich gleichgültige Reaktion auslöste.

Das Tennis, das mein Bruder damals schon im ernsten Wettkampf mit anderen Heranwachsenden spielte, mag vielleicht auch einen Anteil gehabt haben, denke ich, während ich auf dem *Videotime*-Parkplatz stehe, von fern Kirchenglocken zwölf Uhr schlagen höre und beim Gedanken daran, dass jetzt überall im Ort Mittagspausen gemacht werden, bemerke, dass ich selbst noch überhaupt nichts gegessen habe. Schließlich ging es dort täglich um den Kampf gegen die eigenen Dämonen, musste er auf dem Platz alle Anstrengung darauf verwenden, die Negativität, die Selbstzerfleischung, Selbstherabsetzung und Selbstbeleidigung abzuwehren, sich zu konzentrieren auf den gerade zu spielenden Ball, den gerade zu gewinnenden Punkt. Die dunkle Seite der Piratenvideothek unseres Vaters, der verbotene Bereich, denke ich, hat ihm vielleicht irgendwann die Kraft der Zuversicht entzogen, die Grundlage der optimistischen, offensiven Aggression, die sein Spiel ausgezeichnet hat und die ja schließlich nicht destruktiv, monströs, verneinend, todesnah gewesen ist, sondern höchst lebendig, unversehrt und unvergrübelt.

Mein eigenes Scheitern auf dem Tennisplatz, mein früh schon hervortretender Mangel an Talent für den Sport, für alles Sportliche insgesamt, mag neben meiner generellen Unfitness und Dickleibigkeit dieser Zeit auch darin begründet gewesen sein, dass ich mich von den Schatten, vom Absurden und Abseitigen, dem gespenstischen Nebel und der dunklen Seite der Macht sehr viel mehr angezogen gefühlt habe als von den Befriedigungen der körperlichen Erschöpfung und des Dominierens der Gegner, des Siegens im Wettkampf, das ich mir als Empfindung überhaupt nicht vorstellen konnte und aus Gründen der Unerreichbarkeit sehr früh verabschiedet hatte. Im Gegensatz zu meinem sportlichen, kraftvollen Bruder, der schon mit 13 Jahren so aufschlagen konnte, dass den erwachsenen Hittingpartnern aus dem Verein die Bälle schulterhoch entgegensprangen, war ich von meinem Vater sehr bald als der wenig Erfolg versprechende Sohn eingestuft worden. Mein Vater war fair genug, mir weiterhin den Mitgliedsbeitrag für den Tennisverein zu bezahlen, investierte aber keine Zeit in mein Training und kein Geld in meine Ausstattung. Ich schaute meistens zu, wenn mein Bruder mit meinem Vater trainierte oder Turniere spielte. Und ich war meistens froh, wenn ich meinen Vater und die anderen Väter und Mütter der Spieler sah, die auf diesen Turnieren gegeneinander antraten, dass ich nicht in den Fokus ihrer Aufmerksamkeit geraten war. Dass niemand die Zähne fletschte und die Faust vors Gesicht hob, wenn ich einen besonders kraftvollen Winner geschlagen hatte oder in nahezu angewiderter Enttäuschung den Blick abwandte, wenn ich einen Doppelfehler machte oder einen einfachen Schmetterball im Netz versenkte.

Die heranwachsenden Wettkampfspieler, gegen die mein Bruder antrat, waren ambitioniert genug, ihre Schläger zu zertrümmern und sich zwischen den Ballwechseln selbst anzubrüllen. Dieses Anbrüllen allerdings war mir auch schon im Tennisverein aufgefallen, wenn die Senioren der Ü30-, Ü40- oder Ü50-Mannschaften gegeneinander im Training um Punkte spielten. Selbst sehr freundliche und kundenorientierte Menschen wie der Fernsehtechnikermeister Bernd Letterau brüllten sich selbst an auf dem Platz, wenn sie einen Ball verschlagen hatten, bei dem es doch, dachte ich damals, um nichts gegangen war. Ich muss mich, am Spielfeldrand beobachtend, bestimmt auch gefragt haben, denke ich auf dem Parkplatz der Videothek, wie es eigentlich um die freiwillige Selbstkontrolle dieser in Altersgruppen gestaffelten Tennisspieler bestellt war. Ob einem nicht die Unsinnigkeit, die Peinlichkeit und Künstlichkeit des Selbstkontrollverlustes, des Werfens des Schlägers gegen den Zaun, ab einem gewissen Alter, vielleicht ja auch in Sprüngen von 30, 40 oder 50 Jahren, einleuchten müsste wie die Unterscheidbarkeit von Realität und Fiktion beim Schauen der Filme aus der Videothek.

Mit dem Ausfall oder Wegfall meines Bruders, dem plötzlichen Desinteresse an unseren Mutproben des Schauens, war mein eigenes Interesse aber keineswegs gleichsam zum Erliegen gekommen. Ich war weiterhin gespannt und neugierig und angespitzt und aufgekratzt von den Schüben aus Angst und Adrenalin, vom Blut, das mir mein plötzlich panisch schnell schlagendes Herz beim Schauen ins Hirn pumpte. Ich war noch überhaupt nicht fertig damit, als mein Bruder das Interesse auf einen Schlag verloren hatte und nur noch lustlos, übertrieben gelangweilt und überheblich reagierte, wenn es um die Filme aus dem verbotenen Bereich der Piratenvideothek ging. Ich dachte, dass ich wahrscheinlich alleine damit weitermachen musste und dass das vielleicht der nächste Schritt auf der Stufenleiter der Eskalationen dieser Mutproben war: dass niemand, auch nicht der Prüfer in Gestalt meines Bruders, das Bestehen der Prüfung abnehmen würde.

Dass man die Erfahrung also nicht für eine Bestätigung außerhalb dieser Erfahrung machte, sondern für sich selbst.

Ich schaute weiterhin allein Filme aus dem verbotenen Bereich, ohne hinterher irgendwem beweisen zu müssen oder zu können, dass ich auch wirklich hingesehen hatte, als es grässlich wurde, als die Krallen und Klingen zum Einsatz kamen, die Verwandlungen stattfanden, das große böse Nichts sich auftürmte. Ich muss aber, denke ich auf dem Parkplatz vor der Blechbaracke, auf den vielleicht den ganzen Tag über, tagelang niemand mehr kommt, auch abends kein einziger Kleinstadttuner in seinem Kleinwagen, sehr bald schon gespürt haben, dass ich es nicht aushalten würde, dieses Schauen, das Geschauthaben, meinen Veteranenstatus des Hinsehers nirgendwo zu meinem Vorteil oder meiner Selbstdarstellung einsetzen zu können. Das müde Desinteresse meines Bruders war ein Hohn gegen den inneren Aufruhr, in den mich die Filme versetzten, und es musste ein anderer gefunden werden, in den zumindest ein Teil der Spannung abgeleitet werden konnte, die sich in mir aufgestaut hatte.

Ich nutzte die Gelegenheit, wenn Markus Fellhauer zu mir zu Besuch kam, an Nachmittagen, an denen meine Eltern nicht zu Hause waren, um mit ihm Filme aus dem verbotenen Bereich zu schauen. Markus wollte sich sehr viel lieber an die Filme aus dem Ordner halten, weil er befürchtet haben musste, dass er die Regelübertretung später zu Hause vor seinen eigenen Eltern nicht gut würde geheimhalten können – dass irgendeine verräterische körperliche Reaktion auf das Unerlaubte ihn sofort überführen und der Bestrafung ausliefern würde. Es muss aber, denke ich, in mir einen Impuls gegeben haben, Markus Fellhauer ein wenig zu erziehen in dieser Hinsicht, ihm die Furcht vor den Sanktionen seiner Eltern mit einer größeren, tieferen Furcht auszutreiben. Und ihn im Zuge dieser Austreibung vielleicht auch ein bisschen zu foltern mit seinen eigenen stechenden und sengenden und sägenden Schuldgefühlen.

Ich habe mit dem Sohn des Autohausbesitzers bei uns zu Hause, am Nachmittag, wenn meine beiden Eltern nicht da waren und auch mein Bruder anderweitig unterwegs, Cola-Mix trinkend und Salzstangen essend, in unseren jeweiligen Hosen auf dem Sofa meiner Familie, die Filme *Der Exorzist* und *Rosemaries Baby* geschaut, die beide davon handeln, dass sich der Teufel in einen Menschen einnistet – in ein junges Mädchen und in eine junge Erwachsene, als Besessenheit im einen Fall und als Schwangerschaft im anderen. Ich hatte die Filme aus dem verbotenen Bereich zuvor schon einmal gesehen, hatte bewusst nichts ausgesucht, was ich selbst noch nicht kannte, um Markus dabei beobachten zu können, ob er sich die gesamte Dauer der Filme hinzuschauen traute, und um an entsprechenden Stellen darauf hinzuweisen, dass ich das schon einmal gesehen und mich nicht abgewandt hatte.

Im Fall von *Rosemaries Baby* war der ganze Film eine einzige angespannte Anspielung und fürchterlich insofern, als man den Teufel eben nicht sah oder nur in sehr kurzen, angedeuteten Traumsequenzen, was aber die Bildproduktion im Kopf das Schrecklichste ausmalen ließ, was man sich vorzustellen imstande war. Die Szenen des mehrfach unmenschlich verrenkten, übel verunstalteten und mit der Stimme des Teufels sprechenden Mädchens Regan in *Der Exorzist* dagegen waren echte Prüfungen des Hinsehens, die Markus Fellhauer nur schlecht bestand. Immer wieder musste ich in sein vom Fernseher abgewandtes und wie unter Schmerzen verkniffenes Gesicht hinein behaupten, dass es schon vorbei sei, um ihn dazu zu bringen, wieder hinzusehen und so doch noch etwas vom Schrecklichen durch seine Augen in sein Gehirn hineingebrannt zu bekommen.

Und es war sozusagen in Fortsetzung – oder im Glauben der Fortsetzung – des Schauens dieser Filme, dass ich für einen Nachmittag vorm Riesenfernseher im Haus der Fellhauers *The Devil in Miss Jones* aus dem verbotenen Teil der Piratenvideothek meines Vaters mitgebracht habe.

Ich weiß nicht mehr, auf welchen Film aus dem Ordner ich mich vorher mit Markus am Telefon geeinigt hatte. Als ich aber auf dem Stuhl vor dem Regal mit den Videokassetten stand und aus der hintersten Reihe auf dem obersten Brett eine Kassette hervorgezogen hatte, die noch im gelben Kodak-Pappschuber steckte, also sicher noch nicht in den erlaubten Bereich überführt worden war, da alle Kassetten, die mein Vater im Ordner indexierte, weiße Plastikhüllen bekamen, auf denen die fortlaufende Nummerierung ordentlich mit Anreibeziffern aufgebracht war, den handschriftlich auf dem Klebezettel auf dem Rücken der Kassette vermerkten Titel las, den ich mit dem wenigen Englisch, das ich beherrschte, ausreichend übersetzen konnte, hatte ich wohl spätestens entschieden, mich über diese Einigung hinwegzusetzen und stattdessen das Verbotene, die Besessenheit, den Teufel mit ins Fellhauer'sche Wohnhaus zu bringen. Ich werde gedacht haben, dass *The Devil in Miss Jones* die Reihe aus *Rosemaries Baby* und *Der Exorzist* fortsetzen würde, da es wieder um den Teufel gehen musste, der sich in einen weiblichen Menschen eingenistet hatte. Es muss in mir auch der Wunsch schon spürbar vorhanden gewesen sein, das Fellhauerhaus mit einer finsteren Macht in Besitz zu nehmen, die Schwellen des Erlaubten zu übertreten, zu sehen, ob auch ich irgendwann von den Eltern sanktioniert oder suspendiert würde, als schlechter Umgang ausgewiesen, als etwas selbst schon Verkommenes, das das eigene Kind verdarb.

Ich glaube, auf dem Parkplatz der ehemaligen Verleihvideothek, dass ich zu dieser Zeit gehofft habe, durch den fortwährenden Kontakt mit dem Dunklen, durch das heimliche Schauen der Filme, die die Schattenreiche der Seele offenbarten, eine Art Transformation durchlaufen zu haben. Dass ich zu einer Autorität in Bezug auf das Böse geworden war und von diesem Bösen einen Teil seiner Macht und Kraft, etwas vom Furchteinflößenden, übertragen bekommen hatte. Ich meine mich jedenfalls zu erinnern, wie ich mir vorstellte, dass ich durch das verbotene Material, das ich ins Autohausbesitzerhaus mitbrachte, selbst zum Verbotenen werden könnte, ein verstörender, beunruhigender Anderer würde, der dafür sorgte, dass die Fellhauer'sche Wohlstandswelt mit schwarz schillernden Käfern überkrabbelt würde, dass es blutrot hervorquoll aus ihren verstopften Abflüssen und sich ihre teuren Küchengeräte verselbständigten und nur noch schleimigen, eitrigen Brei fabrizierten. Ich stellte mir vor, dass das Licht flackerte und die Spiegel zersprangen, wenn ich im Haus der Fellhauers war, dass ich in der phantasielosen Welt des Autohausbesitzers und seiner operierten Frau Gmork würde statt Atréju und schließlich doch in der Lage wäre, Furcht einzuflößen, wenn schon nicht mit körperlicher Überlegenheit und sportlicher Aggression wie mein Bruder auf dem Tennisplatz, so doch vielleicht durch meine Augen, meinen Blick, der das Böse geschaut hatte.

An dem Tag, an dem ich *The Devil in Miss Jones* zu den Fellhauers mitbrachte, war allerdings nur Markus'

Mutter zu Hause, sein Autohausbesitzervater war im Autohaus bei der Arbeit. Es war auch Markus' Mutter, die mir aufmachte, weil Markus gerade auf dem Klo war oder noch über seinen Hausaufgaben saß oder eine Gartenarbeit verrichtete, die ihm sein Vater aufgetragen hatte.

Man steigt ein paar Waschbetonstufen hinauf zur Haustür der Fellhauers, das Erdgeschoss ist leicht erhöht und ermöglicht so einen recht großzügigen Tageslichteinfall durch ebenerdige Fenster in den Hobbykeller darunter. Die Tür selbst besteht aus zwei geriffelten, mit Stahldraht durchsetzten, goldbraun getönten Glasscheiben in einem dunklen Metallrahmen. Statt einer Klinke ist an diesem Rahmen über dem Türschloss ein quadratischer Handgriff aus schwarzem Plastik angebracht, in den das Relief eines Ammoniten oder einer prähistorischen Riesenschnecke eingearbeitet ist. Die Klingel befindet sich in einer Kuhle neben dem Türrahmen, die mit ebenfalls dunklem Metall ausgekleidet ist und an der kein Schild auf den Namen der Bewohner verweist. Die Fellhauers gehen wohl davon aus, dass, wer so weit schon an ihre Schwelle herangekommen ist, eh weiß, wer dort wohnt. Man drückt die Klingel und wartet und nach einer Weile tritt eine Person von innen an die Tür heran, eine Silhouette, die durch den geriffelten Schliff der Türglasscheiben in ihren Umrissen mehrfach gebrochen und fragmentiert aussieht, verpixelt, als würde sie beim Gehen stetig auseinanderfallen und sich wieder neu zusammensetzen.

Und ich weiß noch, dass mir Frau Fellhauer an dem Tag, an dem ich *The Devil in Miss Jones* mitgebracht habe, auf eine sehr kraftlose Weise die Tür geöffnet hat. Dass die fragmentierte Silhouette durch das Türöffnen zur zwar fest verfügten, aber unheimlich müde wirkenden Fellhauermutter wurde, die mich anschaute mit ihrem Gesicht, das weiterhin etwas Unbeständiges an sich hatte und außerdem von tiefer Resignation und einem ganz und gar vergeblichen Streben gezeichnet schien. Einem Streben nach Jugendlichkeit oder Anerkennung oder dem Geliebtwerden durch einen zur Liebe unfähigen Menschen. Dieses Gesicht, dachte ich, während ich doch eigentlich dachte, dass ich als kindlicher Dämon im Bunde mit finsteren Mächten auf der Fellhauerschwelle stand und ihnen den Teufel ins Haus tragen würde, vermittelte direkt, ohne Umschweife und wortlos, dass es einen ganz anderen, weil realen Horror geschaut hatte, der mir noch völlig fremd war, gleichzeitig aber etwas vom Leiden und der Verzweiflung des Erwachsenenlebens in der Zukunft erzählte und mich damit sofort eiskalt ängstigte.

Im Eingangsbereich des Hochparterres des Fellhauerhauses liegen teure Teppiche aus allen möglichen arabischen und nordafrikanischen Ländern, die der Autohausbesitzer auf seinen Reisen zu Automessen, Präsentationsveranstaltungen und Rennstreckentests erworben und mit nach Hause in die Kleinstadt gebracht hat. Ich habe, aus Respekt vor der Schönheit und der hochwertigen Anmutung dieser Teppiche, immer versucht, durch den Eingangsbereich des Fellhauerhauses hindurchzukommen, ohne sie mit meinen Schuhen zu berühren, also nur in den Zwischenräumen und Lücken zwischen den Teppichen auf den flaschengrünen Fliesen, die in den unteren Räumen verlegt sind, zu balancieren. An dem Tag, an dem ich *The Devil in Miss Jones* mitgebracht hatte und mir von Markus' müder Mutter die Tür aufgemacht worden war, kam ich mir ganz besonders seltsam dabei vor, um den Teppich, auf dem Frau Fellhauer stand, herumzugehen, als würde ich sie in gebührendem Abstand umkreisen, wie eine Vitrine in einem Museum oder ein gefährliches Tier.

Während ich an den geraden Kanten des Teppichs hinter der Eingangstür entlangging, wandte sich Markus' Mutter langsam um, wobei sie den Kopf gesenkt hielt und nicht mich anschaute, sondern eher meine Füße auf ihrem seltsamen Umweg beobachtete, so dass ich ihr, obwohl sie ja größer war als ich, von oben ins Gesicht und insbesondere in die unteren Augenlider hineinschauen konnte, die sich von den Augäpfeln weggewölbt zu haben schienen, das Fleischige, Rotschimmernde der Lidinnenseiten war jedenfalls zu sehen, als hätte Frau Fellhauer viel geweint, aber die Haut um ihre Augen hätte nicht mehr ausreichend Substanz, um davon anzuschwellen. Ich meine mich sogar zu erinnern, dass ich, obwohl mir das inzwischen eigentlich unmöglich erscheint, meine wie durch einen Türspion oder ein Fischauge oder ein extremes Weitwinkelobjektiv in die Breite verzerrte Gestalt am Rand des Teppichs im Eingangsbereich des Fellhauerhauses in den Innenseiten der unteren Augenlider von Markus' Mutter gespiegelt gesehen habe.

Ich sagte zu Frau Fellhauer, die nicht mich direkt, sondern meine Schuhe anschaute, von dem rot Schimmernden unter ihren Augen gleichzeitig fasziniert und abgestoßen, in einer Art vorauseilender Offenlegung aller Vorhaben, dass ich einen Film zum Schauen mit Markus mitgebracht habe, der eine Fortsetzung von etwas sei, das wir bereits geschaut hätten. Implizit, dachte ich, wäre damit ja auch gesagt oder behauptet, dass wir ein Schauen fortsetzten, das vorher schon einmal genehmigt worden war. Der Frau des Autohausbesitzers schien es aber überraschend gleichgültig zu sein, was ich dabeihatte und gleich mit ihrem Sohn auf dem Riesenfernseher im Dachgeschoss schauen würde. Sie sagte: gut. Und dass sie dann vielleicht nachher mal hochkommen werde, um nach uns zu sehen. Und ob ich eine Limonade möchte, um sie mit nach oben zu nehmen. Ich antwortete, ohne eine Sekunde zu überlegen, dass es doch verboten sei, Getränke auf das hochwertige Sofa der Fellhauers mitzunehmen, und fühlte mich dabei, als hätten mich Markus' Eltern doch noch hinterrücks wie ihren eigenen Sohn dazu erzogen, ihre absurden Regeln auch dann noch zu befolgen, wenn man von ihnen höchst selbst dazu eingeladen war, sie zu brechen. Frau Fellhauer sagte, ja, dass das stimme, dass ich recht habe.

Beim Hochsteigen, auf den freistehenden Holzstufen nach oben in den ersten Stock, wo ich Markus in seinem Zimmer vermutete, dachte ich, meine ich, daran, dass Frau Fellhauer, als Hausfrau und Buchhalterin des Autohauses, nie auf Dienstreisen ging wie ihr Mann. Markus hatte mir einmal erzählt, dass sie nicht so oft in den Urlaub fahren würden, weil sein Vater von seinen beruflichen Fernreisen immer mit einem starken Bedürfnis nach Hause komme, daheim zu bleiben und seine Freizeit im Hobbykeller mit den Legokonstruktionen zu verbringen. Die Frau des Autohausbesitzers war also die meiste Zeit zu Hause, was in mir, denke ich, auf den Stufen nach oben die Frage aufkommen ließ, für wen, für welche Öffentlichkeit, für wessen Blicke sie die Operationen an ihrem Äußeren vornehmen ließ. Ging es um den eigenen Blick in den Spiegel? Den Blick, der sie aus dem Spiegel heraus anschaute? Oder waren die Modifikationen Versuche, die Bedingungen zu erfüllen, an die die Zuneigung ihres Mannes geknüpft war? Ich dachte jedenfalls, meine ich mich zu erinnern, dass, unabhängig davon, welche Augen es waren, wessen unterstellte oder tatsächlich formulierte Erwartungen, die die äußeren Veränderungen bedingten, innen in ihr etwas oder jemand sein musste, das oder der oder die nach außen nicht angemessen repräsentiert wurde. Es musste ein anderer Mensch und Charakter, ein anderes Wesen hinter diesen ewig modifizierten Zügen stecken, etwas Richtiges in falscher Hülle oder etwas seit jeher als falsch Empfundenes, das auch von den tiefsten Schnitten in die Oberfläche nicht wirklich erreicht werden konnte. Wer oder was, dachte ich, die Kassette unter dem Arm auf den Stufen nach oben, wohnt in Miss Fellhauer?

Ich wollte verhindern, dass ich selbst den Mut verlieren würde, einen Film aus dem verbotenen Bereich der Piratenvideothek meines Vaters im Dachgeschoss auf dem Fellhauer'schen Riesenfernseher zu schauen, sagte Markus also erst mal nichts davon, erzählte ihm nicht, was ich mitgebracht hatte, wartete ab, was passieren würde, wenn wir unsere Hosen ausgezogen hatten und unter der Decke auf dem Sofa waren, Markus auf der Fernbedienung ▶ drückte und ein ganz anderer Film begann als der, auf den wir uns am Telefon geeinigt haben mussten.

In den ersten Szenen von *The Devil in Miss Jones* sieht man eine junge Frau in einem Morgenmantel allein in ihrer Wohnung, wie sie zuerst aus dem Fenster schaut auf eine vielbefahrene, regennasse Straße in New York oder einer anderen amerikanischen Großstadt. Im Hintergrund läuft eine einfache, auf beunruhigende Weise ruhige Klaviermusik. Die Frau lässt die Jalousien vor dem Fenster herunter, obwohl es draußen noch hell ist, tritt vor einen Spiegel und verteilt gründlich Hautcreme in ihrem Gesicht. Die Kamera steht schräg hinter ihr und filmt über ihre Schulter das Spiegelbild, das die Frau von sich selbst sieht. Die Frau zieht ihren Morgenmantel aus und betrachtet ihre Brüste, die man ebenfalls im Ausschnitt des Spiegels sehen kann, den die Kamera zeigt. Ihr Blick ist nüchtern, fast streng, als begutachtete sie den Körper einer anderen Person und als wäre es ihre Aufgabe, diesen Körper objektiv zu bewerten. Ich schaute rüber zu Markus, der die Augen weit aufgerissen hatte, ohne zu blinzeln, und der noch immer die Fernbedienung am ausgestreckten Arm hielt, als könnte der Film plötzlich aufhören, wenn er sie aus der Hand legte.

Die Frau geht nackt durch ihre Wohnung bis ins Badezimmer, wo sie sich Wasser in die Badewanne einlaufen lässt. Während sie sich durch die Wohnung bewegt, Wasser einlässt und Badezusatz ins Wasser gibt, sieht man den gesamten Körper der Frau, ihre Brüste, ihren Po, ihr Schamhaar. Die Frau holt aus dem Spiegelschrank über dem Waschbecken einen Nassrasierer, legt ihn auf dem Wannenrand ab und steigt ins Wasser. Nach ein paar Augenblicken, die Markus und ich der Frau wie hypnotisiert beim Baden zugesehen haben, nimmt sie den Nassrasierer vom Badewannenrand, schraubt den Kopf auf, entnimmt die Rasierklinge und schneidet sich damit die Pulsadern auf, ohne dass sich der nüchterne Ausdruck in ihrem Gesicht dabei je ändern würde.

Der Klaviermusik stellt sich in dieser Szene ein getragener Gesang an die Seite, von dem Markus und ich sicher kein Wort verstanden haben, als wir auf dem Riesenfernseher den nackten Körper der Frau dargestellt sahen, wie er von einer Art Vogelperspektive aus betrachtet in der Badewanne lag und vom Blut aus den aufgeschnittenen Pulsadern rot umwölkt wurde. Wir sahen, wie sich der Ausdruck der Nüchternheit im Gesicht der Frau in einen Ausdruck der Leblosigkeit verwandelt und wie ihr Kopf auf die Seite kippt, als sie stirbt.

Und dann sahen wir, in der nächsten Szene, wie diese Frau, wieder bekleidet, in einen Raum hineingeht, in dem ein großer Schreibtisch vor einer Fensterfront steht, die offensichtlich einen weiten Garten oder eine weite Waldlandschaft überblickt, und wie sich von seinem Platz hinter diesem Schreibtisch ein Mann erhebt, die Frau mit einem Kopfnicken begrüßt und ihr mit einer Handgeste einen Stuhl auf der anderen

Seite anbietet. Die Frau setzt sich an den Schreibtisch des Mannes, sichtlich verwirrt und ohne eine Ahnung davon, wo sie ist und was sie da soll, wer dieser Mann ist und was er von ihr will. Bis zu diesem Punkt wird in *The Devil in Miss Jones* kein einziges Wort gesprochen.

Das folgende Gespräch zwischen dem Mann hinter dem Schreibtisch und der Frau, die sich eben noch in der Badewanne die Pulsadern aufgeschnitten hat, ist in der Fassung, die Markus und ich auf dem Sofa seiner Eltern geschaut haben, wahnsinnig schlecht synchronisiert. Die Stimmen der Sprecherin und des Sprechers der deutschen Übersetzung fallen wie verstörende Fremdkörper in den Film ein und haben sicherlich auch damals schon in mir und Markus ein Befremden erzeugt, auch wenn wir zu dieser Zeit grundsätzlich alle Filme in ihren Synchronfassungen geschaut haben und kein besonderes Bewusstsein für die seltsame Verschiebung, die Falschheit der geliehenen Stimmen, die Stummschaltung des wichtigsten Werkzeugs der eigentlichen Schauspielerinnen und Schauspieler gehabt haben. Die deutschsprachige Tonspur von *The Devil in Miss Jones* passte überhaupt nicht auf die Lippenbewegungen der Figuren am Tisch. Es wurde sich noch nicht mal die Mühe gemacht, die gesprochenen Inhalte in ihrer Länge ungefähr auf die Zeiträume anzupassen, in denen die Figuren sprechend zu sehen waren, so dass sie oft mit geschlossenem Mund weitersprachen oder schon zu reden anfingen, während sie noch die Lippen aufeinanderpressten. Der Ton des Gesprochenen wirkte außerdem, als wäre er an einem ganz anderen Ort aufgezeichnet worden. Das atmosphärische Grundrauschen des Raumes, in dem sich der Tisch befand, das Zwitschern der Vögel vor der großen Fensterfront – alles setzte wie auf Knopfdruck aus, wenn etwas gesagt wurde, und kam erst wieder, wenn die Frau oder der Mann am Schreibtisch ihre Sätze beendet hatten. Der Effekt, den die ganz eindeutig äußerlichen oder nichteigenen Stimmen erzeugten, die für die Figuren aus ihnen oder über sie hinweg sprachen, war, dass diese Figuren auf eine Art marionettenhaft oder bauchrednerpuppenhaft wirkten. Ich erinnerte mich an das Mädchen aus *Der Exorzist*, aus dem die Stimme des Teufels spricht und das die Priester, die an ihrem Bettrand stehen und versuchen, ihr diesen Teufel wieder auszutreiben, wüst beschimpft. Und ich fragte mich, ob dieses seltsam unpassende Sprechen schon ein Hinweis darauf war, dass sich derselbe Teufel auch in Miss Jones eingenistet hatte.

Aufgrund dieser Synchronfassungsirritation dauerte es eine Weile, bis ich – und ich glaube, Markus ist es nicht anders gegangen – erfassen konnte, worum es in dem Gespräch überhaupt ging. In gewisser Weise passte das auch ganz gut, da ja auch die Frau zuerst nicht recht begreift, wo sie sich befindet und was ihr der Mann, der etwas verklausuliert spricht, eigentlich sagen will.

Von den seltsam fremden Stimmen abgelenkt und außerdem eh noch überwältigt und befangen von der expliziten Darstellung des Badewannensuizids der Frau, ihrer Nacktheit und dem Schneiden der Rasierklinge in die Pulsadern in Nahaufnahme, kam die Einsicht bei mir noch zeitverzögerter an als bei der Betroffenen, dass sie jetzt tatsächlich tot ist und dies der Zwischenraum zwischen Welt und Himmel oder Hölle, in dem sich entscheidet, wer wohin weitergeschickt wird. Der Mann hinter dem Schreibtisch ist eine Art Schwellenwächter und Überbringer der schlechten Nachricht, dass Miss Jones, da sie sich ihr Leben selbst genommen hat, nicht in den Himmel kommen darf, sondern in die Hölle muss für alle Ewigkeit. Sie hat sich durch ihren Selbstmord letztgültig auf fatalste Weise versündigt, und es zählt nichts, wie nobel und rechtschaffen ihr Leben bis dahin gewesen ist und ob sie jemals jemand anderem als sich selbst Leid zugefügt hat, als sie noch auf der Welt war.

Ich dachte, als ich schließlich begriffen hatte, was für ein Ort dieser Raum war und worum sich das Gespräch drehte: fabelhaft. Dass das ja dann tatsächlich eine Fortsetzung nicht nur der verbotenen Filme war, die ich mit Markus geschaut hatte, sondern auch des einen Films, den uns sein Autohausbesitzervater durch sein skeptisches Spulen verdorben hatte. Der Selbstmord der Frau der Robin Williams-Figur aus *Hinter dem Horizont*, dachte ich, der einem dort in der Darstellung vorenthalten worden war, könnte das hier sein. Inklusive der nachfolgenden Eröffnung der fatalen Konsequenz: Hölle für immer für alle, die selbstbestimmt aus dem Leben ausscheiden. Miss Jones ist von der Einsicht in ihre Verdammung zwar sichtlich geschockt, bewahrt aber gleichzeitig die gefasste Haltung, mit der sie auch zuvor schon durch ihre Wohnung gegangen war und in der Wanne dem Nassrasierer die Klinge entnommen hatte. Die Verzweiflung, die hoffnungslose Trauer und tiefe Resignation, die die Nachricht ihrer bevorstehenden Höllenfahrt auslöst, ist nur an wenigen subtilen Bewegungen ihres Gesichts ablesbar.

Ohne dass ich das wollte oder etwas dagegen hätte tun können, erinnerte mich dieser Ausdruck gefasster Trauer und Verzweiflung im Angesicht der unglaublichen Enttäuschung über die Umstände des Lebens nach dem Tod an das operierte Gesicht von Markus' Mutter, als sie mir die Tür aufgemacht hatte. Ich nahm, unabsichtlich, eine Überblendung dieser beiden Frauenfiguren vor: der Selbstmörderin, die ich auf dem Riesenfernseher sah, und der Frau des Autohausbesitzers, die ja jeden Augenblick nach oben kommen und nach uns sehen konnte. Ich fragte mich vielleicht, denke ich auf dem Parkplatz der leerstehenden Verleihvideothek, ob sich Frau Fellhauer in der dargestellten Verdammten auch selbst wiedererkennen würde. Ich dachte an die vielen Schnitte, die bereits in die Haut von Markus' Mutter eingedrungen waren, sah sie vor mir in der Badewanne liegen, mit blutenden Augen und Lippen, sah rote Wolken aus all den Schnittstellen und Nähten hervorquellen, die über ihren Körper verteilt sein mussten, wusste, dass ich ihr nie wieder würde begegnen können, ohne gleichzeitig auch die Selbstmörderin aus *The Devil in Miss Jones* zu sehen, und glaubte wohl in dem Moment, dass es eine sehr gute Idee gewesen war, den Film ins Fellhauerhaus mitzubringen.

Ob Markus die gleiche Assoziation hatte, in der Selbstmörderin seine eigene Mutter erkennen konnte, kann ich nicht sagen. Es wäre in dem Moment und auch später nicht gegangen, ihn danach zu fragen.

Miss Jones, von der wir erfuhren, dass sie noch Jungfrau war, als sie sich getötet hat, und auch sonst im Leben sehr zurückhaltend gewesen sein muss, bekennt, am Schreibtisch im Zwischenraum zwischen Tod und Höllenfahrt, eine Zigarette rauchend, dass sie, dürfte sie ihr Leben nochmals leben, eines führen würde, das von Lust erfüllt wäre. Dass sie sich verschlingen lassen würde von der Lust, sich vollständig hingeben ohne Zweifel oder Zaudern, woraufhin ihr von dem Mann hinter dem Schreibtisch, dem dieses Bekenntnis sichtbar gefällt, eine Gnadenfrist unter den Lebenden eingeräumt wird. Es passiere, so der Mann, so wenig Interessantes in seinem Job, dass er ruhig einmal die Grenzen des Möglichen ausloten könne. Miss Jones bekomme ein paar Wochen Zeit, um auf der Erde all die lustvollen Erfahrungen zu machen, die ihr aus ihrem frühzeitig beendeten Leben noch fehlen. Ein paar Wochen, mehr nicht, danach müsse sie sicher und für immer in die Hölle.

Der Mann steht nochmals von seinem Platz hinter dem Schreibtisch auf und begleitet die Frau, die noch nicht recht fassen kann, dass ihrem Begehren wirklich stattgegeben wird, zu einer großen, reich verzierten Flügeltür am Ende des Raumes, durch die sie nun lediglich zu gehen hat, um ihre der Lust verschriebene Dreingabe zum Leben anzutreten.

Durch diese Tür kommt Miss Jones in einen weiteren Raum, in dem sie ein weiterer sitzender Mann erwartet. Diesmal ein Schnauzbärtiger im Morgenmantel, der in einem Sessel sitzt und ihr sogleich Anweisungen gibt, wie er zu verwöhnen sei, und erklärt, was er alles Lustvolles mit Miss Jones anzustellen vorhabe und mit sich selbst angestellt haben möchte. Und wieder brach in diesen Szenen, in denen die Frau mit dem Schnauzbärtigen alle möglichen Positionen und Praktiken des Sexuellen durchspielt, was von einer sehr nah herankommenden Kamera in Bilder gesetzt wird, die Markus und ich vor dem Riesenfernseher des Dachgeschosses in schockstarrer Faszination betrachteten, das synchronisierte Sprechen, die Anweisungen des Schnauzbärtigen, die Willens- und Lustbekundungen der Frau, auf eine fremde und sehr unschöne Weise als akustisches Störelement in die Szenen ein. Ich erinnere mich sehr gut daran, dass ich, trotz der heißen Wellen, die durch meinen Körper rollten, und des wild bis an den Kiefer hinaufpochenden Herzens, die Tatsache, dass Miss Jones genussvoll über den schönen Penis des Mannes spricht, noch während er ihr den gesamten Mund ausfüllt, als besonders gruselig empfunden habe.

Während Markus und ich die explizit und auf dem Riesenfernseher der Fellhauers riesig groß dargestellten

Sexszenen der folgenden Initiation in die noch unbekannte Welt der Lust schauten, die uns selbst ja noch viel unbekannter war als der Frau, deren sämtliche, auf verschiedenste Weisen penetrierte Körperöffnungen unseren weit aufgerissenen Augen präsentiert wurden, haben wir, glaube ich, sehr bewusst vermieden, dass sich unsere nackten Beine unter der Wolldecke berührten, was die Spannung, die Verstörung und das ganzflächige Überkribbeltsein der Haut ins Unerträgliche gesteigert hätte.

Als die deutsche Synchronstimme von Miss Jones zwischen ihren fremdkörperhaften Kommentaren schließlich laut zu stöhnen und einzelne Worte und Laute der Bestätigung auszurufen begann, wobei die Synchronstimme des Schnauzbärtigen ihrerseits mit tief rollender Stimme jede Handlung beschreibend begleitete und alles als *schön* bezeichnete, schön das und das und jetzt noch schön so und schön da rein und von hier und so weiter, was bewirkte, dass das dargestellte Haarige, Schwitzige, schmatzend Saftige grotesk *unschön* wirkte oder so, als müsste man schon ein erwachsener Mensch sein, um diese Schönheit zu begreifen, drückte Markus schließlich, wie sein Vater vor ihm, auf der Fernbedienung auf schnellen Vorlauf, wodurch der Ton sofort verschwand und nur noch die schnell ruckelnden Körper und Körperteile und die auf verschiedenste Weise verzerrten, verkniffenen und aufgerissenen Gesichter der Darstellerinnen und Darsteller über den Riesenfernseher rannten.

Was aber trotz des schnellen Vorlaufs sichtbar blieb, war, dass das Gesicht von Miss Jones plötzlich zu sehr viel mehr Ausdruck, zu verschiedenartigster Mimik imstande war, was wohl, wie ich damals gedacht haben muss, unmittelbar mit der neuen Erfahrung der Lust und alldem, was vom Schnauzbärtigen als *schön* bezeichnet wurde, zusammenhängen musste. Es gab sogar noch eine weitere Szene in einer Badewanne, in der Miss Jones alleine lag und sich mit dem Wasserstrahl aus einem Gummischlauch selbst befriedigte. Ihr sich im Zeitraffer übertrieben schnell hin- und herwerfender Kopf war zu sehen, ihr Gesicht, in dem ein Schrei festzusitzen schien, der sogar ohne Ton und in der unnatürlichen Geschwindigkeit der Wiedergabe etwas ungemein Befreiendes suggerierte.

Ich dachte beim Anblick der Entfesselung der Mimik der Selbstmörderin in der Badewanne weiterhin immer auch an Frau Fellhauer, die jeden Moment nach oben kommen konnte, und fragte mich, ob sie sich wohl auf dieselbe Weise wie Miss Jones selbst helfen und befreien könnte. Ob diese Lustkur etwas wäre, was von innen her heilen würde, was von außen zerschnitten worden war. Und ob dadurch auch sie zurückfinden könnte zu einem lebhaften Gesichtsausdruck, der nicht immer schon ständiger Vorgriff sein würde auf den zur Seite kippenden Kopf im Augenblick des Todes.

Es wäre von hier nicht mehr weit, denke ich auf dem Parkplatz der ehemaligen Verleihvideothek, zu dem ich ja schon zu Fuß gekommen bin vom Haus meines

Vaters bis zum Autohaus *Mercedes Fellhauer*, dessen Leitung und Führung Herr Fellhauer inzwischen an seinen Sohn Markus übergeben hat, der dort jetzt die Kunden betreut und die Geschäfte leitet und vielleicht, denke ich, auch schon eine Frau gefunden und geheiratet hat, die sich um die Autohausbuchhaltung kümmert. Vielleicht hat der Autohausleiter Markus inzwischen selbst einen Riesenfernseher und ein Kind, das er beim Fernsehen stichprobenartig kontrolliert, um sicherzugehen, dass es sich im Rahmen des Erlaubten bewegt.

Ich wüsste gerne, ob Markus eine bewusste Erinnerung an das Schauen ohne Hosen auf dem Sofa seiner Eltern hat, an *Die Unendliche Geschichte, Hinter dem Horizont* oder *The Devil in Miss Jones* –, aber ich weiß eigentlich schon, während ich denke, dass ich das gerne wüsste, dass ich nicht zum Autohaus gehen und den erwachsenen Markus dort treffen werde. Ich denke, dass nun ja bestimmt die Mittagspause schon begonnen hat und dass Markus sehr wahrscheinlich, dem Vorbild seines Vaters folgend, in dieser Pause mit dem eigenen Mercedes-Neuwagen auf umständlichen Umwegen zum Mittagessen nach Hause oder in eines der Restaurants der Kleinstadt fährt. Und dass er auch sonst wahrscheinlich in der Zwischenzeit recht gut in die Anzüge seines Vaters reingewachsen ist und sich an unsere gemeinsam verbrachte Zeit nur schlecht, unzureichend oder falsch erinnern würde, die falschen Sachen hervorholen, ausblenden, überspielen, überschreiben was peinlich war oder was die eigenen Eltern denunzieren könnte.

Frau Fellhauer ist an dem Tag, an dem ich *The Devil in Miss Jones* in ihr Haus mitgebracht hatte, nicht nach oben gekommen, um nach uns zu sehen. Wir waren im schnellen Vorlauf aber auch sehr bald schon am Ende des Films angekommen und haben nur noch die finale Szene in normaler Geschwindigkeit geschaut, in der Miss Jones in großer Verzweiflung (die sich deutlich in ihrer variantenreichen Mimik ablesen lässt) auf einen mit sich selbst und seinen Gedanken beschäftigten Mann einredet, der sich durch nichts dazu verleiten lässt, Sex mit ihr zu haben. Das ist, suggeriert der Film mit dieser letzten Szene, ihre Höllenqual, die sie fortan für immer erdulden muss.

Ich bin an diesem Tag nach Hause gegangen, noch bevor Markus' Vater von der Arbeit gekommen ist. Frau Fellhauer habe ich beim Rausgehen nicht mehr gesehen. Ich habe es, unbeobachtet von Markus oder einem seiner Erziehungsberechtigten, vermieden, auf die teuren Teppiche im Eingangsbereich zu treten. Es war das letzte Mal, dass ich einen Film ins Fellhauerhaus mitgebracht habe. Markus sagte später, er habe selbst entschieden, dass er das Filmschauen mit mir nicht mehr fortsetzen möchte.

Was wir, denke ich auf dem Parkplatz der Videothek, nie angemerkt oder besprochen haben, war die Rolle meines Vaters in dieser Sache, der *The Devil in Miss Jones* schließlich aus der Erwachsenenabteilung der *Videotime* ausgeliehen und für den verbotenen Bereich der Piratenvideothek überspielt haben musste.

Hinter dem Baum mit den aneinandergeschichteten, rostigen Fahrrädern, von Brennnesseln, Büschen und einem dichten Rhododendronstrauch größtenteils so zugewachsen, dass er kaum mehr erkennbar ist, trennt ein Maschendrahtzaun das Gelände der ehemaligen Verleihvideothek von der benachbarten Hochhaussiedlung ab, die in den 1970er Jahren errichtet wurde und seither vor allem von arbeitslosen, einkommensschwachen und migrantischen Einwohnern des Ortes bewohnt wurde. Vom Parkplatz vor der verschlossenen Blechbaracke aus gut sichtbar ist ein zwischen die Nesseln und Sträucher festgetretener schmaler Fußpfad, der zu einem Loch in diesem Zaun führt, wo er entlang eines seiner Stützpfähle mutwillig aufgeschnitten und zur Seite gebogen wurde.

Ich bin oft durch dieses Loch zwischen *Videotime*-Parkplatz und Hochhaussiedlung hindurchgekrochen, ohne mich zu fragen, wer es eigentlich immer wieder aufs

Neue reparierte und wer es immer wieder aufschnitt und aufbog, was zur Zeit, als die Videothek noch geöffnet hatte, ein regelmäßiges Hin und Her gewesen ist. Ich habe mich auch nicht gefragt, von welcher Seite aus der Zaun ursprünglich überhaupt erst errichtet worden war, welches Grundstück und welche Interessen sich vom je anderen abgrenzen und abzäunen wollten. Das Loch muss aber ein praktischer Übergang gewesen sein (und ist das, denke ich, dem recht frisch ausgetretenen Pfad nach zu urteilen, noch immer) zwischen den beiden Seiten, die ansonsten nur über den sehr weiten Umweg der verkehrsberuhigten Wohnstraßen miteinander verbunden waren.

Ich denke, als ich schon ein paar Schritte auf dem Pfad in Richtung des Lochs zwischen die Brennnesseln gegangen bin, dass dieser Durchgang ein typischer Randbereich des Ortes ist, von dem mein Vater nie wusste, dass er existierte, obwohl er direkt an den Parkplatz, auf dem wir so oft geparkt haben, angrenzt. Mein Vater war nie zu Fuß in den Zwischenräumen und auf den Verbindungswegen zwischen den verschiedenen Ortsteilen unterwegs. Er zwängte sich durch keine Löcher zur Abkürzung. Ich sah ihn sich schnaufend, oft stöhnend durch die Türöffnung auf der Fahrerseite seines Autos in den Sitz fallen lassen oder daraus hochstemmen. Aber es ist mir unmöglich, mir auch nur vorzustellen, wie er sich durch ein solches Loch zwängen würde, wie ich es im Zaun vor mir habe, als ich auf dem Pfad zwischen den Nesseln am Rand des Parkplatzes der ehemaligen Verleihvideothek stehe. Ich wusste von dem Loch im Zaun, wenn ich gemeinsam mit meinem Vater auf dem Parkplatz aus dem Auto stieg. Und ich wusste, dass es meinem Vater unbekannt war.

Und weil mir der versteckte Durchgang durch das Loch im Zaun zur Hochhaussiedlung als etwas aus der Vergangenheit Vertrautes erscheint, das noch dazu mich in meiner Vorstellung vor meinem Vater und vor dem Ort als Eingeweihten ausweist, der seine Wege kennt, beschließe ich hindurchzukriechen, wie ich es früher gemacht habe, um auf die andere Seite zu kommen.

Obwohl ich als Kind im Verhältnis zur Größe sehr viel dicker war, als ich es heute bin, gibt es für mich in dieser Gegenwart keine geschmeidige Bewegung durch die Öffnung im Zaun, die mit meiner Erinnerung an die Geschmeidigkeit der Bewegung von früher auch nur im Ansatz vergleichbar wäre. Es ist ein unpassender Körper in unpassendem Alter, den ich da umständlich hindurchzwänge. Ich stecke zuerst die Arme, den Kopf und die Schultern, den Oberkörper durch das Loch, muss mich dann umdrehen und mit den Händen in den Maschen festhalten, das Becken und den Po in einer halb hockenden Position auf die andere Seite schieben und die Beine einzeln nachziehen, wobei ich mir auf Höhe des linken Beckenknochens an einem spitz vorstehenden, durchgezwickten Drahtstück ein Loch ins Hemd reiße.

Auf der anderen Seite des Lochs ist ein grün überwölbter Unterschlupf, in den ich aufrecht stehend als erwachsener Mensch nicht mehr hineinpasse und mich also in gebückter Haltung, mit vorgestreckten Händen, um mir die Blätter und Äste aus dem Gesicht zu halten, in Richtung der hellen Öffnung zur Hochhaussiedlung vorantasten muss. Vor mir auf dem Boden liegt der Müll derer, die diesen Unterschlupf oder diesen Durchgang zwischen den Grundstücken noch regelmäßig nutzen. Ich sehe das ehemals hellsilbrig glitzernde Innere einer aufgerissenen Chipstüte, matt geworden durch den Blütenstaub der Büsche, denke: wie unendlich lang das brauchen wird um zu verrotten, und fühle mich dabei aus irgendeinem Grund noch gebückter als ohnehin schon.

Der Unterschlupf und Durchgang in den hochhaussiedlungsseitigen Büschen öffnet sich auf den sonnenbeschienenen Spielplatz der Siedlung: ein paar Metallgestelle, um daran herumzuklettern, eine Schaukel, eine gleißend das Sonnenlicht reflektierende Edelstahlrutsche, von der ich annehme, dass sie im Moment meines Hervorkriechens aus dem Gebüsch, als gebückte Gestalt mit dem Loch im Hemd, unbenutzbar heiß aufgeheizt sein muss, und ein großer Sandkasten, in dem zwei Kleinkinder mit strahlendweißen Kindersonnenhüten samt Schutzlappen für ihre Nacken sitzen und graben.

Ich fühle mich sofort auf eine anstößige, für einen Erwachsenen ohne Kind auf einem Kinderspielplatz wohl durchaus angemessene Weise fehl am Platz. Und ich erinnere mich, dass ich mich hier früher schon einmal ganz ähnlich gefühlt habe. Dass dieser Spielplatz mir eigentlich seit jeher ein Ort gewesen ist, der die eigene Deplatziertheit, eine metaphysische Fundamentalverirrung, ein offensichtlich falsches Bewusstsein, falsche Bedürfnisse zur falschen Zeit im falschen Körper bedeutet hat.

Zu der Zeit, als ich durch das Loch im Zaun noch bequem hindurchpasste und der Unterschlupf dahinter Platz genug bot, um darin unterzuschlüpfen, habe ich in dieser Hochhaussiedlung, zu der der Spielplatz gehört, viel Zeit mit Ozan Kovačevski verbracht, der mit seiner Familie, das heißt mit seiner Mutter und mit seinen beiden Schwestern, hier in einer kleinen Wohnung gelebt hat.

Ozan ist in der fünften Jahrgangsstufe einmal sitzengeblieben und kam damit neu in die Klasse, in die Markus Fellhauer und ich von Beginn an gegangen sind. Er war durch sein Sitzenbleiben genau ein Jahr älter als wir und allein dadurch für mich als potenzieller neuer Freund interessant. Vielmehr aber noch, weil sein Sitzengebliebensein in einer so niedrigen Jahrgangsstufe vermuten ließ, dass Ozan – wie ich selbst – frühzeitig erkannt hatte, dass die Schule keine für ihn interessanten Inhalte parat halten würde und dass sich das richtige Leben und der wahrhafte Unterricht anderswo abspielten. Ich hatte meine Leistungen bis dahin auf befriedigende Weise erbracht und war nie wirklich gefährdet gewesen, nicht in die nächste Stufe versetzt zu werden. Aber ich hatte lange schon das Gefühl gehabt, dass im Schulunterricht etwas gefordert wurde, das allein dem Unterricht, dem Schulsystem, der Erziehung zu fleißigen, strebsamen, arbeitswilligen Menschen diente und nichts von dem jemals enthalten würde, was an Nachrichten, Berichten und Geschichten aus der Weite der restlichen Welt (in der sich, in meiner Vorstellung, das wirkliche Leben abspielte) jede Woche neu in der Verleihvideothek ankam.

Ozan lebte noch nicht lange mit seiner Mutter und seinen beiden Schwestern in der Hochhaussiedlung am Rand der Kleinstadt, in Deutschland generell, und Ozans Mutter sprach Deutsch nur gebrochen und fehlerhaft, wofür Ozan sich schämte, weshalb er in ihrer Abwesenheit beleidigende und respektlose Dinge über sie sagte, die ihn selbst oft traurig und hilflos wirken ließen. Wo sein Vater war, ob er noch lebte, ob er auch mit nach Deutschland gekommen war, aber in einer anderen Wohnung wohnte oder in dem mir völlig fremden Staat Mazedonien zurückgeblieben war, von dem mir Ozan einmal die sehr schöne Landesflagge gezeigt hatte, unter dem ich mir ansonsten aber überhaupt nichts vorstellen konnte, wusste ich nicht. Ich hatte früh bemerkt, dass das ein Thema war, bei dem Ozan sehr aggressiv wurde und schneller noch als sonst den erstbesten Kanal suchte, das nächste Ding oder den nächsten Menschen, um etwas von dieser Aggression abzureagieren, wobei ich immer das Gefühl hatte, dass ein wesentlicher Rest in ihm zurückblieb, der ihn langfristig schwächte und entmutigte.

Markus Fellhauer war der Umgang mit Ozan Kovačevski schon sehr bald nach dessen Auftauchen in unserer Klasse verboten worden, weil es sich bei ihm in den Augen des Autohausbesitzers um einen schlechten Einfluss handelte, einen kindlichen Delinquenten, der über das tolerierbare südländische Schlawinertum hinaus von krimineller Energie angetrieben wurde.

Ich sehe, wie eines der Kinder im Sandkasten aus einer frisch ausgehobenen, von der Feuchtigkeit der unteren Sandschichten eingedunkelten Kuhle einen Hühnerknochen hervorholt, sich vors Gesicht hält und betrachtet. Der Knochen ist von feuchtem Sand überzogen und sieht dadurch aus, als wäre er die Nachbildung eines Knochens aus anderem Material. Nachdem es ihn einige Sekunden lang betrachtet hat, steckt das Kind den sandigen Hühnerknochen in den Mund, wobei seine Augen abwesend, ohne Ausdruck auf ein Nichts vor ihm gerichtet sind. Ich frage mich, wo sich eigentlich die Erziehungsberechtigten dieser Kinder versteckt halten, denen ich doch längst schon verdächtig hätte auffallen müssen und die nirgendwo auf dem schattenlosen Spielplatz zu sehen sind. Das Kind zieht den glatten, von allem Sand befreiten Hühnerknochen wieder aus dem Mund. Zwei dünne Speichelfäden spannen sich zwischen seinen Lippen und dem Knochen, reflektieren das Sonnenlicht einen Augenblick, bevor sie zerreißen, dann betrachtet das Kind fasziniert den frisch abgeleckten, hellweißen Gelenkknorpel des Hühnerknochens.

Als ich anfing, mich mit Ozan nach der Schule zu treffen, mit zu ihm in die Hochhaussiedlung zu kommen, was uns beiden, ohne dass wir je darüber gesprochen hätten, lieber gewesen ist, als zu mir nach Hause zu gehen, war dieser Spielplatz, denke ich, als ich die beiden Kinder im Sandkasten beobachte, in meiner Wahrnehmung vor allem noch ein Ort zum Spielen. Ich war aus dem Spielen noch nicht herausgewachsen, hatte noch nicht ausgespielt, fand das auch nicht peinlich oder kindisch, beziehungsweise fand das Kindische selbst noch nicht peinlich. Ich fand nicht, dass ich anders sein müsste als kindisch. Erwachsen war ich schließlich noch nicht, und das seltsame Zwischenstadium, in dem sich mein Bruder befand, in dem alles, was vormals Begeisterung ausgelöst hatte, plötzlich langweilig und uninteressant sein sollte, war mir ein Rätsel.

Für Ozan, der das Gelände der Hochhaussiedlung als sein Revier begriff und bezeichnete und darin vor allem Orte suchte, an denen unbeobachtet Dinge getan werden konnten, die uns verboten worden waren, war der Spielplatz zuvorderst von schlecht einsehbaren Hecken und Büschen und Unterschlüpfen umgeben. Als wir uns das erste Mal bei Ozans Mutter abmeldeten, um nach draußen zu gehen, und sagten, »wir gehen auf den Spielplatz«, dachte ich noch, dass wir wirklich auf den Spielplatz gehen würden, um dort die Spielgeräte zu benutzen. Tatsächlich aber gingen wir niemals wirklich *auf* den Spielplatz, zu den Schaukeln oder dem kleinen Karussell mit dem abgegriffenen Rad zur Selbstbeschleunigung in der Mitte, sondern höchstens an dessen Rändern in die Unterschlüpfe im Gebüsch, um dort die Zigaretten zu rauchen, die Ozan seiner Mutter geklaut hatte.

In meiner Gegenwart sprach Ozan mit seiner Mutter nur Deutsch. Weniger, wie ich vermute, aus Rücksichtnahme auf mich, der ich die Muttersprache der Kovačevskis nicht verstehen würde, sondern um sie zu verunsichern, in Verlegenheit zu bringen und es ihr zu erschweren, Vorgaben zu machen oder Verbote auszusprechen. Man konnte hinterher immer gut sagen, man habe sie nicht richtig verstanden, weil sie sich nicht richtig ausgedrückt hatte. Meine Aufgabe war dabei lediglich, diese Falschbehauptungen zu decken, indem ich nickte, wenn Ozan sagte, auch ich hätte Frau Kovačevski so verstanden, wie sie ja offensichtlich nicht hatte verstanden werden wollen. Ozans Mutter verbot die Dinge außerdem auf eine so kraftlose Weise, dass die meisten ihrer Verbote ohnehin Erlaubnissen gleichkamen. Man merkte einfach gleich schon sehr deutlich, sobald ein Verbot ausgesprochen wurde, dass sie nur die Hälfte des üblichen Sanktionsverbunds gemeinsam operierender Eltern war. Und dass ihr die Kraft und die Zeit und die Geduld fehlen würden, Übertretungen wirklich zu bestrafen.

Die Wohnung der Familie Kovačevski befand sich im ersten Stock eines der Hochhäuser der Hochhaussiedlung, was ich bei meinem ersten Besuch unmittelbar enttäuschend fand und was mir überhaupt nicht einleuchtete. Weshalb sollte man in einem Hochhaus in den unteren Etagen wohnen, solange man nicht zu alt und zu gebrechlich war, um die Stufen in die oberen Stockwerke, die mit dem Ausblick über die Siedlung und die Kleinstadt, hochsteigen zu können? Es gab einen Balkon, der vom Wohnzimmer abging und der gerade so die Gerüste überragte, die auf dem Trockenplatz für die Wäsche der Siedlungsbewohner vor dem Hochhaus aufgestellt und durch verschiedenfarbige Wäscheleinen miteinander verbunden waren, was vom Balkon der Kovačevskis aus zwar schon sehr schön aussah, sicher aber von weiter oben einen noch viel besseren Effekt haben musste, wie ich dachte, als ich zum ersten Mal in der Wohnung zu Besuch war und auf dem Balkon stand.

Im Wohnungsflur und in allen Zimmern, die ich gesehen habe (das Zimmer der beiden Schwestern war für Ozan und mich absolut tabu), war ein PVC-Boden in Parkettoptik verlegt, mit eingeprägten Fugenimitationen zwischen den aufgedruckten Parkettstäben. Der Druck der Holzmaserung war an den Stellen, an denen viel auf dem Boden gelaufen wurde, auf blanke, beigebraune Flächen heruntergewetzt. Es gab eine schmale Küche mit weißfurnierten Einbauschränken aus Pressspan, deren Türen und Schubladen wacklig und schief in den Scharnieren und Schienen hingen. Im

Badezimmer, in dem sich auch die Toilette befand, war der Klodeckel mit einem grellfarbenen Frotteeüberzug bespannt, der stets mit den Vorlegern vor der Kloschüssel und neben der kurzen Badewanne sowie den vier sehr flauschig und extraweich wirkenden Badetüchern an den Wandhaken abgestimmt war.

Im Badezimmer der Kovačevskis roch es immer sehr sauber nach Chlorbleiche und Weichspüler. Der Rest der Wohnung, der mit einer Art Möbeldiscounter-Imitation bürgerlichen Jahrhundertwende-Interieurs ausgestattet war (dunkle Holztöne, dicke Polster, viele Kissen mit Stickereien und Kordeln und Borten), roch vor allem nach dem immer frischen Rauch der Zigaretten, die Ozans Mutter nahezu ununterbrochen rauchte, und nach dem Essen, das sie in der schmalen Küche zubereitete. Es war diesen Gerüchen aber auch noch eine sehr angenehme andere, feinwürzige, nicht bestimmbare Note beigemischt, so dass ich immer denken musste, wenn ich in die Wohnung kam, dass für Ozan und seine Schwestern diese Mischung das sein musste, wonach für sie *zu Hause* roch. Es war auch dieser Geruch, auf den ich die Anspielung meines Vaters bezog, der die Familie Kovačevski immerzu *die Ćevapčićis* nannte. Wenn zum Beispiel meine Mutter zu meinem Vater sagte, dass ich gerne bei Ozan übernachten würde, sagte er: »Ah, bei den Ćevapčićis«, was ich gar nicht als bösen Spaß oder bloßen Rassismus verstand, sondern eher glaubte, mein Vater habe ein weiterreichendes Wissen als ich über die Herkunft der Gerüche in der Wohnung der Kovačevskis.

Die billigen Discountermöbel im Wohnzimmer der Familie wurden von Ozans Mutter sehr pfleglich behandelt und makellos sauber gehalten, wie etwas Wertvolles, von dem sie wusste, dass sie sich eine Neuanschaffung nicht würde leisten können, wodurch die ganze Einrichtung trotz der herstellungsseitig eingeschriebenen, frühzeitigen Verfallswahrscheinlichkeit eine kostbare Anmutung erhielt.

Der Wohnungsflur, von dem rechts das Badezimmer und die Küche abgingen, mündete in den größten Raum der Wohnung, in dem sich auch der Zugang zum Balkon befand und den die Familie als Wohnzimmer nutzte. Von diesem Wohnzimmer gingen zwei weitere Türen ab: eine in Ozans winziges Kinderzimmer und eine in den verbotenen Raum, den sich die Schwestern teilen mussten, obwohl sie älter waren als Ozan (eine der beiden war sogar älter als mein Bruder), was sie als enorme Ungerechtigkeit empfanden, die sie Ozan wann immer möglich durch kleine Gemeinheiten und Vergeltungsaktionen spüren ließen.

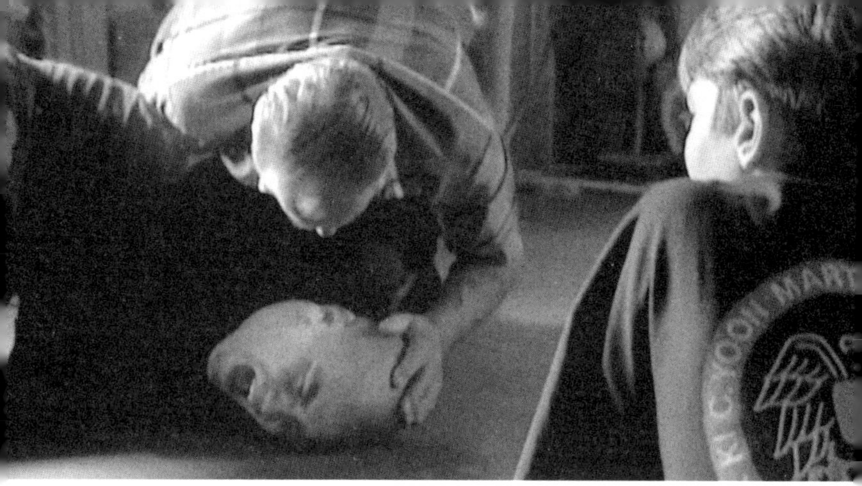

Frau Kovačevski hatte, soweit ich das überblicken konnte, kein eigenes Zimmer in der Wohnung. Ich nahm an, dass sie im Wohnzimmer auf der Couch schlief. Wenn ich bei Ozan übernachtete, richteten wir uns im Wohnzimmer ein Matratzen- und Polsterlager ein, und seine Mutter schlief im kleinen Kinderzimmer ihres Sohnes. Auch das kann ich aber nur vermuten, da Ozans Mutter nie vor den Kindern schlafen ging und immer schon auf war, wenn wir wach wurden. Ich halte es auch ebenso für möglich, dass sie überhaupt nicht geschlafen hat, wenn ich zu Besuch war und wir das Wohnzimmer mit dem Polsterlager okkupierten. Oder auch sonst nicht, sondern ihre Nächte grundsätzlich schlaflos rauchend, unendlich müde und doch immerzu wach verbrachte.

Ozans Zimmer war ein schmaler Schlauch, in dem gerade genug Platz für sein Bett und einen Pressspan-Kinderschreibtisch war (eine Art Sekretär mit wackligem Aufbau, der an der Wand stand und mit Macken und mutwilligen Beschädigungen übersät war, die Tischplatte verkratzt und mit Filzstift beschmiert, so dass ich mir gleich sehr gut all die Stunden vorstellen konnte, die Ozan dort in bockiger Totalverweigerung gesessen hat, während seine Mutter ihn immer wieder bekniete, seine Hausaufgaben zu machen), seine Wäsche und Kleidung befanden sich in einem großen Schrank im Wohnzimmer, in dem auch die faltbaren Schaumstoffmatratzen verstaut wurden, aus denen wir unser Übernachtungslager gebaut haben.

Die Wände dieses schmalen Schlauchzimmers waren vollständig mit Postern und Ausschnitten aus Zeitschriften und Magazinen beklebt. Der Raum hatte dadurch etwas Höhlenhaftes, zugleich reflektierte aber das Hochglanzpapier der Poster und Zeitschriftenseiten das einfallende Licht vom Fenster oder der Deckenlampe, wodurch der Effekt entstand, dass einem die Wände, vor allem die überall auf ihnen abgebildeten Personen, entgegenleuchteten und dabei ständig ein kleines Stück näherzukommen schienen, während man sich in Ozans Zimmer aufhielt.

Zusätzlich verstörend, ohne dass ich das damals wirklich so in Worte hätte fassen können, fand ich an Ozans Kinderzimmer, dass auf den Postern und Magazinschnipseln an den Wänden übermäßig viel nackte Haut abgebildet war. Ozan war ein großer American Wrestling- und Martial Arts-Fan und hatte sich ausschließlich die Helden dieser Genres an die Wände gehängt. Es gab ein lebensgroßes, querformatiges Jean Claude

Van Damme-Poster, auf dem der belgische Schauspieler im Spagat abgebildet war, nur mit einer sehr knappen Sporthose bekleidet und unleugbar sexy in die Kamera lächelnd. Die verschiedenen Wrestler, die Ozan verehrte, waren auf den Abbildungen genauso wenig bekleidet, ließen ihre Muskeln und an den Muskeln die Adern hervortreten und waren auf eine Art eingeölt, dass sie ähnlich glänzten wie das Papier der Poster, wodurch die Häute dieser halbnackten Männer eine unangenehm nahe Präsenz im Raum erhielten. Als ich sehr viel später das erste Mal selbst durch die Gänge einer Erwachsenenvideothek gegangen bin, die beidseitig gesäumt waren mit den haut- und fleischfarbenen Covern der Pornofilme, und mir die Wände dieser Gänge fast bedrohlich nahezukommen schienen, empfand ich dieselbe Beklemmung wie bei meinem ersten Besuch in Ozans Kinderzimmer.

Ich hatte mich noch nicht besonders eingehend mit der Welt des Wrestling befasst, bevor ich Ozan begegnet war. Er führte mich aber sehr schnell in alle Formate und Charaktere und deren individuelle Allianzen und Fehden ein. Es war ganz wichtig, dass man die Shows der *World Wrestling Federation* (*WWF*) und nicht des *World Championship Wrestling* (*WCW*) schaute, weil erstere irgendwie echter oder besser oder originaler war. Ich habe das damals nicht wirklich verstanden, aber Ozan in dieser Hinsicht sofort vertraut, weil er ja eindeutig einen Wissensvorsprung vor mir hatte. Man hatte sich zuerst für eine der Organisationen (*WWF* oder *WCW*) zu entscheiden und sich dann aus dem Angebot der dort wrestelnden Wrestler einen Favoriten auszusuchen, dessen Fan man war. Man konnte mehrere Wrestler gut finden, aber musste sich für einen entscheiden, dem man bedingungslos folgte. Es gab eine klare Trennung zwischen Guten und Bösen, Lieblingen des Publikums und offensiven Antagonisten, die anscheinend überhaupt nicht gemocht werden wollten. Ozan war Fan von *Bret The Hitman Hart*, der im Verlauf seiner Karriere eine Charakterentwicklung vom Guten zum Bösen durchlaufen hat, was ich sehr interessant fand und was Ozans Überzeugung nur noch zu festigen schien. Man konnte durch die unverbrüchliche Unterstützung Ozans den Eindruck gewinnen, dass sich nicht dieser eine Gute zum Bösen gekehrt und seine Fans enttäuscht hatte, sondern vielmehr die ganze Welt sich verschworen und die Seite gewechselt, so dass der vormals Gute unweigerlich böse anmuten musste, im Kern aber gut blieb.

Das Kind, das den Knochen abgeleckt hat, starrt am frisch gesäuberten Knorpel vorbei ins Leere und bringt jetzt, mit ein- und ausstülpenden Bewegungen der Lippen, einen sandigen Speichelbrei hervor, der ihm das Kinn hinabzulaufen beginnt. Das andere Kind beobachtet das eine Weile, nimmt dann dem speichelnden Kind den Knochen aus der Hand und wirft ihn mit einer ungelenken Kleinkindwurfbewegung zurück in die frisch ausgehobene Kuhle.

Markus Fellhauer hat Ozan Kovačevski einmal heftig gegen sich aufgebracht, indem er sagte, dass die Kämpfer beim Wrestling doch gar nicht wirklich kämpften und dass das alles nur gestellt sei. Mich erinnerte Markus' Aussage sofort an das Argument meines Vaters im Streit mit meiner Mutter um die Altersbeschränkungen der Filme aus der Videothek. In diesem Fall schien aber das Wissen um das Nichtechtsein des Gezeigten ein Argument gegen das Schauen zu sein. Ozan hat Markus daraufhin den Arm verdreht, ihn auf den Boden gedrückt und gezwungen, die Frage, ob das weh tue, laut und vernehmlich mit Ja zu beantworten. Danach hat er mir und dem schmollenden Markus die Geschichte der Familie Hart erzählt, in der *Bret The Hitman Hart* als eines von 12 Kindern im kanadischen Calgary aufgewachsen ist.

Bret Harts Vater Stu war selbst früher aktiver Wrestler und später Promoter und Wrestlingtrainer gewesen und hat im Keller des Hauses der Familie, der ungefähr so groß gewesen sein muss wie der Hobbykeller der Fellhauers, einen *Dungeon* betrieben, in dem er junge Talente der Region sowie seine eigenen Söhne trainiert und mit speziellen Ringergriffen die Grenzen ihrer tolerierbaren Schmerzen stetig weiter ausgeweitet hat. Die Kinder, erzählte uns Ozan, erinnere ich mich, während ich auf dem Spielplatz der Hochhaussiedlung stehe, wuchsen mit der Selbstverständlichkeit auf, dass regelmäßig flehentliches Stöhnen um Erbarmen und Schmerzensschreie verschiedener Jugendlicher und voll ausgewachsener Erwachsener aus dem Keller herauf ins Wohnzimmer tönten, unterbrochen von wütenden Aufforderungen ihres Vaters an die Aspiranten, sich gefälligst zusammenzureißen.

Einer dieser ausgefeilten Ringergriffe zur Erzeugung unaushaltbarer Schmerzen, die Bret Hart von seinem Vater Stu gelernt hat, der *Sharpshooter*, wurde später zu seinem Finishing Move und der speziellen Signatur seines Wrestlingstils. Hart gewann eigentlich alle Matches, die ich zusammen mit Ozan geschaut habe, durch Aufgabe. Also durch ein Nichtbestehen der Schmerzprüfung durch seine Gegner. Der Gute, der Bret Hart anfangs noch war und den Ozan verehrte, war ein durch die Schule der Schmerzen hindurchgegangener Mann, der dennoch gütig, liebevoll und zugewandt geblieben war. Diese Schule der Schmerzen schien Ozan und mir wiederum realer und plausibler, unmittelbar einleuchtender als die Unterrichtsstunden, die wir gemeinsam in der fünften Klasse unserer Teilhauptschule abzusitzen hatten. Und ich glaube, Ozan hat sich auch deshalb Bret Hart als Lieblingswrestler ausgesucht, weil der seine Liebe und Dankbarkeit dem eigenen Vater gegenüber so offensiv zum Ausdruck gebracht hat. In den Selbstaussagen Bret Harts war der Schmerz, der ihm von seinem Vater im *Dungeon* zugefügt wurde, ein Vermächtnis und eine Vorbereitung auf das Leben, eine Formung der Person und der Figur, die er schließlich geworden war.

Wir bauten uns nicht nur deshalb ein Matratzen- und Polsterlager im Wohnzimmer, wenn ich bei Ozan übernachtete, um darauf schlafen zu können, sondern vor allem, damit wir einen Ring hatten, in dem wir Szenen aus den Wrestlingmatches und Kampfsportfilmen nachstellen konnten, die wir zuvor zusammen geschaut hatten. Von der Lehne des Sofas konnte man wie von den obersten Seilen am Ringpfosten auf einen am Boden liegenden Gegner herunterspringen. Man konnte sich werfen und werfen lassen und von der Wucht eines gefakten Fußtritts umgehauen werden. Und man konnte ausprobieren, ob die Aufgabegriffe, mit denen die Wrestler ihre Gegner bezwangen, wirklich so unaushaltbar schmerzhaft waren, wie die Grimassen und Schreie und fuchtelnden Bewegungen der in ihnen Aufgebenden glauben machten.

Ich stellte mir gerne vor, dass Ozan und ich trainierten, während wir auf den Polstern die verschiedenen Moves und Kampfszenen nachstellten. Dass wir dabei zugleich einen tiefen, spirituellen Reifungsprozess durchliefen. So wie Jean-Claude Van Damme in *Bloodsport* von seinem japanischen Meister ja auch in mehr unterwiesen worden war als im Treten und Schlagen. Und ich glaubte, dass ich dieser Art Training eher gewachsen sein könnte als den strengen Drills meines Vaters, die mein Bruder auf dem Tennisplatz zu absolvieren hatte.

Ozan besaß einen Karateanzug, den er für unsere Kämpfe anlegte und um den ich ihn beneidete. Meine

Ausstattung bestand lediglich aus den weißen Shorts und den sackförmigen, buntbedruckten Polohemden, in denen ich schon auf dem Tennisplatz meine Rückschläge und Erniedrigungen eingeholt hatte. Der Anspruch, den Ozan an die Authentizität unserer Nachstellungen hatte, ließ ihn sich aber nicht mit Wrestling im Karateoutfit zufriedengeben. Keiner der Wrestler, denen wir im Fernsehen bei ihren Kämpfen zugeschaut hatten, hatte schließlich einen Karateanzug getragen (oder einen Tennisdress, wobei Ozan mein Aufzug, glaube ich, relativ egal gewesen ist – vielleicht hat er sich auch in mir eine Art Klassenfeind imaginiert, einen Oberschichtensnob, den er niederringen und zur Aufgabe zwingen konnte). Bret Hart und sein Bruder Owen Hart, der Macho Man Randy Savage, Mr. Perfect, André The Giant, Earthquake, die Steiner Brothers, Ludvig Borga, der 1-2-3-Kid, Goldust, King Kong Bundy und Dusty Rhodes traten schließlich auch nicht in Karateanzügen auf, sondern in den unterschiedlich designten, aber immer eng anliegenden Bodysuits, in denen sie auf den Postern in Ozans Zimmer abgebildet waren.

An einem der Abende, die ich mit Ozan im Wohnzimmer der Kovačevskis wrestlend verbrachte, durfte ich seinen Karateanzug tragen (der an mir eng anlag wie ein Verband und meinen Bewegungsspielraum beschränkte, während er an Ozan immer locker flatterte und bei schnellen Bewegungen ein Geräusch machte, als würde ein Bettlaken ausgeschüttelt), weil er stattdessen den silbernen Badeanzug der jüngeren seiner beiden

Schwestern über einer schwarzen Radlerhose angezogen hatte und darin zwar ziemlich dünn und knochig aussah, aber an die Ästhetik der Outfits der echten Wrestler überraschend nah rankam. Irgendwann im Verlauf des folgenden Kampfes hat mir Ozan seinen Ellbogen gegen die Nase gestoßen und mich dann in einen Schwitzkasten genommen. Bevor ich es selbst bemerkt hatte, blutete ich in diesem Schwitzkasten, auf Höhe des Bauchnabels, einen sehr großen Blutfleck aus meiner Nase auf den silbernen Badeanzug.

Als Ozans Schwester später nach Hause kam und ihren Bruder in ihrem Badeanzug und auf dem Badeanzug den großen Blutfleck sah, machte sie sich in einer furchteinflößenden, der Theatralik des Wrestling völlig entgegengesetzten Ruhe daran, Ozan zu Boden zu werfen und ihn dort mit ihren bloßen Händen so gezielt zu foltern und zu quälen, dass er laut zu weinen und nach seiner Mutter zu schreien anfing, die schließlich ins Wohnzimmer kam und die beiden voneinander trennte.

Bevor wir uns an diesem Abend schlafen legten, meinte Ozan noch zu mir, dass er mich umbringen würde, sollte ich diese Geschichte jemals jemandem erzählen.

Mir hätte es damals, denke ich, als ich auf dem Spielplatz stehe, der von den Büschen und Unterschlüpfen umgeben ist, in denen ich mit Ozan die Zigaretten seiner Mutter geraucht habe, genügt, auch das Rauchen nur zu spielen, wie die Wrestler das Kämpfen. Ich fand die rauchenden Figuren in den Filmen interessant und unschlagbar lässig und war außerdem auch vom Gegenstand der Zigaretten fasziniert – vor allem, wenn es Ozan gelungen war, dem Vorrat seiner Mutter eine ganze, noch eingeschweißte Schachtel zu entwenden (die verschiedenen, leichtgängigen Schritte des Öffnens: die Naht, an der die Schutzfolie aufgerissen werden konnte, das Einreißen des Steuerzeichens beim ersten Aufklappen des Deckels der Schachtel, das sauber wie ein Briefkuvert gefaltete Silberpapier, von dem die vordere Hälfte auf geschmeidige Weise herauszuziehen war, und die darunter fest in ihre Reihen gefügten orangefarbenen Filter mit den hellweißen, zartfilzigen Schnittflächen). Sosehr, wie mir ein gespieltes Rauchen genügt hätte, hätte es mir wahrscheinlich auch genügt, nur die Schachteln zu öffnen, um jemand anderem daraus eine Zigarette anzubieten. Das Rauchen selbst war, vor allem im Versteck, in der Heimlichkeit der Büsche, unbefriedigend, brannte in der Lunge, erzeugte Schwindel und Übelkeit.

In der Nacht, die auf den Kampf folgte, in dessen Verlauf ich in Ozans Schwitzkasten auf den Badeanzug seiner Schwester geblutet hatte, träumte ich, dass ich im Schmerzdungeon von Bret Harts Vater Stu (der in diesem Traum tatsächlich aussah wie der Hobbykeller des Autohausbesitzers Fellhauer, nur ohne die Tapeziertische mit den Legobauten, sondern mit alten, mit speckigem Leder überzogenen Sportgeräten in den Ecken) auf dem Boden saß und dem alten Mann dabei zusah, wie er sich über einen glatzköpfigen Jungen beugte, dem er die Arme verdreht hatte und der schon laut am Schreien war vor Schmerzen. Stu Hart legte dem Jungen in einer fast zärtlichen Geste die Hand auf die Glatze und sagte, beschwörend, ruhig, als würde er jemanden trösten: »have some discipline«.

Ich schaute dem alten Mann gerne dabei zu, wie er den jüngeren quälte. Es begeisterte mich. Und ich habe, glaube ich, im Traum auch die Bedeutung dieser erstaunlicherweise im englischen Originalton gesprochenen Worte verstanden. Gleichzeitig war mir aber auch voll bewusst, dass ich nur solange zusehen konnte, wie der Junge durch diese Schule der Schmerzen hindurchzugehen hatte, bis ich selbst an der Reihe sein würde. Es stand außer Frage, dass der, der da gerade stöhnte und flehte, lediglich den Anfang gemacht hatte, und dass mir selbst die Schmerzen in den ausgefeilten Aufgabegriffen dieses routinierten Foltertrainers noch bevorstanden.

Sehr deutlich erinnere ich mich daran, wie der glatzköpfige Junge plötzlich zu stöhnen aufhörte, als würden ihm all diese Verrenkungen und Verdrehungen auf einmal nicht mehr weh tun. Und wie er und der alte Mann zeitgleich ihren Blick hoben und mich anschauten, mir in die Augen schauten wie ein einziges, zusammengewachsenes Wesen aus einem jungen, verdrehten Körper und einem alten, der den jungen quälte.

Ich dachte, glaube ich, im Traum so etwas wie, dass der alte Mann der Parasit des Jungen ist. Dass der Alte den Jungen durch die Schmerzen zu seinem jugendlich vitalen Wirt gemacht hat, den er kontrollieren kann. Und als beide den Blick hoben und mich zugleich anschauten, war der Blick des Jungen ein von aller Individualität befreiter, soldatischer, vom Willen des Alten beherrschter. Sie brauchten es nicht auszusprechen. Ich begriff sofort, dass ich ebenso einverleibt werden sollte in dieses Wesen. Dass ich auch ein untertäniger Wirt werden sollte, in den die Schmerzgeschichte eingeschrieben würde und der sie dadurch mit frischer, kindlicher Lebensenergie versorgte, beatmete, ihr Fortbestehen sicherte.

Ich bin aus dem Traum in Stu Harts *Dungeon* aufgewacht, bevor mich der alte Mann in einen seiner Foltergriffe nehmen konnte. Es war mitten in der Nacht, und ein seltsam diffuses Licht schimmerte durch die heruntergelassenen Jalousien vor den Fenstern und der Balkontür ins Wohnzimmer der Kovačevskis. Ich weiß noch, dass ich nach dem Aufwachen enorm verwirrt war, zuerst nicht wusste, wo ich war oder wer oder warum. Und dass mich eine Furcht aus dem Traum im Keller des kanadischen Wrestlervaters in den Wachzustand hineinbegleitet hatte, der sich nicht wirklich wie ein Wachsein anfühlte, sondern wie ein zweifelhaftes Zwischenreich. Ozan muss irgendwo in der Dunkelheit unter Decken auf dem Matratzenlager gelegen haben, hätte aber genauso gut tot oder verschwunden sein können oder niemals existiert haben, auch nur eine Figur aus einem Traum gewesen sein. Es war nichts von ihm zu hören.

Bevor ich das Bewusstsein und die Orientierung im Raum wirklich wiedergefunden hatte, stand ich auf und tapste durch das dunkle Wohnzimmer. Das diffuse, fahlgraue Licht von draußen wurde durch die Schlitze der Jalousien in perfekt parallel verlaufende, dennoch in sich unscharfe Streifen geteilt. Es entstand keine Räumlichkeit durch diese Linien aus Licht, die nichts weiter erhellen konnten in dem dunklen Wohnzimmer und meine Orientierungslosigkeit und die generelle Unwirklichkeit des Aufwachens nur noch verstärkten. Die Luft um mich herum, meinte ich, war nicht durchsichtig wie gewohnt, sondern irgendwie milchig verdichtet wie Nebel oder Rauch.

Ich fand den Türdurchgang zum Flur und den Flur selbst ebenso finster wie das Wohnzimmer, bis auf eine hellgraue Lichtfläche, die auf halber Länge des Flurs aus der geöffneten Küchentür heraus auf den Boden und die gegenüberliegende Wand fiel. Im Licht dieser Fläche waberte eine Art Bodennebel knöcheltief über den Flurboden, der die Parkettoptik ganz verdeckte, an die Wände anstieß und dort Verwirbelungen bildete. Ich ging vorsichtig langsam auf die Lichtfläche in der Flurmitte zu, wobei es mir sehr kühl um meine nackten Füße und Waden wehte, bis ich auf die Höhe der geöffneten Küchentür gekommen war und hineinschauen konnte. Frau Kovačevski saß am geöffneten Küchenfenster, trank Kaffee und rauchte. Den Rauch aus ihren Lungen blies sie nach draußen, wo sich so viel davon aber schon angesammelt hatte, dass er in denselben hellgrauen Schwaden, die mir im Flur kühl um meine Füße gewabert waren, zurückgekrochen kam, in einer seicht fallenden Bewegung übers Fensterbrett und auf den Boden, wo er auch die Füße von Ozans Mutter ganz umhüllte. Das Draußen vor dem Fenster war nur eine fahlgraue, trüb schlierige Wand aus diesem Rauch. Man sah nichts von dem Trockenplatz der Hochhaussiedlung, von den Büschen und Bäumen oder dem Leuchten der Baustrahler auf dem Dach der *Videotime*, das sonst nachts zwischen den Ästen und Kronen hindurchstrahlte.

Frau Kovačevski wandte ihren Blick vom Fenster ab, schaute mich an, wie ich verwirrt und furchtsam in der Tür zur Küche stand, und fragte, ob ich »falsch geträumt« habe. Und ich erinnere mich, während ich auf dem Spielplatz der Hochhaussiedlung in der Sonne stehe, wie ich damals sofort dachte, dass das doch *schlecht* heißen muss und nicht falsch. Dieser Gedanke beruhigte mich umgehend. Er hatte etwas Wirkliches, war eindeutig ein Gedanke aus der wirklichen Welt. Ich nickte und beobachtete Frau Kovačevski, die ihren Blick wieder von mir abwandte, nach draußen in den Rauch vor dem Fenster schaute und noch einmal lange an ihrer Zigarette zog, wobei das Knistern des verglühenden Tabaks zu hören war, bevor sie sagte: »nicht schlimm«.

Ich würde sagen, dass ich die Entscheidung, Ozans Mutter nicht zu korrigieren, bewusst getroffen habe. Ihre Frage hatte mich beruhigt und mir zugleich ein

Gefühl der Wirklichkeit zurückgegeben. Die Wirklichkeit war eine, in der ich wusste, wie die Wörter und Sätze richtig auszusprechen waren, wenn Ozans Mutter einen Fehler machte. Ich erhielt dadurch Gewissheit darüber, was zu tun war: mich wieder hinlegen und am nächsten Morgen bei Tageslicht in der Hochhaussiedlung aufwachen, als mit Sicherheit ich, neben Ozan, der dann auch wieder wach werden würde.

In der Dunkelheit des Wohnzimmers der Kovačevskis, auf dem Matratzenlager neben Ozan, bevor ich zurückfand in den Schlaf und andere Träume, an die ich mich nicht mehr erinnern kann, spürte ich allerdings noch einen leisen Zweifel in mir aufkommen, der mich bis heute nicht verlassen hat. Ich fragte mich, ob Frau Kovačevskis Formulierung wirklich falsch war. Und ob ich mich berechtigterweise in den Begriffen meiner Sprache zu Hause fühlte, wenn mir gerade ihre vermeintlich verkehrte Verwendung geholfen hatte, mich meiner Wirklichkeit zu versichern.

Ich fragte mich außerdem, ob Ozans Mutter vielleicht selbst falsche Träume gehabt hatte und ob sie deshalb die ganze Nacht am Küchenfenster saß und rauchte, anstatt zu schlafen. Und wie die Träume, die sie in ihrem durchwachten Leben gehabt hatte, zusammenhängen könnten mit der Abwesenheit von Ozans Vater und den beleidigenden und respektlosen Dingen, die Ozan in ihrer Abwesenheit über sie sagte.

Ich muss schon einige Zeit versunken in die Gedanken an Ozan, seine Familie und deren Wohnung vor mich auf einen der niedrigen Balkone im Hochparterre des Hochhausblocks hingestarrt haben, der direkt an den Spielplatz angrenzt, ohne wirklich wahrgenommen zu haben, dass dort zwei Frauen im Schatten einer orange-braun-gestreiften Markise sitzen und mich sehr finster ansehen.

Zuerst denke ich: »Was schaut ihr denn so böse?«, begreife dann aber sehr schnell, dass das wahrscheinlich die Mütter der beiden im Sandkasten spielenden Kleinkinder sind, die von ihrem Balkon aus den Spielplatz überblicken und mich also völlig nachvollziehbarerweise so finster ansehen. Schließlich kann ich gar nicht sagen, wie lange ich mit meinem Loch im Hemd und dem bestimmt immer sichtbarer werdenden Sonnenbrand im Gesicht neben dem Sandkasten gestanden habe.

Für einen Moment überlege ich, was passieren müsste, um die beiden Frauen wirklich in Bewegung zu versetzen. Und ob sie sich dann über die Balkonbrüstung schwingen würden oder den Umweg durch die Wohnung und den Hausflur in Kauf nehmen. Ich hebe eine Hand zum Gruß und schirme mit der anderen meine Augen gegen die Sonne ab, was mir gleich wie ein Code oder ein gestisches Zeichen vorkommt, das ich selbst nicht verstehe. Ich will noch eine beschwichtigende Handbewegung hinzufügen, die signalisiert, dass von mir überhaupt keine Gefahr ausgeht, kann mir aber nicht vorstellen, wie diese Bewegung aussehen soll, um das auch wirklich unmissverständlich auszudrücken, also wende ich mich zur Seite und gehe in die Richtung, die mich schnellstens vom Sandkasten entfernt, über den Spielplatz hin zu den anderen Hochhausbauten. Ich will nicht wieder zurück durch das Loch im Zaun zum Parkplatz der ehemaligen Verleihvideothek, nicht im Gebüsch verschwinden wie ein wirklicher Creep.

Weder Ozan noch seine Mutter oder eine seiner Schwestern leben noch hier in der Hochhaussiedlung. Ozans ältere Schwester, vermute ich, während ich zwischen den Häusern hindurchgehe, in Richtung des zentral gelegenen Anwohnerparkplatzes, der mit einer Schranke vor Fremdparkern geschützt ist, arbeitet inzwischen in Amsterdam für ein Online-Übernachtungsportal. Die jüngere der beiden wurde ungewollt früh schwanger und mit ihrem Kind sitzengelassen. Nach ein paar harten Jahren hat sie Frau Kovačevski als ordnende Instanz und Ankerpunkt im Chaos zu sich und dem Kind in eine Wohnung irgendwo in einer mittelgroßen Stadt in Franken geholt, wo sie noch immer zusammen leben. Jedenfalls steht ihr Name schon lange nicht mehr am Klingelbrett des Hochhausblocks.

Dass Ozan nach der Schule in die nahe Industriestadt gezogen ist, um in der dort ansässigen Autofabrik im Schichtdienst die Autos zusammenzubauen, die den Leuten hier als Traumautos gelten, weiß ich sicher, weil er mir erzählt hat, dass das sein fest gefasster Plan ist, bevor wir uns nie wieder gesehen haben. Und ich habe nie erlebt, dass er einen solchen fest gefassten Plan nicht auch umgesetzt hätte.

Ein akkurat mit frisch hellgrau strahlenden Verbundsteinen gepflasterter Gehweg, dessen gezacktes Fugenmuster ohne einen einzigen Unkrauthalm ist, führt an der Schranke des zentralen Anwohnerparkplatzes der Hochhaussiedlung vorbei zur Straße. Dies ist der eigentliche Weg, denke ich, als ich zwischen den Autos der Anwohner hindurchgehe, auf dem man die Siedlung zu Fuß betritt. Der richtige Weg. Der rechte, von dem man abkommen, den man aber auch wiederfinden kann.

Einige Autobesitzer haben silberne Reflektorfolien über ihren Armaturenbrettern ausgebreitet, die blendend hell hinter den Windschutzscheiben hervorgleißen. Über den Autodächern und Motorhauben flirrt die Hitze in der Luft.

Wer es, wie, wovon ich überzeugt bin, Ozan, in den Schichtdienst der Montagestraßen der Traumautofabrik der benachbarten Industriestadt geschafft hat, kann zu günstigen Konditionen für die immer neuesten Traumautomodelle Leasingverträge abschließen, sie für einen begrenzten Zeitraum besitzen und damit zum Beispiel am Wochenende am Marktplatz im Zentrum der Kleinstadt vorfahren, wo ein gutbesuchtes Eiscafé seine Tische und Stühle so an beiden Seiten einer Durchfahrtsstraße aufstellt, dass die Traumautobesitzer dort in Schrittgeschwindigkeit hindurchparadieren können.

Der Großteil der Autos auf dem Anwohnerparkplatz wurde in der Traumautofabrik der nahen Industriestadt hergestellt. Wahrscheinlich, denke ich, während ich dort ohne eigenes Auto stehe, arbeiten viele Bewohner der Siedlung inzwischen in der Fabrik und pendeln mit ihren geleasten Neuwagen zwischen ihrem Arbeitsplatz und ihrem privaten Stellplatz hin und her. Und wahrscheinlich, denke ich dann, hätte ich auf dem Spielplatz der Hochhaussiedlung einfach noch gespielt, wenn ich mich nicht mit Ozan, sondern mit einem kindlicheren Kind dort getroffen hätte. Mit Markus Fellhauer zum Beispiel, dem ich mich immer überlegen gefühlt habe, was den Mut zur Regelübertretung angeht.

Bret Hart hatte schon seine Charakterentwicklung zum Bösen durchlaufen und wurde bei seinen Auftritten in den Arenen der *WWF* regelmäßig vom Publikum ausgebuht, verschenkte auch nicht mehr wie früher seine signierte Sonnenbrille auf dem Weg zum Ring an einen meist kindlichen Fan, beleidigte und bespuckte inzwischen seine Gegner und früheren Weggefährten und griff immer häufiger zu unfairen Mitteln, um seine Matches zu gewinnen, als ich Ozan an einem Nachmittag nach der Schule besuchte und mir auf seinem geschundenen Schreibtisch, in ein blutrotes Bandana nur schlampig eingeschlagen und also sehr wahrscheinlich absichtsvoll schlecht versteckt, ein imposanter Haufen abgebrochener Mercedessterne sofort ins Auge fiel, die ich unmittelbar mit dem noch ungelösten Fall von schwerem Vandalismus in Zusammenhang brachte, den das Autohaus *Mercedes Fellhauer* zwei Tage zuvor zur Anzeige gebracht hatte.

Markus hatte mir von dem Vorfall berichtet. Von der schlechten Stimmung bei sich zu Hause, dem hohen Sachschaden, dem Aufwand und dem Verdienstausfall, den es für seinen Vater bedeutete, sämtliche Fahrzeuge, die auf dem Außenparkplatz des Autohauses ausgestellt waren, an ihrer sensibelsten Stelle reparieren und mit neuen Markensymbolen ausstatten zu lassen.

Ich habe wenig gesehen, was mich unmittelbar auch nur annähernd so faszinierte wie diese Sterne auf Ozans Schreibtisch, die aus sich selbst heraus zu leuchten schienen, ohne dass ihr Licht vom Hochglanzpapier der Poster an den Wänden reflektiert worden wäre. Sie strahlten die Herrlichkeit der Tat aus, die Ozan an den Fellhauers begangen hatte. Ich war an dieser Tat lediglich durch meine Mitwisserschaft und mein späteres Dichthalten beteiligt, spürte aber, dass sie ein Bedürfnis lustvoll befriedigt hatte, das auch in mir vorhanden gewesen war.

Ich denke, auf dem Anwohnerparkplatz der Hochhaussiedlung, dass ich auch heute noch neidisch bin auf diese Sterne, die Ozan hoffentlich aufgehoben hat und noch immer besitzt, als triumphale Zeugen seines eigenen, aktiven Daseins am Ort des Geschehens damals.

Die Tatsache, dass er von Markus' Eltern von vornherein ausgesondert wurde als Unpassender, Unerwünschter, der das eigene Kind mit seiner ausländischen Neigung zur Chaotik anstecken und verderben würde, hat dem Vaterlosen sehr früh schon den Platz und die Rolle des anarchischen Antagonisten zugewiesen.

Durch das Einsammeln der Sterne hatte er in meinen Augen auf zutiefst befriedigende Weise Gerechtigkeit hergestellt. Ich hätte mich keinesfalls getraut, nachts einzeln an all die ausgestellten Neuwagen heranzutreten und ihnen ihre Sterne abzubrechen, was weithin hörbar gewesen sein muss und also mit jedem weiteren Stern noch etwas mehr Mut erforderte, nicht aufzuhören und davonzulaufen. Und dieser Art war wahrscheinlich mein Verhältnis zu Ozan von Anfang an: Ich profitierte auf eine passive, mitläuferische oder mitwisserische Weise von seiner Bereitschaft zur Grenzübertretung, ohne selbst je die Grenzübertretungsinitiative zu ergreifen und aktiv die Löcher in die Zäune zu schneiden, die uns umgaben.

Ich bin froh, dass Ozan inzwischen nicht mehr im Ort wohnt und dass ich ihn hier in der Hochhaussiedlung nicht mehr antreffen kann, weil ich befürchte, dass ihm dann eines dieser sorgfältig geparkten Autos auf dem Anwohnerparkplatz mit der silbernen Reflektorfolie auf dem Armaturenbrett gehören würde und dass er ausschließlich über die Einfahrt zu diesem Parkplatz in die Siedlung einfahren und sie auf demselben Weg wieder verlassen würde, ohne die Zwischenräume und Verstecke an ihren Rändern überhaupt noch zu beachten.

Den Ozan, der geblieben wäre, stelle ich mir als einen vom Ort und seinen Konventionen Gezähmten vor. Der andere, vielleicht ebenso zahme Fabrikarbeiter, der in der nahen Industriestadt seiner Schichtarbeit nachgeht und sehr wahrscheinlich eine eigene Familie gegründet hat in der Zwischenzeit, bleibt dagegen angenehm unscharf in meiner Vorstellung oder kann noch als Projektionsfläche verwendet werden. Er könnte ja auch nie wirklich angekommen sein in Verhältnissen, die von Autohausbesitzern als anständige angesehen werden.

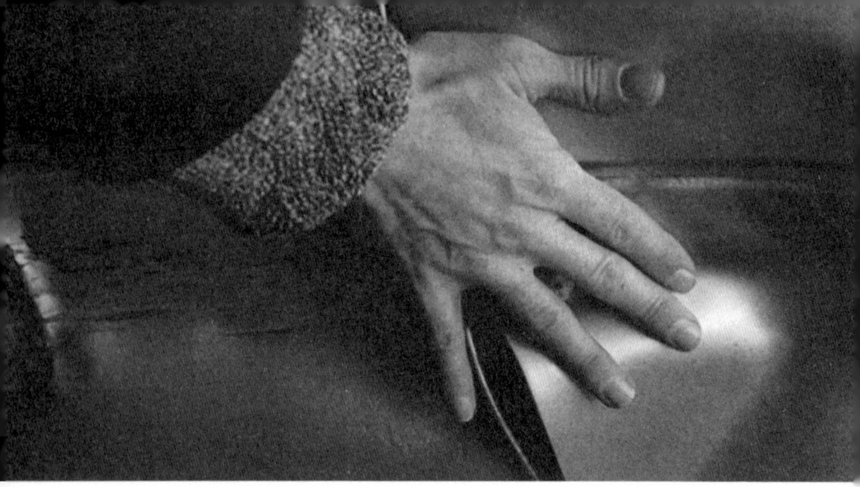

Ich gehe langsam zwischen den Traumautos auf dem Anwohnerparkplatz der Hochhaussiedlung hindurch und berühre die hitzeflirrenden Karosserien mit meinen Fingerspitzen, so lange, wie es gerade noch auszuhalten ist. Meine Spiegelung im Lack der Kotflügel und Motorhauben und Heckklappen ist in die windschnittigen Formen des Designs der Traumautos hinein verzerrt. Beim Anblick der unversehrten Oberflächen, die Sterne auf Ozans Schreibtisch im Kopf, kommt eine vertraute Vision, ein kurzer Impuls in mir auf, die glatte, glänzende Perfektion zu zerstören – mit einem Barhocker oder einem großen Hammer andere, chaotischere Oberflächen zu erzeugen, in denen sich das eigene Bild entsprechend gebrochen spiegeln würde.

Ich kann den aufgeheizten Gummi der Reifen riechen. Ein Geruch, der unter all dem hellen Gleißen um mich herum unleugbar schwarz ist. In einigen Motorräumen klackt und surrt es vor sich hin, kühlen Ventilatoren im automatisierten Inneren der Autos ihre systemrelevanten Bauteile und Prozessoren.

Die fein gezackten schwarzen Linien der Scheibenheizungen, die sichtbar werden, wenn man auf das Glas selbst schaut und nicht durch es hindurch. Die beinah greifbare Konsistenz der dicken, nach Staub und weichem Plastik schmeckenden, Kopfschmerzen verursachenden Luft im Innenraum, die von den Klimaanlagen heruntergekühlt, aber nicht erfrischt werden wird. Die Übelkeit, denke ich auf dem Parkplatz, die von dieser künstlich abgekühlten toten Luft herkommt. Die beiden Kleinkinder aus dem Sandkasten werden von ihren Eltern, stelle ich mir vor, in je einem dieser Autos hier auf dem Parkplatz durch den Ort und zu Ausflügen ins Umland gefahren. Die abgeschlossene Kabine der Autos ist ein selbstverständlicher Ort der Kindheit, intimer Raum der gemeinsam verbrachten Familienzeit, wo jede und jeder den von der Maschine vorgegebenen Platz einnimmt, die Landschaft als Äußerliches der Maschine erfährt, angeschnallt und verglast und klimatisiert und vom Zwang der Interaktion befreit. Ich habe heute, denke ich auf dem Anwohnerparkplatz der Hochhaussiedlung, viel zu wenig getrunken.

Es gab nie viel Konsens unter meinen Eltern. Einig waren sie sich aber darüber, dass wir allesamt und zwar gemeinsam hin und wieder rausmussten, an die Luft und ins Umland.

Zielorte der gemeinsamen Ausflüge mit meinen Eltern und meinem Bruder, die auf Grundlage dieser

Einigkeit unternommen wurden, waren ausschließlich solche, die bequem und in kurzer Zeit mit dem Auto erreicht werden konnten. Mein Vater arbeitete im Schichtsystem in der Justizvollzugsanstalt und verbrachte seine Freizeit vor allem mit dem Training meines Bruders auf dem Tennisplatz, beziehungsweise der Pflege der Tennisplätze im Verein in seiner ehrenamtlichen Funktion als Platzwart. Längere Reisen unternahmen wir so gut wie nie und wenn dann meistens in die Türkei oder auf die Balearen, wo meine Mutter und ich uns in abgelegenen, preisgünstigen Resortanlagen langweilten, während mein Vater und mein Bruder auf den zur Anlage gehörigen Tennisplätzen trainierten. Die überregionalen Turniere, für die sich mein Bruder schon früh qualifizierte, das Fahren dahin und das Warten zwischen den Matches, länger und zehrender, je weiter mein Bruder im Turnier kam, nahmen außerdem viel der freien, für Reisen und Unternehmungen verfügbaren Zeit meines Vaters ein. Wenn es tatsächlich ein wenig verpflichtungsfreie Freizeit für ihn gab, verbrachte er sie am liebsten damit, seine Piratenvideothek zu pflegen und Artikel zu den bereits überspielten Filmen aus der Fernsehzeitung auszuschneiden, um sie an entsprechender Stelle in die Klarsichthüllen des Ordners zu stecken, in dem alle Filme indexiert waren.

Es fiel in dieselbe Zeit eines überregional aufsehenerregenden, archäologischen Sensationsfunds am Rand der zwanzig Autominuten entfernten Nachbargemeinde, dass ich den Film *The Thing – Das Ding aus einer anderen Welt* aus dem verbotenen Bereich der Piratenvideothek meines Vaters hervorgeholt und angeschaut habe. Allein, da mein Bruder zu diesem Zeitpunkt schon das Interesse an unseren gemeinsamen Mutproben verloren hatte.

In einer Tonfördergrube im Tal des schmalen Flusses, der auch durch die Kleinstadt fließt, die ich mit meinen Eltern und meinem Bruder bewohnt habe, in der mein Vater noch immer wohnt und in der ich auf dem Anwohnerparkplatz der Hochhaussiedlung in der Sonne stehe, hatte ein Hobbyarchäologe bei einer wochenendlichen Freizeitausgrabung den Sensationsfund gemacht. Die Förderbagger der Abbaufirma hatten sich vom Tal aus in einen bewaldeten Hang hineingegraben und dabei Erdschichten freigelegt, die, wie man lernte, wenn man das Besucherzentrum am Ausgrabungsort besuchte, vom Rückzug eines Gletschers nach der letzten Eiszeit aufgehäuft worden waren. Der Hobbyarchäologe hatte in diesen Erdschichten Knochenreste eines Menschenaffenweibchens gefunden und daraufhin ein paläontologisches Forscherteam aus der flussabwärts gelegenen Universitätsstadt benachrichtigt, das diese Knochen sortierte und zusammenfügte und feststellte, dass das Menschenaffenweibchen, das im Andenken an die verstorbene Ehefrau des Hobbyarchäologen *Gitti* getauft wurde, aufrecht durchs Leben gegangen war, obwohl es dafür eigentlich zu alt war, also eigentlich aus einer Zeit stammte, bevor die aufrecht gehenden Menschenaffen aus Afrika in unsere Gegend vorgedrungen waren.

Ich erinnere mich daran, wie mein Vater die Schlagzeilen aus der Lokalzeitung vorlas, um dann im direkten Anschluss den nächsten Familienausflug an diese Ausgrabungsstätte anzukündigen. »Gitti ging aufrecht!«, hatte mein Vater belustigt ausrufend vorgelesen. Und: »Der aufrechte Gang kommt aus Bayern!«

Es war nicht ganz sicher zu sagen, ob ich, als ich mich mit meiner Familie im Auto auf der zwanzigminütigen Fahrt zum improvisierten Besucherzentrum am Ausgrabungsort befand, der Einzige war, der *The Thing* gesehen hatte und mit unserem Ausflugsziel in Verbindung bringen konnte. Vielleicht hatte mein Vater den Film schon geschaut, vielleicht hatte er ihn aber auch nur kopiert und zur späteren Sichtung in den verbotenen Bereich seiner Piratenvideothek einsortiert. Ich konnte ihn nicht fragen, ohne mich selbst der Regelübertretung zu überführen, die das in mich gesetzte Vertrauen erschüttern würde und weitreichende Sanktionen nach sich ziehen konnte. Seine unbekümmert amüsierte, ironische Neugier auf Gittis Ausgrabungsstätte wäre aber, dachte ich damals auf der Rückbank unseres Autos sitzend, mindestens fahrlässig, hätte er gesehen, was ich gesehen hatte. Also musste ich davon ausgehen, dass nur mir sehr mulmig war im Auto, weil nur ich noch kurz zuvor ein amerikanisches Expeditionsteam in der Antarktis zu einem gigantischen Ausgrabungskrater im ewigen Eis begleitet hatte, wo ein seit tausend Jahren eingeschlossenes Raumschiff freigelegt worden war, in dem sich eine bis dahin sicher tiefgefrorene virusartige außerirdische Existenz befunden hatte, die die Fähigkeit besaß, sich in andere Lebewesen einzunisten und sie im Bedrohungsfall in wehrhafte Monster zu verwandeln, denen überall am Körper Klauen und scharfe Zähne hervorbrachen und die selbst aus abgerissenen Gliedmaßen neue Minimonster entstehen lassen konnte, die die Amerikaner aus dem Expeditionsteam anfielen und mit der außerirdischen Existenz infizierten.

Ich war auf Grundlage dessen, was mit den amerikanischen Forschern in *The Thing* vor meinen Augen passiert war, auf unserer Autofahrt zum Sensationsfund in schweren Zweifeln darüber, ob es klug sein konnte, das, was so lange unter eiszeitlichen Erdschichten begraben gelegen hatte, hervorzuholen und herumzureichen an der freien Luft.

Ich betrachtete meine Familie im Auto auf der Fahrt, die Nacken meiner Eltern, die vorne saßen, und das Profil meines Bruders, der neben mir auf der Rückbank in schlechter Körperhaltung ein Gameboyspiel spielte. Und ich erinnerte mich an die Szene im Basislager des bereits stark dezimierten amerikanischen Expeditionsteams, das sich verschanzt hatte und in dem die Angst umging, einer von ihnen könnte sich bereits mit der außerirdischen Existenz infiziert haben. Die entscheidende Frage, die sich die eingeschlossenen Amerikaner stellten und von deren Beantwortung ihr Überleben abhing, war:

Wie können wir wissen, wer im Innern noch ganz Mensch ist und nicht schon in überhandnehmendem Anteil *The Thing*?

Im Gesicht meines Bruders zitterten die unteren Augenlider, wenn er auf irgendein Ereignis in seinem Gameboyspiel schnell reagieren musste. Er konnte sich auch, obwohl er es, wie ich wusste, ein bisschen peinlich fand, nie ganz abgewöhnen, mit dem Gameboy oder zu Hause dem Controller der Spielekonsole in die Richtung zu zucken, in die er seine Spielfiguren bewegen wollte. Mein Vater fuhr mit der routinierten Selbstverständlichkeit dessen, der immer fährt. Meine Mutter, die auf dem Beifahrersitz vor mir saß und sich unbeobachtet fühlte, wandte ihren Kopf zur Seite, bohrte mit dem Daumennagel in der Nase und schaute aus dem Fenster, auf die belanglose Landschaft, die unsere Kleinstadt umgibt und die durch den archäologischen Sensationsfund in der Nachbargemeinde touristisch aufgewertet werden sollte.

Niemand überlebt die Befreiung der außerirdischen Existenz aus ihrem Einschluss im ewigen Eis der Antarktis. Nachdem das Alien vermeintlich vernichtet wurde, sitzen zwei Übriggebliebene an der brennenden Ruine der amerikanischen Forschungsstation im Schnee und erwarten ihren Kältetod. Ich glaubte, etwas fundamental Gelangweiltes im Blick meiner Mutter auf die Landschaft vor dem Fenster zu erkennen, als mir auffiel, dass sich keine Frau unter den Forschern befunden hat. Die Infizierten, Mutierten, Enthaupteten und Verbrannten der Filmhandlung waren allesamt Männer, Forscher mit soldatischen Skills. *The Thing* nistete sich im Film nur ein und brach nur hervor aus Männerkörpern, wenngleich auch behauptet wird, dass es keinen Unterschied macht und alle Lebewesen befallen kann, Menschen, Tiere, alle Geschlechter, alle Arten und Rassen.

Meine gelangweilt die Landschaft betrachtende Mutter war nicht gut in meine besorgte Übersetzung der Filmhandlung von *The Thing* auf unsere Expedition zum Sensationsfund des aufrecht gehenden Menschenaffenweibchens zu integrieren, woran ich mich, glaube ich, halten wollte in dem Moment. Mein Vater hatte außerdem aus der Zeitung vorgelesen, dass das paläontologische Forscherteam, das den Sensationsfund des Hobbyarchäologen auswertete, von einer Professorin geleitet wurde und also ein ganz anderes sein musste als das amerikanische in der Antarktis, das vielleicht ja auch klügere, gemeinwohlorientiertere Entscheidungen traf, die das Schlimmste verhindern würden.

Die Ausgrabungsstätte des Sensationsfunds war selbst gar nicht direkt zu besuchen, weil sie sich auf dem Gelände befand, für das das Tonförderunternehmen nach wie vor Abbaurechte besaß und das umzäunt worden war, um Schaulustige fernzuhalten und weitere Hobbyarchäologen, die weitere Sensationsfunde machen könnten, die den Abbau weiter erschweren und verzögern würden.

In der Garage einer leerstehenden Feuerwache in der Gemeinde, die dem Fundort am nächsten liegt, wurde in großer Geschwindigkeit ein Besucherzentrum mit Ausstellung improvisiert, in dem Schulklassen und anderen Interessierten nahegebracht werden sollte, weshalb es sich bei Gitti um eine bahnbrechende Entdeckung handelte, die erforderte, dass die Menschheitsgeschichte neu geschrieben und die Region auf der Landkarte archäologischer Weltsensationen vermerkt würden. Die Wände und die großen Rolltore der Garage waren innen mit Tarnnetzen behangen, um eine urwaldhafte Atmosphäre zu schaffen. In einem Rundgang mit mehreren Stationen wurde man an der Evolution des aufrecht gehenden Menschen entlanggeführt – vorbei an repräsentativen Szenen mit lebensgroßen Affenfiguren, die erst noch an Ästen hingen und sich auf allen vieren fortbewegten, in späteren Stadien dann schon gesellig beieinanderhockten und -standen und Essen über einer orangeglühenden Feuernachbildung kochten und mit Werkzeugen hantierten und sich mit Waffen bedrohten und Felle über ihren Intimbereichen trugen.

Mein Bruder und ich – und ich glaube auch mein Vater – waren vor allem fasziniert von dieser Evolution hin zu wehrhaften, Werkzeug und Waffen verwendenden Affen, die teilweise mit gebleckten Zähnen einen glimmenden Holzknüppel schwingend dargestellt waren und die wir uns gleich in den entsprechenden Kämpfen und Zurschaustellungen ihrer Kraft und Macht vorstellten. Diese Affenkrieger passten fabelhaft in die Art der Unterhaltung, die für meinen Bruder, mich und meinen Vater gemacht war und die wir regelmäßig aus der *Videotime*-Verleihvideothek ausliehen oder im Kino anschauten.

Die Darstellung des aufrecht gehenden Menschenaffenweibchens Gitti, obwohl die Sensation und der Anlass der ganzen Ausstellung, war eher bescheiden und wirkte fast etwas verloren zwischen den Lianen und Baumstämmen, dem Sumpfgras, durch das sie auf die Besucher zulief, ohne sich natürlich je zu bewegen. Und ich meine, damals einen ähnlichen Blick wie den gelangweilten aus dem Fenster auf die Landschaft an meiner Mutter bemerkt zu haben, als wir die Stationen der Evolution abschritten und mein Bruder, mein Vater und ich uns für die Affenkrieger begeisterten. Vielleicht sogar weniger gelangweilt diesmal als vielmehr erschöpft, müde auf eine Art, die über ein einzelnes Menschenleben weit hinausgeht, als sie vor den kochenden, körbeflechtenden und Tierhäute mit Lederbändern vernähenden Menschenaffenweibchen stand, die absolut nicht das Highlight dieser Ausstellung waren.

Ich glaube, dass meine Mutter von der gesamten Unterhaltung, die wir uns ins Haus holten und die wir im Umland aufsuchten auf unseren Ausflügen, nie wirklich gemeint war, nie wirklich angesprochen wurde. Zumindest nie in dem Ausmaß wie mein Vater, mein Bruder und ich gemeint waren und angesprochen wurden. Und ich denke, dass das wahrscheinlich einer der Gründe dafür ist, dass sie sich irgendwann aufgemacht hat, meinen Vater zu verlassen und ein eigenes Leben zu leben.

Über der Aufregung, die die Ausstellung in der Garage der alten Feuerwache bei mir ausgelöst hatte, hatte ich *The Thing* und die Sorge, mit der ich unseren Ausflug angetreten war, vergessen. Und doch hallte, beim Anblick der fauchenden Menschenaffenkrieger mit ihren primitiven Waffen und der aufrecht aber verloren durchs Sumpfgras gehenden Gitti, in einem unbewussten Winkel meines Geistes die Frage nach, die sich die eingeschlossenen Forscher in ihrer Arktisstation stellten: Wie lässt sich zweifelsfrei feststellen, wer ein Mensch ist?

Zu einer Zeit, als außer meinem Vater schon niemand aus unserer Familie mehr in der Kleinstadt lebte, meinte mein Bruder einmal zu mir, er habe seine Schuldigkeit bereits getan. Er habe seinen Beitrag als Kind und Jugendlicher geleistet und verspüre nun keine Verpflichtung mehr.

Mein Vater wurde mit fortschreitender Zeit allen Menschen gegenüber, nicht nur denen, die mit ihm zusammenlebten, immer wehr- und wahnhafter, immer böser und ungerechter. Ich fand, als mein Bruder mir das sagte, dass er keinerlei Verpflichtung mehr verspüre, sich um den Vater zu kümmern oder ihn überhaupt nur zu besuchen, dass er es sich damit zu leicht machte. Schließlich hatte er doch zu der Zeit, als er von meinem Vater gedrillt und gecoacht und sicherlich oft auch ungerecht bewertet wurde, nie im Bewusstsein einer Schuld gehandelt, nichts damals schon abgearbeitet, damit er es später vom Hals haben würde. Er hat doch, denke ich, als aus den Tiefen meines Magens ein klagendes Geräusch hervorgrollt, damals einfach Tennis gespielt, wofür er ein seltenes Talent besaß und wobei ihn mein Vater mit aller Kraft unterstützt hat. Und er hat sich als Kind und Jugendlicher in der Kleinstadt, in den Resortanlagen während unserer wenigen Fernreisen, niemals langweilen müssen, wie meine Mutter und ich uns gelangweilt haben.

Vielleicht könnte man argumentieren, dass die Abschaffung der Langeweile in einem Leben gleichbedeutend mit dem Ende der Kindheit ist. So gesehen hätte mein Bruder wirklich kaum je eine Kindheit gehabt. Und vielleicht meint er das ja damit, dass er seinen Beitrag sehr früh schon geleistet hat. Dass er bei unserem Vater mit seiner Kindheit für die Ambitionen und den Ehrgeiz bezahlt hat, den unbedingten Siegeswillen, den Hunger nach sportlichem Erfolg, den so viele der Tenniseltern in den Vereinen und auf den Turnieren an ihren Kindern ausgelebt haben.

Im Tennisverein hatte mein Vater aufgrund seiner Anstellung in der Justizvollzugsanstalt den Spitznamen *Kerkermeister* bekommen. Vor allem die älteren Herren im Verein, die oft wesentlich wohlhabender waren und deren Ehrenamt höchstens administrative, managende Aufgaben umfasste, fanden es sicher lustig, dass ihnen die Plätze von jemandem instand gehalten wurden, dessen Spitzname auch ein bisschen etwas Schwitziges, Buckliges und Minderbemitteltes suggerierte. Ich glaube, dass mein Vater die Überheblichkeit und das Falsche der falschen Freundlichkeit dieser älteren Herren, wenn sie ihm kollegial auf die Schulter klopften oder zu einem weiteren Triumph meines Bruders gratulierten, um ihn im gleichen Atemzug mit seinem Spitznamen auf kumpelhafte Weise ein bisschen zu erniedrigen, von Anfang an erkannt hat. Er hat aber mindestens ebenso schnell erkannt, was für ein sagenhaftes Talent mein Bruder im Tennissport besaß und dass es einige notwendige Übel gab, die man auf dem Weg der maximalen Förderung dieses Ausnahmetalents erdulden musste.

Dass er im Verein das Amt des Platzwarts übernahm, verband für ihn wohl den praktischen Nutzen, dass er dadurch die Qualität des Untergrunds, auf dem mein Bruder trainierte, unter seiner Kontrolle hatte, mit einer eindeutigen Positionierung auf seiner Seite der Einkommenskluft, die ihn und uns von den meisten anderen Mitgliedern trennte. Dass er diese Position für alle sichtbar eigeninitiativ einnahm, sollte den gut situierten anderen Mitgliedern gegenüber, denke ich, ein Signal der Ungefährlichkeit aussenden. Die Verhältnisse, wie sie sind, wie sie absichtsvoll geschaffen worden sind, war die Botschaft, die dieses Signal transportieren sollte, werden nicht bedroht oder erodiert von diesen jeden Tag wie besessen trainierenden Proleten. Selbst als mein Bruder noch lange vor seiner Volljährigkeit schon keine ebenbürtigen Gegner im Verein mehr hatte und sich auf auswärtigen Turnieren nach wirklich anspruchsvoller Konkurrenz umsehen musste, blieb dieses Herablassungsverhältnis intakt.

Die Verletzung meines Bruders, so argumentiert mein Bruder heute, war eine direkte Folge der Überzeugung meines Vaters, sein Sohn müsse als einer, der ohne die Privilegien der Reichen an den Start ging, noch härter und ausdauernder trainieren als alle anderen.

Mein Übergewicht, meine Dickleibigkeit von damals, könnte ich, denke ich auf dem Anwohnerparkplatz der Hochhaussiedlung, diesem Argument meines Bruders entgegenhalten, wäre dann umgekehrt als direkte Folge einer existenziellen Langeweile und meines Status als zweiter, untalentierter, keinen Erfolg versprechender Sohn darstellbar.

Ich erinnere mich an einen Streit zwischen meinen Eltern, bei dem mein Vater meiner Mutter vorwarf, sie würde den Ernährungsplan, den er entworfen hatte und der meinen Bruder, der sich noch im Wachstum befand, einem athletischen, muskulösen, körperfettfreien Ideal entsprechend formen helfen sollte, durch ihre Küche, ihre Einkäufe, ihr eigenes Essverhalten und unseren einfachen, barrierefreien Zugang zu Zucker und gesättigten Fettsäuren torpedieren.

Meine Mutter war selbst seit ihrer Kindheit übergewichtig, versuchte immer mal wieder anfallsweise abzunehmen, hielt aber die überstrengen Beschneidungen und Beschränkungen ihrer Ernährung nie lange durch und fiel nicht selten in noch hemmungslosere Naschattacken zurück als die, die sie ursprünglich einzuhegen versucht hatte. Sie gab sich große Mühe, dieses Naschen vor uns Kindern und vor allem vor meinem

Vater zu verbergen. Ich konnte aber an den schwindenden Vorräten vor allem der Süßigkeiten, die ich bestens im Blick hatte, sehr gut erkennen, wenn meine Mutter von einer Phase der Abstinenz in eine des Exzesses zurückgefallen war.

Das Naschen meiner Mutter hatte etwas Schamvolles, es war wie eine ständige Niederlage, die sie sich mit jedem Riegel und jedem süßen Teilchen neu eingestehen musste. Sie war immer sehr schnell außer Atem und bekam schon bei geringer Anstrengung halbrunde rote Flecken auf den Wangen. Am Haaransatz stand ihr oft der Schweiß auf der Stirn, den ich als Kind sehr gerne mit einem Papiertaschentuch abgetupft habe, als wären wir im Bauwagen einer Filmproduktion bei der Maske und würden sie auf ihren Auftritt vorbereiten. Sie neigte sich dafür zu mir herunter, schloss die Augen und sah für einen kurzen Moment so aus, als verbeugte sie sich zum Dank für einen Applaus oder um einen Handkuss einzuläuten.

Damit er im Zweifel abbrechen konnte, wenn es zu brutal werden würde – so hatte er es meiner Mutter, deren schwitzende Stirn diese Erinnerung in mir hervorgeholt hat, versprochen –, schaute mein Vater mit mir und meinem Bruder den Film *Universal Soldier*, den wir bei ihm zur Ausleihe im Erwachsenenbereich der Videothek bestellt hatten, gemeinsam an. Jean-Claude Van Damme und Dolph Lundgren spielen darin in den Hauptrollen zwei unverwüstliche, halbandroide, vom amerikanischen Militär aus gefallenen Elitesoldaten herangezüchtete Anti-Terror-Task-Force-Zombies, die skrupellos, sportlich und ohne störende Emotionen, Müdigkeit oder den Makel einer individuellen Persönlichkeit Spezialaufträge ausführen, bevor sie von ihren traumatischen Erfahrungen aus dem Vietnamkrieg heimgesucht werden und sich gegenseitig zu bekämpfen beginnen.

Lundgren und Van Damme verkörpern vor allem am Anfang von *Universal Soldier* eine soldatische Perfektion, die uns allen beim Schauen sehr imponiert und uns begeistert hat und die meinen Vater, der selbst vor seiner Zeit als Justizvollzugsbeamter Ausbilder im nahen Luftwaffenstützpunkt der Bundeswehr gewesen ist, auf besondere Weise anzusprechen schien: eine zur Betrachtung ausgestellte Reinform dessen, was für ihn die Blaupause des Tennisspielers gewesen ist, zu dem er seinen älteren Sohn formen wollte. Das Idealbild, an dem der Arm meines Bruders buchstäblich zerbrochen ist.

Meine Mutter ist nicht gern zu den Turnierspielen meines Bruders als Zuschauerin mitgegangen. Auch dann nicht, wenn sie im Ort oder in der nahen Umgebung stattgefunden haben, weil sie das Kompetitive, den Anblick der körperlichen Belastung, eben das Soldatische daran, glaube ich, nicht gut vertragen hat, vor allem nicht als Manifestation im eigenen Kind.

Ich habe sehr oft mit meiner Mutter zu zweit zu Abend gegessen, wenn mein Vater und mein Bruder noch am Trainieren waren oder auf auswärtigen Turnieren das

Wochenende verbrachten. Und ich kann mich gut daran erinnern, wie ich als Kind ein Verantwortungsgefühl den beiden abwesenden Essern gegenüber gehabt habe und dachte, ich könnte oder müsste vielleicht sogar für sie mitessen, ihr Fehlen essend kompensieren, auch wenn meine Mutter nie eine derartige Erwartung formuliert hat.

Dass mich und meine Mutter die Sucht nach dem Süßen, nach der kurz alles andere übergleißenden Glückseligkeit, die der Zucker erzeugte, miteinander verband, war im Gegensatz zur sportlichen Allianz meines Bruders und meines Vaters, die regelmäßig ihre Erfolge öffentlich herzeigte, eine geheime Angelegenheit, über die wir nie gesprochen haben und die sich lediglich in der Abwesenheit einer Reaktion zeigte, also der Art und Weise, wie wir das Naschen des jeweils anderen absichtsvoll übersahen.

Der von Jean-Claude Van Damme gespielte *Universal Soldier* GR44 erlebt beim Anblick zweier gefesselter Geiseln während einer Befreiungsaktion einen Flashback in seine Zeit als normalsterblicher Mensch und Vietnamsoldat Luc Deveraux, der in einem vietnamesischen Dorf mitansehen musste, wie zwei ähnlich aussehende gefesselte Zivilisten am Boden kniend von seinem Vorgesetzten Sergeant Andrew Scott erschossen wurden. Er erkennt Scott, mit dem er sich nach der Exekution der unschuldigen Zivilisten im vietnamesischen Dorf einen für beide tödlichen Kampf geliefert hat, in seinem Task-Force-Zombie-Kameraden GR13,

Dolph Lundgren, ohne diese Bilder wirklich einordnen oder mit sich selbst oder seiner Person in Verbindung bringen zu können. Während dieser Flashbacks steht GR44 nur paralysiert da und reagiert nicht auf die Befehle, die ihm von der Basisstation der Spezialeinheit in sein Headset gefunkt werden.

Die reanimierten Körper der *Universal Soldier* müssen zwischen ihren Einsätzen in einer speziellen Kammer im mobilen Einsatzzentrum der Einheit heruntergekühlt werden, da sie nur durch einen hyperbeschleunigten Kreislauf zurück ins Leben geholt werden konnten und ohne regelmäßige Kühlung fürchterlich zu schwitzen beginnen, überhitzen und schließlich kollabieren würden. Während die muskulösen, glattrasierten Idealsoldaten in dieser Kammer nackt in ihren Liegestühlen liegen und abkühlen, wird ihnen durch eine Spritze in den Hinterkopf ein Serum injiziert, das ihr Gedächtnis unterdrückt und sie gefügig macht für die Befehle ihrer menschlichen Kommandanten.

Mein Vater konnte einen gewissen Ekel, den meine Mutter bei ihm auslöste, nicht verbergen. Er war ihr gegenüber oft sehr ungnädig, ungeduldig und behandelte sie zum Beispiel auf längeren Spaziergängen, die ihr zu anstrengend waren, wie eine Soldatin in seinem Regiment. Er beschwerte sich vor uns Kindern bei ihr, dass es am fürchterlichsten von allen stinke, wenn sie auf dem Klo gewesen sei, und fand es, glaube ich, ganz richtig, sie immer mal wieder zu erniedrigen und zu blamieren, damit sie nicht vergaß, dass ihr Übergewicht etwas Falsches war, ein Makel, der sie zu einer mangelhaften Frau machte. Die mitschwingende Unterstellung war, dass sie wohl fand, er verdiene nur so eine mangelhafte Frau an seiner Seite –, sonst hätte sie sich ja Mühe geben können, abnehmen, mehr Sport treiben.

Das war etwas, dass mir damals nicht nur an ihm, sondern auch an vielen anderen Vätern in meinem Umfeld aufgefallen ist (und war vielleicht auch der Grund für die Operationen, die Frau Fellhauer an sich vornehmen ließ): ein sehr böser Blick, mit dem sie ihre eigenen Frauen anschauten. Eine unleugbare Gehässigkeit und Feindseligkeit den Menschen gegenüber, die sie sich doch einmal ausgesucht hatten, in die sie verliebt gewesen waren, die sie geheiratet und mit denen sie Kinder gezeugt hatten. Diese sehr dunkle, kalte Abwesenheit von Zuneigung, Liebe zueinander, Neugier statt Ekel, kam mir damals schon und kommt mir heute noch viel mehr vor wie noch so ein alles verschlingendes Nichts, das die Welt der phantastischen Wesen und der echten Menschen gleichermaßen bedroht.

Die investigative Fernsehjournalistin Veronica Roberts schleicht sich nach dem aufsehenerregenden Einsatz zur Geiselbefreiung, in dessen Verlauf GR44 von den Flashbacks aus dem Vietnamkrieg heimgesucht wird, an das mobile Einsatzzentrum der *Universal Soldier* heran, macht Fotos, wird dabei von einer Überwachungskamera gefilmt und von Sicherheitskräften entdeckt. GR44 und GR13 werden ausgeschickt, die

Journalistin zu fassen und den Film aus der Kamera sicherzustellen. Es kommt zu einem erneuten Flashback, als Dolph Lundgrens Elitezombiefigur dem unbewaffneten und wehrlosen Fahrer der Journalistin nach einer kurzen Verfolgungsjagd ohne Vorwarnung in den Kopf schießt. Van Damme erinnert sich als GR44 erneut an die Szenen aus dem vietnamesischen Dorf, in dem sein Vorgesetzter Sergeant Andrew Scott, den er abermals in GR13 wiedererkennt, unschuldige und wehrlose Menschen erschossen und sich eine Halskette aus deren abgeschnittenen Ohren angefertigt hat. Er handelt impulsiv, tritt GR13 die Waffe aus der Hand und flieht mit der Journalistin in einem Geländewagen der Spezialkräfte.

Es folgt eine mehrtägige Flucht, auf der die Journalistin und der Zombiesoldat versuchen, sich einen Reim auf die Geschehnisse und die Hintergründe des *Universal Soldier*-Programms zu machen. GR44 weiß so gut wie nichts über seine eigene Vergangenheit, auf die ihn lediglich die Flashbacks verweisen, und ein tiefer Drang, zu seinen Eltern auf die heimische Farm zurückzukehren, wo er zuletzt gelebt zu haben glaubt.

Ich erinnere mich, dass mein Vater zunehmend skeptisch beobachtet hat, wie die Figur Van Dammes im Verlauf ihrer Suche nach sich selbst immer menschlicher und damit immer fehlbarer wird und wie im Gegenzug sein Widersacher Lundgren ebenfalls aus der Rolle des perfekten Soldaten zu fallen beginnt, von denselben Wahnvorstellungen eingenommen wird, die ihn auch schon als lebendigen Menschen im Krieg immer irrer, böser und gewalttätiger werden ließen.

Auf seiner Flucht mit der Journalistin muss GR44 Wege finden, seinen Körper mit dem hyperbeschleunigten Kreislauf vor dem Überhitzungskollaps zu bewahren, ohne dafür in die Kühlkammer des mobilen Einsatzzentrums der *Universal Soldier* zu können. Der Film nimmt dieses Problem zum Anlass, so viele Nacktszenen mit Jean-Claude Van Dammes perfekt geformtem Körper wie möglich einzubauen, in denen der belgische Schauspieler mit nichts als weißen Socken bekleidet in die kühle Nacht hinaustritt, mit schweißglänzenden Arschmuskeln vor der vollaufgedrehten Klimaanlage eines Motelzimmers steht oder zwischen Eiswürfelbeuteln in einer Badewanne liegt. In all diesen Einstellungen, das ist mir damals, wie ich mich erinnern kann, aufgefallen, weil es eine Neugier unbefriedigt zurückließ, wird aus einer seltsamen Keuschheit heraus, die entweder überhaupt nicht oder aber, wie ich heute denke, sehr gut zur exzessiven Brutalität des Films passt, nie die nackte Vorderseite des Zombiesoldaten in Gänze gezeigt. Die einzige Andeutung auf die äußeren Geschlechtsorgane des reanimierten Toten wird durch die Augen ihm Gegenüberstehender geleistet, deren Blicke am nackten Körper bis zur Mitte hinabwandern und die sich, dort angekommen, ein wenig weiten.

Mit der zunehmenden Fehlbarkeit der Figuren, die uns anfangs noch durch ihre soldatische Perfektion imponiert haben, wurde mein Vater immer ungeduldiger, was den Verlauf des Films anging. Er ärgerte sich über Entscheidungen, die auf der Flucht getroffen wurden und geradewegs in die Arme der Verfolger führten, und über die dann wiederum von den Verfolgern verpassten Chancen, die Flüchtigen festzusetzen, zu entwaffnen und zu bestrafen. Irgendwie wanden sich alle immer wieder gerade so heraus, was mein Vater wohl nicht nur unglaubwürdig, sondern auch verwerflich gefunden hat. Wirklich genervt reagierte er auf eine beiläufige Szene, die sich der Film leistete, um etwas von der Geschwindigkeit rauszunehmen und eine Massenschlägerei zu inszenieren, die ein bisschen lustig war und mich eher an die Filme mit Bud Spencer und Terence Hill erinnerte als an die Sachen, die wir uns sonst von meinem Vater aus der Erwachsenenvideothek ausleihen ließen.

Die Journalistin setzt den noch immer verwirrten GR44 in dieser Szene in ein Diner, bestellt für beide Essen und geht dann nach draußen, um an einem Münztelefon ein paar Anrufe zu machen. Das Essen kommt, noch bevor sie zurück ist, und der Zombiesoldat sitzt erst mal etwas überfordert vor seinem Teller, fängt dann aber an, sich Gabel für Gabel in den Mund zu schieben, und entwickelt sofort einen Heißhunger, einen wahrhaft lebendigen Appetit, als müsste er die Jahre des Totseins essend nachholen. Zuvor wurde er offensichtlich nur über die Injektionen in der Kühlkammer ernährt, vielleicht braucht sein Organismus auch keine Nahrung mehr, um zu funktionieren.

Jedenfalls bestellt sich der hungrige Untote immer noch mehr Essen und schaufelt es weg, bis die Bedienung ihn irgendwann fragt, ob er das alles denn überhaupt bezahlen könne.

Ich schaute, während vor uns der Idealsoldat mit dem perfekten Körper rauschhaft fraß, rüber zu meinem Vater und bemerkte, dass auch er mich anschaute, mit dem gleichen skeptisch genervten, leicht angewiderten Blick, mit dem er zuvor die Filmhandlung verfolgt hatte. Als sich unsere Blicke trafen, rollte er mit den Augen und wandte sich wieder dem Film zu, wo inzwischen der dicke Koch des Diner und alle möglichen schrankförmigen Gäste und Freunde des Kochs versuchten, den Heißhungrigen zu verprügeln, von diesem aber mit einer Hand, während die andere weiterhin Würstchen und Kartoffelspalten zum Mund führte, abgewehrt und ausgeschaltet wurden.

Im Streit zwischen meinen Eltern über die Spezifikationen einer besonderen Sportlerernährung warf mein Vater meiner Mutter vor, sie würde die Tenniskarriere meines Bruders sabotieren, aus bloßem Egoismus, wie er meinte, weil ihr die Härte des hochklassigen Wettkampfs persönlich fremd sei und sie wohl eher ein friedfertiges, häusliches, gemütlich vom eigenen Speck gewärmtes Familienleben für sich und uns im Sinn habe. Im Verlauf dieses Streits, daran kann ich mich noch sehr gut erinnern, weil ich den völlig unerwarteten Stich, den mir diese Aussage versetzte, auch heute noch ganz deutlich zu spüren meine, deutete mein Vater einmal auf mich und fragte meine Mutter, ob sie denn zwei Kinder haben wolle, die so aussehen. Er hat sich später allerdings, wenn auch wahrscheinlich von meiner Mutter dazu aufgefordert, bei mir entschuldigt und gesagt, er habe es nicht so gemeint.

Noch in den ersten Minuten von *Universal Soldier*, die in dem vietnamesischen Dorf während des Krieges spielen, in dem der wahnsinnige Sergeant Andrew Scott Zivilisten und Soldaten des eigenen Zugs erschießt und ihnen die Ohren abschneidet, findet zwischen ihm und dem von Jean-Claude Van Damme gespielten Luc Deveraux ein kurzes Gespräch statt. Deveraux weist seinen Vorgesetzten darauf hin, dass das Dorf bereits geräumt sei und die Einheit auf dem Rückzug zur Basis. Scott scheint aber zu glauben, dass er nicht gehen dürfe, bevor er nicht alle Menschen aus dem Dorf exekutiert hat, da es sich bei ihnen potenziell um Verräter handeln könnte.

»Es ist passiert«, sagt Scott, während vor ihm die beiden Gefesselten knien, an die GR44 später der Anblick der Geiseln erinnern wird, »und so was vergisst man nicht. Du kannst nicht einfach davonspazieren.«

Deveraux antwortet, dass seine Zeit um sei und er nur noch nach Hause wolle, zur heimischen Farm in Louisiana, wo seine Eltern auf ihn warten und wo der Film schließlich endet.

Die Journalistin hilft GR44, das Farmhaus zu finden, in dem seine Eltern noch immer leben, alt geworden und von der viele Jahre verspäteten Rückkehr ihres als *missing in action* gemeldeten Sohnes vollkommen überwältigt. Der Showdown zwischen Lundgren und Van Damme findet auf eben dieser Farm statt. GR13 hat inzwischen alle menschlichen Entscheidungsträger des *Universal Soldier*-Programms getötet und trägt ihre Ohren als Kette um den Hals. Er findet GR44/ Deveraux auf der Farm seiner Eltern und fordert ihn auf, die Journalistin zu erschießen, die schließlich eine Verräterin sei. Van Damme spießt seinen ehemaligen Vorgesetzten auf den spitzen Zacken einer riesigen landwirtschaftlichen Häckselmaschine auf und nimmt die Maschine dann in Betrieb, um ganz sicher zu gehen, dass er nie wieder von Scott heimgesucht werden wird, dessen zerhäckselter Körper in einzelnen Fetzen und Spritzern und Splittern aus dem Auswurf der Maschine heraus über die Farm seiner Eltern verteilt wird.

Unter der Woche arbeitete meine Mutter halbtags in einer Übergrößenboutique in der Innenstadt. Ich habe sie nach der Schule oft dort besucht, wenn mein Bruder zum Training gegangen ist, obwohl die Eigentümerin der Boutique das nicht so gern gesehen hat, wann immer sie ihren Laden zu den Arbeitszeiten meiner Mutter aufsuchte, um nach dem Rechten zu sehen. Sie argumentierte meiner Mutter gegenüber, dass man sich nie zu einhundert Prozent auf die Kundinnen und Kunden konzentrieren könne, wenn nebenher »immer noch ein Erziehungsauftrag herumgeistert«. Ich erinnere mich gut, dass ich das damals für die Zeit, die ich bei meiner Mutter im Laden verbrachte, als Selbstbild und Decknamen übernahm: Ich war der Erziehungsauftrag, der herumgeisterte, der sich unter dem lamellenartigen Schirm riesiger Herrenhemden an einem Metalldrehständer versteckte oder zwischen den breiten, industriell gestärkten und nach nie getragenem Jeansstoff riechenden Latzhosen für schwangere Frauen hindurchschlüpfte und auf der Rückseite die Wand entlangstrich. Es gab im Laden eine Abteilung mit Anzugjacken und Hosen für sehr lange dünne Männer, wo an einer Schaufensterpuppe, die wie ein Strichmännchen oder eine Vogelscheuche auf mich wirkte, einer dieser Anzüge ausgestellt war. In der Zeit, in der meine Mutter in der Boutique arbeitete, gab es zwar noch kein breit öffentlichkeitswirksames, körperpositives Plussize-Marketing größerer Kleiderhersteller aber eine Ecke im Laden, in der die Wörter *Rund & Schön* in Acrylfarben auf ein Pappschild an der Wand gemalt standen.

Ich habe sehr gern meine Nachmittage in der Übergrößenboutique verbracht, auch wenn ich wusste, dass es meine Mutter wegen ihrer Chefin nervös machte, weil dort die Vielfalt der Abweichungen des menschlichen Körpers von der Norm in den leeren Hüllen ihrer Kleider sichtbar wurde. Es gibt, dachte ich damals, denke ich heute auf dem Parkplatz der Hochhaussiedlung, doch eigentlich immer mehr anderes als gleiches.

Wenn ich Ozan bei sich zu Hause besucht habe, denke ich, als ich an einem der Hochhausblöcke hochschaue, stand ich immer erst eine Weile vor dem großen Klingelbrett neben der Eingangstür und suchte die langen Reihen und Spalten der aufgeführten Namen mit dem Finger ab, obwohl ich ja längst wusste, wo sich die Klingel der Kovačevskis befand. Ich fühlte mich dabei wie ein Ermittler in einem Agentenfilm, der eine Spur verfolgte. Bei den sehr verschieden klingenden Nachnamen der Mieterinnen und Mieter, die ich leise mitsprach, könnte es sich, malte ich mir aus, auch um eine verrätselte Botschaft handeln, die durch die richtige Kombination entschlüsselt werden müsste, um sich Zutritt nicht nur zur Wohnung der Kovačevskis zu verschaffen, sondern zu einem Geheimlabor unterhalb der Hochhaussiedlung, zu Katakomben, in denen illegale Hundekämpfe abgehalten wurden, oder einem Tunnel, der unsere Kleinstadt mit einem okkulten Opfertempel verband.

Ich fand außerdem immer schon die Tatsache beruhigend, dass zu jeder Tageszeit irgendwo im Hochhaus irgendwer von den aufgeführten Personen oder Familien zu Hause sein musste – dass nie alle Bewohnerinnen und Bewohner gleichzeitig abwesend und das gesamte Gebäude menschenleer sein würden.

GR44 will nur noch nach Hause zu seinen Eltern. Er will alles Kämpfen und Töten, die Spezialeinsätze, die Schrecken des Krieges, das Elend und das Grauen, das er gesehen hat, hinter sich lassen. Seine alten Eltern sind nach dem Ende von *Universal Soldier* mit einem Problem konfrontiert, das der Film nicht mehr behandelt. Sie haben sich über die Jahre mit dem Tod ihres Sohnes arrangiert, den Verlust als Tatsache akzeptiert. Dann aber kommt der Sohn als Untoter zurück, als von seinem vergangenen Leben in traumatischen Flashbacks heimgesuchter Zombiekrieger, der ständig gekühlt werden muss, um nicht zu kollabieren. Und er bringt das Trauma des Krieges mit auf die heimische Farm in Gestalt des irren Sergeant Scott mit der Ohrenkette, dessen Körperfetzen sicher noch lange Zeit überall auftauchen – im Gras vor der Veranda, in der Regenrinne, im Fliegengitter vor dem Kellerfenster und so weiter. Das Farmhaus in Louisiana, denke ich auf dem Parkplatz, ähnelt in seiner klischeehaften Ästhetik dem Kitschhaus am Kitschsee, in dem die Toten am Ende von *Hinter dem Horizont* vereint in alle Ewigkeit zusammenleben. Wenn nur die Familie zusammenbleibt, denke ich, wollen diese Filme durch ihre Enden den Zuschauern erzählen, dann lassen sich selbst die Traumata des Krieges, des Todes und der Hölle überwinden. Und die Filme enden konsequenterweise – um diese Erzählung nicht zu gefährden – jedes Mal, bevor der Alltag dieser traumatisierten Kleinfamilien gezeigt werden müsste: ihre Angst vor ungewöhnlichen Geräuschen aus der Dunkelheit der Nacht und ihr panisches Hochschrecken aus den schlechten oder falschen Träumen, die sie quälen, wenn sie schlafen.

Meine Eltern haben sich ihrer Erzählung zufolge am Schießstand des Volksfestes der Kleinstadt kennengelernt, das jedes Jahr im Sommer für zwei Wochen stattfindet und vielleicht wirklich einmal ein Fest gewesen ist, das die Menschen zusammenbrachte. Mein Vater war frisch in den Luftwaffenstützpunkt am Ortsrand versetzt worden, und meine Mutter hatte zu der Zeit vielleicht Pläne gehabt, den Ort, in dem sie aufgewachsen ist, zu verlassen, hat sich dann aber für meinen Vater und die Gründung einer eigenen Familie in der Kleinstadt entschieden. Manchmal sagte sie, nach einem Streit mit meinem Vater zum Beispiel, wenn gerade eine Tür zugeworfen worden war, einen selbstbeschwichtigenden Satz wie: »Wir haben doch alles, was wir brauchen«. Wobei ihr Blick meistens unklar wurde und ins Leere ging und ich mir unweigerlich dazudenken musste, dass man aber doch noch mehr wollen kann oder darf als das, was man braucht.

Wenn mein Vater der Erzähler dieser Geschichte des Kennenlernens und Zusammenkommens meiner Eltern war, ließ er es sich nicht nehmen, auf die Wettbewerbsverzerrung hinzuweisen, den Vorteil, den er gegenüber den anderen, um die dabeistehenden Frauen und Mädchen werbenden Männern am Schießstand durch seine militärische Ausbildung fraglos gehabt hatte. Aber es habe ja, fügte er dann in dieser eigentlich romantisch gefärbten Erzählung an, gar keinen nennenswerten Wettbewerb um die Mutter gegeben. Man hätte gar nicht so gut schießen können müssen wie er.

Die Bundeswehrkarriere meines Vaters, die allen Anzeichen nach unehrenhaft zu Ende gegangen ist, war immer schon ein mystisches Ding der Vergangenheit für mich, da ich zum Zeitpunkt seiner Verabschiedung aus der Armee und des Wechsels in den Justizvollzug gerade erst auf die Welt gekommen war. Es hing dieser Vergangenheit aber immer schon etwas Scham- und Schmachvolles an. Mit meinem Vater im selben Raum konnte nie zur Sprache kommen, was genau vorgefallen war. Selbst meine Mutter wusste und weiß bis heute nur unwesentlich mehr als ich über die konkreten Gründe seiner Entlassung, weil sich seine Kränkung über dieses unehrenhafte Karriereende auch ihr gegenüber in jähzornigen Ausbrüchen niederschlug, wenn sie das Thema anzusprechen versuchte.

Es muss sich, so viel haben wir hinter seinem Rücken gemeinsam aus dem spärlichen Wissen zusammengepuzzelt, um eine letztlich nicht mehr verantwortbare Häufung von Beschwerden seine Person betreffend gehandelt haben, die sämtlich eine übertriebene Härte und Brutalität den Rekruten gegenüber zum Inhalt hatten, deren Ausbilder er gewesen ist.

Ich sehe meine etwas in die Breite verzerrte Spiegelung in einem Seitenfenster eines der Autos auf dem Anwohnerparkplatz, bewege meinen Kopf und mache ein paar Grimassen, die mein breitgezerrtes Spiegelbild noch etwas absurder aussehen lassen sollen. Und dann sehe ich, für einen kurzen Moment, dort, wo mein eigenes sein sollte, das schmerzverzerrte Gesicht des glatzköpfigen Jungen aus meinem Traum im Folterkeller von Bret Harts Vater Stu in der Spiegelung im Seitenfenster. Es entfährt mir ein seltsam fiependes Geräusch, als mich das wahnsinnig erschreckt. Dann kehrt mein eigenes Gesicht in die Spiegelung zurück, und ich erkenne darin die echte, unverstellte Grimasse dieses Schreckens.

Alle zwölf Kinder von Stu und Helen Hart, hat mir Ozan einmal erzählt, folgten dem Vorbild ihrer Eltern, indem sie entweder selbst professionelle Wrestler wurden oder professionelle Wrestler heirateten.

All seine Kinder und die vielen Profis und Amateure, die Stu Hart in seinem *Dungeon* in Schmerztoleranz unterwiesen hat, bezeugten, dass es sich bei ihm nicht etwa um einen sadistischen alten Mann gehandelt hat, der Freude am Quälen hatte, sondern um einen weichherzigen, zugewandten, großzügigen Menschen, der einfach nur sehr genau wusste, worauf es ankam im Wrestlingsport und im echten Leben, dessen Schläge, Tritte, Schwitzkästen und Bodyslams nicht nur hinzunehmen und auszuhalten, sondern als aufrechte Person aus ihnen hervorzugehen, einige Härte erforderte.

Stu Hart meldete sich im Jahr 1942 freiwillig zum Kriegsdienst in der kanadischen Marine, wurde in Nova Scotia stationiert und verblieb für seine gesamte Dienstzeit auf der amerikanischen Seite des Atlantik, wo er als *Director of Athletics* andere Soldaten trainierte und Ringkämpfe in Sporthallen organisierte. Die Einsatzleitung der Marine ließ ihn immer größere Showveranstaltungen ausrichten, die vor allem der Zerstreuung und Unterhaltung dienen sollten.

In seiner späteren Karriere als Wrestlingpromoter vertrat Hart einige der Kameraden aus dieser Zeit in seiner Agentur *Stampede Wrestling*, organisierte Showkämpfe und kümmerte sich um Förderung und Training des Wrestling-Nachwuchses in seinem *Dun-*

geon, dessen Schmerztoleranztraining schließlich auch all seine Kinder durchlaufen mussten.

Mein Bruder folgte meinem Vater zunächst in dessen Fußstapfen, indem er sich für eine Offizierslaufbahn bei der Bundeswehr verpflichtete, beendete diese Karriere aber nach ein paar Jahren selbst und aus freien Stücken für einen zweiten, zivilen Bildungsweg. Er setzte somit eine lange Linie von Soldaten in meiner Familie fort, wird aber, so viel lässt sich jetzt schon sicher sagen, keinem seiner eigenen Kinder eine Bundeswehrkarriere nahelegen. In demselben Gespräch, in dem mein Bruder zu mir sagte, er habe seine Schuldigkeit getan, sagte er auch zu mir, es habe ihn sein gesamtes Erwachsenenleben gekostet, die militärische Disziplin, den Gehorsam und die Verschwiegenheit in Bezug auf eigene Schwächen, Ängste und Zweifel abzulegen. Ein Prozess, der noch immer nicht abgeschlossen sei und ihn im Hinblick auf seine eigenen Kinder und deren emotionale Erbschaft ängstige.

Ich frage mich, ob der böse, abgeschottete, unsoziale Mensch, der mein Vater geworden ist, der in seiner Wohnung sitzt, in die zu gehen ich mich nun wirklich langsam mal entschließen muss, derselbe ist, mit dem mein Bruder und meine Mutter und ich jahrelang zusammengelebt haben. War der, der er jetzt ist, immer schon in ihm angelegt oder hat etwas von ihm Besitz ergriffen wie *The Thing* von den Arktisforschern? Und sind mein Bruder und ich dann auch schon davon infiziert? Wird es aus uns hervorbrechen wie im Film, sobald wir in eine Ecke gedrängt, bedroht, beleidigt, erniedrigt, gekränkt werden?

Meine Mutter hat in seiner Abwesenheit im Gespräch über meinen Vater vor vielen Jahren schon das Wort »Umnachtung« gebraucht. Allerdings so, als hätte mein Vater daran einen eigenen Anteil gehabt. Als sei diese Nacht nicht um ihn her aufgezogen als Ereignis ohne eigenes Zutun, sondern als habe er sich selbst mit voller Absicht eingehüllt.

Und in der mich im Moment umgebenden, gleißenden, mittäglichen Helligkeit auf dem Anwohnerparkplatz denke ich, dass von diesem Eingehülltsein, vom Aufgehobensein und Aufgehen im nächtlichen Dunkel, doch auch etwas Machtvolles ausgeht: die dunkle Seite als Versprechung, als schwarze, hassvolle Kraftquelle, die den Schwächsten stärkt und über die fiesen Foltergriffe des Lebens erhaben macht.

Das amerikanische Forscherteam in *The Thing* entwickelt schließlich einen Schnelltest, mit dem festgestellt werden kann, wer sich bereits infiziert hat. Dem von Kurt Russell verkörperten Hubschrauberpiloten R.J. MacReady kommt der Einfall, das Blut der bis dahin Überlebenden auf seine eigene Wehrhaftigkeit hin zu überprüfen, da sich herausgestellt hat, dass die außerirdische Existenz auch aus einzelnen Teilen des Körpers wie Köpfen, Bäuchen und abgetrennten Gliedmaßen eigenständige Monster mutieren lassen kann. Die Vermutung, auf die der Test gründet, ist, dass sich jede Zelle und also auch eine Blutprobe verwandeln und zur Wehr setzen wird, wenn sie einer Bedrohung ausgesetzt ist.

Jedem verbliebenen Amerikaner wird im Aufenthaltsraum der Arktisstation mit einem Skalpell in den Daumen geschnitten und aus diesem Schnitt eine großzügige Menge Blut in eine bereits mit Namensschildchen versehene Petrischale gepresst. Nachdem alle Blutproben gesammelt wurden, wird ein Stück Kupferdraht in der Zündflamme an der Mündung eines Flammenwerfers, den MacReady auf den Schultern trägt, erhitzt und dann der Reihe nach in die Proben getaucht.

Die ersten paar Versuche passiert nichts außer einem kurzen Zischeln des verdampfenden Blutes am heißen Kupferdraht. Als die Reihe dann aber an der Blutprobe des technischen Assistenten Palmer ist, zeigt sich, dass der Schnelltest funktioniert: Palmers Blutprobe spritzt mit einem kreischenden Geräusch, von dem unklar bleibt, wer oder was es verursacht, aus der Petrischale heraus und rinnt dann hektisch über den Boden davon in einen schattigen Winkel. Der technische Assistent Palmer selbst beginnt sich in diesem Moment zu schütteln wie von einem Anfall, seine Augen rollen wild in den Höhlen herum, und dann reißen sein ganzer Kopf, der Hals und die halbe Brust in der Mitte auf und verwandeln sich in einen riesigen Schlund mit sehr scharfen, spitzen Zähnen und einer langen Fangzunge, die sogleich aus dem Schlund hervorschnellt und sich um den Hals des nächsten Nebenstehenden wickelt. Die Zunge schleudert diesen Nächsten, den Funker Windows, in die Luft, der Schlund schnappt ihn mit seinen scharfen Zähnen, verbeißt sich und schüttelt so lange an dem schreienden Funker herum, bis MacReady beide, den verwandelten Assistenten und den zappelnden Funker im Schlund, mit seinem Flammenwerfer in Brand setzt.

Während ich an diesen gierigen Schlund und das brutzelnde Geräusch denke, das vom verbrennenden Fleisch der noch ein paar Meter kreischend umhergehenden, entflammten Körper herkommt, grollt es sehr heftig durch meine eigenen Eingeweide, die spürbar verzweifelt eine sagenhafte Leere zu verdauen versuchen.

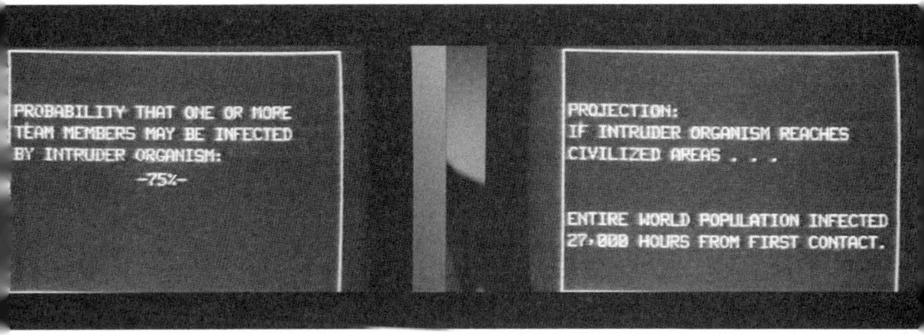

Der Tennisverein, in dem mein Vater jahrelang meinen Bruder trainiert und sich um die makellose Oberfläche der acht Sandplätze gekümmert hat, befindet sich im kultivierten Teil eines überwiegend naturbelassenen Auwald-Areals, das am südlichen Ufer des Flusses liegt und von verschiedenen Wanderwegen zur Naherholung durchzogen ist. Am innenstadtseitigen Ende des Areals münden diese Wanderwege in angelegte Gärten und schließlich in die Promenadenstraße entlang des Flussufers, die das geschäftliche Zentrum der Kleinstadt bildet.

Den Übergang vom naturbelassenen Teil in die angelegten Gärten markiert, von hohen, im Wind rauschenden Laubbäumen umgeben, die Tennisanlage und unweit davon, in einem Ensemble alter Kastanien und mit seiner Frontseite bereits auf getrimmte Wiesen und Zierblumenbeete ausgerichtet, ein kleines Renaissance-Jagdschlösschen aus dem 16. Jahrhundert, in das sich, seit ich denken kann, der Familienbetrieb des italienischen Restaurants *Cantina Continua* eingemietet hatte.

Mein Weg von der Hochhaussiedlung zur Cantina, wohin ich von der fabelhaften Aussicht auf einen kostengünstigen Mittagstisch im kühlen Inneren des Jagdschlösschens gelockt werde, führt von den verkehrsberuhigten Wohnstraßen durch einen letzten Ausläufer naturbelassenen Waldes und dann unweigerlich an der Anlage des Tennisvereins vorbei.

Als Kind haben mich dieses kurze Waldstück und seine vermeintliche Unberührtheit immer fasziniert – der Übergang von der strengen Ordnung der Wohngebiete am Innenstadtrand zur Welt der Käfer und Spechte und der anderen Wesen und Gestalten, die ich zwar nie zu Gesicht bekam, mir aber in ihren Bauten und in den Kronen der Bäume mit alltäglicher Arbeit und der Administration ihrer Parallelgesellschaften beschäftigt vorstellte. Für mich war dieses Waldstück am Flussufer, denke ich, als Kind weniger ein Gebiet zum Schutz der Natur als ein Reservat des Unwahrscheinlichen und Märchenhaften. Ein Ort, der im Gegensatz zur geordneten Welt der Kleinstadt dazu einlud, phantastische Vorgänge in ihm zu vermuten.

Ich gehe ein Stück weit auf einem geschotterten Fußweg im halbtransparenten Schatten dunkelgrüner Sichtschutzblenden, die von innen gegen die hohen, die Tennisplätze an ihren Rändern umgebenden Maschendrahtzäune gespannt sind. Von außen scheint die in noch dunklerem Grün auf die Blenden aufgedruckte Werbung spiegelverkehrt durch den Kunststoff wie ein Wasserzeichen.

Trotz der hochsommerlichen Mittagshitze wird auf der Anlage gespielt und sind die typischen Tennisgeräusche zu hören: das Tschumpen und Ploffen der Schläge auf den Ball, das Schuffeln von Schuhsohlen auf Sandboden, Stöhnen, Fluchen, keuchend vorgebrachte Spielstände. Ich zähle vier spielende Schemen in weißer Kleidung durch den Kunststoff der Blenden, die restlichen Plätze liegen unbenutzt in der Sonne.

Mein Bruder hat im Sommer draußen und im Winter in der Halle gleichermaßen mit einem Basecap auf dem Kopf Tennis gespielt, das er mit dem Schirm nach hinten getragen hat. Am Ende des Sommers hatte er immer weiße Füße, die oberhalb der Knöchel, wo die Socken endeten, in einer geraden Linie von den sehr braunen Beinen abgegrenzt waren. An seinem rechten Unterarm gab es noch einmal so ein Band weißer Haut, wo er während der Matches sein Schweißband trug. Und auch der Zentimeter Stirn vor dem Haaransatz war nie annähernd so gebräunt wie das restliche Gesicht, in das er sich immer sehr viel Sonnenschutz schmierte, der die ersten paar Spiele hindurch wie eine cremige Kriegsbemalung auf seinem Nasenrücken und den Wangenknochen leuchtete. Schon im Verlauf des ersten Satzes wischte er sich aber zu Konzentrationszwecken so oft zwischen den Punkten mit dem Handtuch, das er an den Haken der Linienbesen am Zaun hängen hatte, über sein Gesicht, dass von der Creme bald nichts mehr zu sehen war.

Es ist häufig vorgekommen, dass mein Bruder sich im Sommer nach einem langen Training in der Sonne zu Hause mehrmals übergab und dann schlotternd am Küchentisch saß, während meine Mutter ihm mit gefurchter Stirn eine Magnesiumtablette in einem großen Wasserglas auflöste und mein Vater mit ebenso gefurchter Stirn danebensaß, in Erwartung des kommenden Streits in Abwesenheit der Kinder oder enttäuscht von der geringen Widerstandskraft des Körpers meines Bruders gegen die Hitze.

Nachdem wir mit meinem Vater *Universal Soldier* gesehen hatten, musste ich bei diesem Anblick oft denken, dass es für den Idealsoldat, zu dem mein Bruder offensichtlich herantrainiert werden sollte, auch eine entsprechende Kühlkammer in unserer Wohnung geben müsste, in der man ihm dann vielleicht auch ein Serum gegen störende Erinnerungen an diese Behandlung in den Hinterkopf injizieren würde.

Ich frage mich, ob ich, wäre ich an der Stelle meines Bruders im Zentrum der ambitionierten Aufmerksamkeit meines Vaters gewesen, jetzt auch denken würde, dass ich aus dem Schneider bin. Ob ich dann nicht hier wäre, mich nicht endlich entschließen müsste, zurück zu seinem Haus und hoch in seine Wohnung zu gehen.

Ein Stück weit vor mir treten zwei junge Frauen mit Tennistaschen auf den Schultern durch das Tor der

Anlage auf den Schotterweg. Sie sehen freundlich aus und beschwingt, gesund und aufgeräumt. Ich möchte nicht den Eindruck erwecken, als würde ich mich mit meinem Loch im Hemd und dem Sonnenbrand im Gesicht am Rand der Anlage herumdrücken, um ordentlich angezogene und gut aussehende junge Frauen zu belästigen, obwohl ich ja gar nicht davon ausgehen müsste, dass diese beiden jungen Frauen das von mir denken. Ich merke aber, dass ich mir nicht sicher bin, ab welcher Distanz es normal ist zu grüßen und was ich tun soll, bis diese Distanz erreicht ist, um ganz natürlich und wie ein normaler Mensch zu wirken.

Die beiden jungen Tennisfrauen schauen mich schließlich gar nicht an, sondern nur einander, und unterhalten sich, während sie an mir vorbeigehen, so dass sie das halblaut gemurmelte Hallo, das viel zu spät aus mir herauskommt, wahrscheinlich gar nicht mitbekommen.

Ich habe mir, denke ich, in dieser Kleinstadt immer schon gewünscht, anderswo zu sein, wo ich mich nicht so schrecklich deplatziert fühlen würde. Und ich denke, ich wünsche mir das noch immer.

Unter den alten Kastanien, die das Jagdschlösschen umstehen, betreibt die Familie Continua im Sommer einen weitläufigen Biergarten, in dem man jedes Mal lange auf das chronisch unterbesetzte Personal warten musste, um seine Bestellungen aufzugeben, in dem aber gleichzeitig, denke ich, für die Erwachsenen und die Kinder gleichermaßen, die Zeit ein Stück weit außer Kraft gesetzt war, lange Nachmittage in lange Abende übergingen und wo ich nicht selten ausgestreckt auf einer der Bänke, mit dem Kopf auf dem Schoß eines Elternteils, dessen Stimme durch den Körper, den Oberschenkel, auf dem mein Ohr auflag, zum inhaltslosen Geräusch im Gemurmel der Gespräche der Erwachsenen heruntergedämpft war, eingeschlafen bin und auch davon nicht aufwachte, dass mich jemand zum Auto trug und zu Hause die Stufen hinauf in unsere Wohnung. Diese Erinnerung umfasst freilich nur den kurzen Zeitraum, bis sich wegen meines zunehmenden Gewichts niemand mehr bereit erklärte, mich überhaupt nur anzuheben, geschweige denn irgendwohin zu tragen.

Als ich am Tor der Anlage des Tennisvereins vorbeigehe, habe ich einen besseren, unverblendeten Blick ins Innere. Der Hauptweg vom Eingang führt gerade auf den Bungalow des Vereinsgebäudes zu, in dem sich die Umkleideräume und Duschen befinden und ein Tresen mit Zapfanlage vor einer Küchenzeile, wo es für die Mitglieder Getränke, Kaffee, Obst und Energieriegel zur Selbstbedienung gibt, aber keine richtige, inhabergeführte Gastronomie. Auf der Terrasse vor dem Bungalow stehen unter hervorgerollten Markisen Außenmöbel aus anthrazitfarbenem Kunststoffkorbgeflecht, auf denen niemand sitzt. Die Möbel sehen aus wie ihre Entsprechungen auf Hotelterrassen oder um Swimmingpools in Resortanlagen – eine Ausstrahlung von nobler Exklusivität, bei gleichzeitiger billiger Materialanmutung und geschmacklicher Unentschiedenheit. Auf den beiden hinteren, rechts vom Bungalow gelegenen Tennisplätzen wächst Moos, sind die Linien nicht mehr fest in den Sandboden eingedrückt und keine Netze zwischen die Pfosten gespannt, wie ich vom Tor aus sehen kann. Unter einer verwitterten Holzbank am Spielfeldrand eines der beiden Plätze liegt ein dahin gerollter, ebenfalls längst verwitterter Tennisball. Wahrscheinlich hat auch hier, denke ich, nach dem Abflauen des deutschen Tennishypes der 80er und 90er Jahre ein Mitgliederschwund eingesetzt, der bis heute nicht mehr durch Nachwuchs und Neuzugänge kompensiert werden konnte.

In den Amateurligen, in denen die verschiedenen Jugend- und Erwachsenenmannschaften des Vereins vertreten sind, war es immer üblich, dass die Heimmannschaft ihre Gäste nach den Spielen zum Essen einlud. Ein Mannschaftsspiel bestand in der Regel aus sechs Einzeln und drei Doppeln und zog sich mehrere Stunden hin, so dass sich im Spätsommer alle Beteiligten oft erst in der Abenddämmerung geduscht um einen Tisch auf der Terrasse setzen und das Besteck in die Hände nehmen konnten.

Weil es keine eigene Gastronomie auf der Anlage gab, hat der Verein, für den mein Vater die Plätze instand hielt und mein Bruder Ligaspiele absolvierte, die Mannschaftsessen für die Heimspiele in der nahen Cantina zur Abholung bestellt. Und weil ja schon früh klar war, dass ich mich nicht selbst zum Bestreiten von Ligaspielen in meiner eigenen Jugendmannschaft eignen würde, ich aber trotzdem oft auf der Anlage war, um bei den Spielen meines Bruders zuzusehen, wurden mir bald andere Aufgaben zugeteilt, wie zum Beispiel mit der Essensbestellung rüber zu den Continuas zu gehen und sie dort aufzugeben, obwohl das natürlich auch ganz einfach telefonisch aus dem Vereinsheim hätte erledigt werden können.

Beim Abholen der hochgestapelten Pizzakartons und Styroporschalen, die ich allein nicht hätte tragen können, wurde ich dann meistens von meinem Vater begleitet, der am Tresen des Restaurants mit den gleichen Bewegungen und dem gleichen irgendwie überraschten Gesichtsausdruck wie am Verleihtresen der *Videotime* sein dickes Kunstlederportemonnaie aus der Gesäßtasche holte und immer zuerst den Druckknopf am Münzfach öffnete, um zu sehen, ob er nicht einen Teil des Rechnungsbetrags auch in klein hatte.

Gegessen haben mein Vater, meine Mutter und ich aber nie mit den Spielern auf der Terrasse des Vereins. Dafür, das war ungeschriebenes Gesetz und allen klar, hätten wir vorher schon auch selbst mitgespielt haben müssen.

Die Cantina war das einzige Restaurant, in das mein Vater mit uns als Familie zum Essen gehen wollte. Die anderen Leute aus dem Verein sind ebenfalls regelmäßig dort gewesen, haben da Vereinsfeiern und inoffizielle Vorstandssitzungen abgehalten, an Herren-, Damen- und allen möglichen Ü-Stammtischen zusammengesessen, auch im Winter, wenn auf der Anlage selbst gar kein Tennis gespielt wurde und die ambitionierten Spielerinnen und Spieler sich auf den Teppichplätzen der Tennishalle eines Sporthotels am anderen Ende der Kleinstadt einmieten mussten.

Für meinen Bruder gab es bei den gemeinsamen Essen mit der Familie meistens dem Ernährungsplan meines Vaters entsprechend Fitness-Salat mit Hähnchenbrust oder Eierreis mit Meeresfrüchten. Mein Vater bestellte für sich selbst ausnahmslos Spaghetti Carbonara und meine Mutter und ich durften uns aussuchen, was wir wollten.

Ich habe in der *Cantina Continua* meinen ersten Schluck Bier aus dem Glas meines Vaters getrunken und später immer wieder vereinzelte Schlucke aus den Gläsern anderer, laut und bassig lachender Vereinsmitglieder, die ich an den verschiedenen Stammtischen in ihren aus Sitzbänken bestehenden Separees mit den geschwungenen schmiedeeisernen Trenngittern auf den Rückenlehnen besuchte und die dann lustig gemeinte Kommentare zum Unterschied zwischen mir und meinem Bruder abgaben.

»Die Familie vom Kerkermeister hat heut Freigang«, sagten diese Vereinsmitglieder zum Beispiel, während sie mir ihre Biergläser hinhielten. Und sie fanden sicher, dass meine physische Erscheinung zu dieser als Witz getarnten Beleidigung viel besser passte als die meines Bruders, der eindeutig derjenige Sohn meines Vaters war, der während dieser auswärtigen Abendessen hergezeigt werden sollte.

Meinem Bruder war die Aufmerksamkeit der anderen Vereinsmitglieder unangenehm, weshalb er nie gern in die Cantina zum Abendessen gehen wollte und sich dort dann die meiste Zeit hinter seinem Gameboy versteckte. Erst im Nachhinein habe ich begriffen, dass die Performance-Erwartung meines Vaters an meinen Bruder im Restaurant der Familie Continua in anderer, für meinen Bruder sicher sehr viel weniger klar definierter Form fortbestand. Dass er dort nicht mehr wie auf dem Platz hart aufschlagen und am Netz die Bälle *totmachen* konnte (wie der gebellte Befehl meines Vaters im Training lautete).

Mein Bruder war im Gastraum der Cantina der erfolgreiche Abkömmling des Platzwarts und Kerkermeisters, gesegnet mit einem Talent, das die anderen Mitglieder des Vereins sich und ihren eigenen Kindern für kein Geld der Welt würden kaufen können. Die Frage nach einer möglichen Profikarriere stand beständig im Raum. Und vor allem wohl im Gastraum der Cantina. Nach seiner Verletzung war eigentlich allen klar, dass aus einer solchen Karriere nichts mehr werden konnte. Die Entscheidung meines Bruders, zur Bundeswehr zu gehen, fiel aber wohl dennoch vor dem Hintergrund, dass einem dort, wie sonst vielleicht nur noch bei der Polizei, im Rahmen von Sportlerförderungsprogrammen eine relativ gute Vereinbarkeit mit Profisport- und Höchstleistungsambitionen versprochen wurde.

Die *Cantina Continua* war eindeutig darauf ausgerichtet, ihr Stammpublikum aus dem nahen Tennisverein zu bedienen. In der Karte fanden sich isotonische Getränke, *Tenniswasser* und Speisen, die kein bisschen traditionell italienisch waren, sondern sich vielmehr an den neu aufgekommenen Erkenntnissen der Sport- und Ernährungswissenschaften orientierten. Für diese Gerichte gab es eine extra *Fitness*-Rubrik in der Speisekarte.

Zwischen zwei sehr hohen Weinregalen aus dunklem Holz war an einer der Wände, sehr prominent und von einer eigenen Wandleuchte separat angestrahlt, ein gerahmtes Poster von Raffaella Reggi angebracht. Die italienische Tennisspielerin war in einem eher unvorteilhaften Moment für das Poster fotografiert worden, als sie gerade mit nach innen eingestülpter Unterlippe und bis zum Zahnfleisch entblößter oberer Zahnreihe mit ihrer Vorhand, die mein Vater meinem Bruder gegenüber wegen der Position der Hand am Schlägergriff abwertend als *Bauernklatsche* bezeichnet hatte, auf einen Ball schlug und dabei mit ihren Füßen ein paar Zentimeter vom feingetrimmten grünen Rasen des All England Lawn Tennis Club in Wimbledon abgehoben war.

Dieses Poster, denke ich jetzt, war sicher von der Familie Continua in ihrem Restaurant aufgehängt worden, um ihre Offenheit für die Tennisbegeisterten aus dem Verein zu signalisieren. Gleichzeitig aber, weil es sich bei der Abgebildeten eben nicht um die damals überall omnipräsenten deutschen Stars Graf oder Becker gehandelt hat, sollte es bestimmt auch ihr Anderssein, beziehungsweise ihren Stolz auf die eigene Herkunft betonen.

Mein eigenes größtes Interesse während unserer auswärtigen Familienabendessen in der Cantina galt, neben den möglicherweise an den Tischen der Vereinsmitglieder verfügbaren Bierschlucken und dem euphorischen Schwindel, den sie in meinem kindlichen Kreislauf verursachten, und neben der riesen- und fabelhaften *Calzone della Casa*, die ich immer ganz aufaß, bezwingen konnte, obwohl ausgewachsene Männer mit gesundem Hunger vor ihr kapitulierten, der Tochter der Familie Continua, Lotta.

Die Familie Continua, also Lotta und ihre beiden Eltern, Eleonora und Gabriele, lebte in einer Art Einliegerwohnung im Obergeschoss des Jagdschlösschens, das in den 70er Jahren auf eine Weise saniert worden war, die nur die denkmalgeschützte Fassade erhalten hatte und das morsche, marode Innere entkernt und kostengünstig aufbereitet.

Durch den Eingang betritt man zunächst einen weiß gefliesten Vorraum mit Garderobe, von dem die mit Holzimitat furnierten Türen zu den jeweiligen Herren- und Damentoilettenräumen abgehen, deren Fliesen, Pissoire, Kloschüsseln und Waschbecken in einem lehmigen und trotzdem völlig unnatürlichen Hellbraunton gehalten sind. Eine ebenso unscheinbare Tür führt in den Gastraum und eine weitere, auf die ein Aluschildchen mit dem Wort *PRIVAT* in dicken schwarzen Großbuchstaben aufgeklebt ist, auf den Absatz eines schmalen Treppenaufgangs ins Obergeschoss, dessen Stufen mit dunkelbraunem, intensiv nach Staub riechenden Teppich bezogen sind. Die Treppe ist so steil, dass ich, als ich schließlich zum ersten Mal von Lotta über die Schwelle dieses privaten Zugangs mit in die Wohnung der Continuas genommen wurde, meinte, es wäre das Naheliegendste, die Stufen vor mir mit den Händen zu greifen und auf allen vieren hochzuklettern wie auf einer Leiter.

In der Wohnung der Familie im Obergeschoss des Jagdschlösschens gab es ein vollgestelltes Wohnzimmer mit verschiedenen Souvenirs aus der apulischen Herkunftsregion der Continuas an den Wänden und auf den Beistelltischen und Kommoden. Die Eltern hatten ein separates Schlafzimmer und Lotta ihr eigenes Kinderzimmer, ansonsten gab es nur noch ein irgendwie immerkaltes, sehr kleines Badezimmer mit einem riesigen Boiler an der Wand über der Wanne, der manchmal bedrohlich fauchte, wenn man warmes Wasser aufdrehte, und durch seine Größe und Position auf mich so wirkte, als sei er dazu da, wie ein Hinrichtungswerkzeug passgenau in die vor ihm liegende Wanne zu stürzen und eine darin ihr letztes Bad nehmende Person zu zerquetschen, sowie eine ebenfalls winzige Küche, in der es nur Gerätschaften und Geschirr für Kaffee und Kekse zu geben schien und die wohl im Sanierungsprozess schon in der Überzeugung konzipiert worden war, dass die Mieter dieser Einliegerwohnung eh die Pächter des Restaurants sein würden und sich also unten in der großen Restaurantküche mit richtigem Essen versorgen könnten. Wenn man sich im

Innern der Wohnung der Continuas befand, glaubte man sich in einem Wohnblock ähnlich dem, in dem die Kovačevskis wohnten, so wenig war von der originalen Substanz des Jagdschlösschens übriggeblieben.

In Lottas Zimmer war als einzige Dekoration eine postergroße Schwarz-Weiß-Fotografie von Pier Paolo Pasolini an die Wand gepinnt, den ich natürlich nicht erkannte, von dem mir Lotta aber erklärte, dass er das Buch *Petrolio* geschrieben habe, das sie las, und zwar so lange, bis sie, wie sie sich ausdrückte, alt genug sein würde, es zu verstehen.

Lotta ist älter als ich und jünger als mein Bruder, ziemlich genau mittig zwischen uns beiden auf die Welt gekommen. Als sie mir ihre schiefgelesene Taschenbuchausgabe der deutschen Übersetzung von *Petrolio* gegen die Brust drückte, mit einer Nachdrücklichkeit, dass ich erst dachte, sie erwarte von mir, dass ich es auf der Stelle von Anfang bis Ende durchlesen würde, schlug ich die erste Seite auf und las ein dem Roman vorangestelltes Zitat von Ossip Mandelstam, das lautet:

»Zur Welt der Mächtigen hatte ich nur kindliche Beziehungen«.

Wenn die Männer an den Stammtischen der Cantina etwas zu lange vor leeren Biergläsern darauf warten mussten, dass man ihnen neue brachte oder zumindest die Bestellung neuer Biere aufnahm, patschten sie mit ihren flachen Händen einen plumpen Takt auf die Tischplatten und stimmten dazu einen Chor im Stil von

Fußballstadiongesängen an. »Gabriele, du gute Seele, mia ham so eine trockne Kehle«, sangen sie so lange, bis sie beachtet wurden.

Ich konnte meinen Vater, der nie mit jemand anderem als uns am Tisch saß, oft dabei beobachten, wie er in eine Leere vor sich hineinschaute und diesen Gesang tonlos mitsang, also nur kaum merklich die Lippen dazu bewegte, wie jemand, der Geschriebenes nicht so gut verstehen kann, das manchmal beim Lesen macht. Gabriele Continua kam nach ein paar Wiederholungen der immer selben Zeile mit dem immer selben leidvollen Ausdruck des Geschmeicheltseins im Gesicht, »scusi, scusi« sagend, an den Tisch der Singenden und nahm ihre Bestellungen auf.

Meine Mutter und Eleonora Continua, das konnte ich damals sehr gut beobachten, auch wenn ich es, glaube ich, nicht wirklich verstanden habe zu der Zeit, sahen während dieser chorischen Interventionen der Durstigen jeweils recht unverhohlen angewidert aus. Weniger wahrscheinlich, denke ich heute, von der Penetranz der lauten Gäste als von den unterwürfigen, inkonsequenten und rückgratlosen Gesten ihrer Männer.

Der Dachboden des Jagdschlösschens war bei der Kernsanierung nicht wirklich beachtet worden. Man hatte Kunststofffolie an die verwinkelt verbauten Sparren und Dachlatten getackert und ansonsten vor allem Dämmmaterial, Zementsäcke, überschüssige Fliesen, leere Silikonkartuschen und verkrustete Mörteleimer dort gelagert und längst vergessen. Ein kleines, kreisrundes Dachfenster, das an zwei Gelenkstiften in der Mitte aufgeschwenkt werden konnte, stand immer offen und wurde permanent von Dutzenden Felsentauben angeflogen, deren Kot wie trockene Mörtelbrocken den Boden übersäte. Die hellgrauen Taubenfedern schwebten in sanften Halbkreisbewegungen über die groben Holzdielen, wenn jemand die Dachluke öffnete und dadurch Luftverwirbelungen erzeugte.

Die Vögel bauten ihre Nester in den Kuhlen und Ecken des Dachbodens und wurden dabei von der Familie Continua, die von ihrem Dasein Kenntnis hatte, in Ruhe gelassen. Vielleicht, wie ich eine Andeutung Lottas interpretiert habe, die mir den Dachboden gezeigt hat, weil sie sich zumindest ein Stück weit mit ihrem Bedürfnis identifizieren konnten, einen sicheren Rückzugsort vor der deutschen Ordentlichkeit zu haben, wo sie in Frieden ihre Küken füttern konnten.

Auf die halb ernste, halb scherzhafte Drohung einiger Stammgäste der Cantina, denen das Taubengeflatter am Dachfenster von außen aufgefallen war, der Familie das Gesundheitsamt auf den Hals zu hetzen, wenn sie nichts gegen die Einnistung unternehmen würde, haben Eleonora und Gabriele, wann immer ich das mitbekommen habe, nur mit einer vieldeutigen Handbewegung reagiert, die das Gespräch auf magische Weise beendete, ohne ein echtes Zugeständnis machen zu müssen.

Ich schaue, als ich auf dem Weg entlang der Tennisanlage an den Dachboden des Jagdschlösschens denke, unwillkürlich nach oben in den Himmel, nach dort vielleicht in Richtung des runden Dachfensters zu ihren Nestern fliegenden Tauben, die wie Boten zwischen den Zeiten meine Erinnerung mit der Gegenwart verbinden könnten. Aber der Himmel ist leer und auf eine unbarmherzige Weise hellblau. Zum ersten Mal erscheint mir diese Farbe als Bedrohung, ganz anders als die blauen Himmel meiner Kindheit. Fast kommt es mir so vor, als wäre dieses Hellblau des wolkenlosen Himmels die Signalfarbe einer nahen, unabwendbaren Katastrophe.

Gabriele Continua entsprach in seiner äußerlichen Erscheinung kein bisschen dem Bild, das die Menschen in der bayerischen Kleinstadt von einem typischen Italiener vor Augen hatten. Er hatte etwas ewig jugendlich Glattgesichtiges, sehr helle Haut, Sommersprossen und rote Haare und war auf eine Weise dünn, die seine Ellbogen aussehen ließ, als wären ihm dicke Knoten in die Arme gemacht worden. Ich glaube, Gabriele Continua wurde aufgrund dieser äußerlichen Erscheinung von den Ortsbewohnern und den Stammgästen aus dem Tennisverein nie ganz ernst genommen, gleichzeitig aber auch nie als bedrohlicher, südländischer Fremder empfunden und also auch nicht, wie sonst mit offensichtlich anders Aussehenden üblich, ständig in seine ausländischen Schranken verwiesen.

Eleonora Continua dagegen entsprach absolut dem Klischee, das die Menschen im Ort von einer italienischen Frau hatten, und löste bei den Männern an den

Stammtischen unappetitliche Vergleiche mit *rassigem* Wein aus, die sicher eine Form des Umgangs damit waren, dass sich diese Männer im Kern vor Eleonora Continua gefürchtet haben, sich diese Furcht aber nicht eingestehen konnten oder anmerken lassen wollten. Und bestimmt haben die Frauen der Männer aus dem Tennisverein, die nie als rassig bezeichnet oder mit Genussmitteln verglichen wurden, Lottas Mutter in vielen Fällen zumindest unbewusst als Bedrohung empfunden und die Unterstellung, die eigentlich ihren Männern gelten sollte, diese dunkelhaarige, aufrechte, selbstbewusste Frau sehr viel erotischer zu finden als sie selbst, auf die Ausländerin projiziert, was, denke ich heute auf dem Weg zum Jagdschlösschen, dazu geführt haben musste, dass sich Eleonora Continua sehr einsam fühlte im Kontext der Kleinstadt, in der sie gewissermaßen saß wie in einer Falle, wo es nur ihre eigene Kleinfamilie gab und die tägliche Arbeit mit den deutschen Gästen.

Die Continuas hatten nie ausreichend Personal für ihr Restaurant, um sich selbst freizunehmen, haben eigentlich immer gearbeitet, bis auf zwei Wochen um Weihnachten und Neujahr, die sie in Italien verbrachten, und ihren montäglichen Ruhetag.

»Wir leben in einem Schloss, aber wir sind Arbeiter, keine Adligen«, lautete der erste Satz, mit dem Lotta mich direkt angesprochen hat.

Nachdem wir schon einige Male Blickkontakt durch den Gastraum der Cantina hindurch aufgenommen und über eine irrsinnig spannende Dauer gehalten hatten, war sie mir in den Weg getreten, als ich mich gerade vom laut bellenden Gelächter an einem der Tische der älteren Tennisherren abgewandt hatte und aufs Klo gehen wollte.

Ich fand, dass sie auf eine sehr seltsame Art schön oder auf eine sehr schöne Art seltsam aussah. Eine Mischung aus ihren sehr verschieden aussehenden Eltern und mit einem Wahnsinn in den Augen, der mich unmittelbar hypnotisierte und dem ich mich gleich kampflos überlassen wollte, ohne ihn zu verstehen.

Ich antwortete ihr, dass ich nicht glaube, dass es in Deutschland noch Adlige gebe, weil ich damit damals ausschließlich Königinnen und Könige und Prinzessinnen und Prinzen assoziiert habe, die in fahnenbehangenen Thronsälen saßen und gesichtslose Ritter in metallenen Rüstungen zu ihrer Belustigung in Schaukämpfen gegeneinander antreten ließen. Die Burgen und Schlösser dieser Adligen waren zwar noch erhalten, aber nur als Ruinen, langweilige Museen oder umfunktioniert zu Restaurants oder Hotels.

Lotta fragte mich, ob ich zu den Tennisleuten gehöre, was ich nicht klar mit Ja oder Nein beantworten konnte, weil ich mich ja selbst nur ein paarmal auf dem Platz blamiert hatte, aber wegen meines Bruders und meines Vaters sehr viel Zeit mit dem Zuschauen beim Tennis verbrachte. Auch konnte ich zuerst nicht sagen, ob sie sich selbst für Tennis interessierte, ob sie wie scheinbar alle anderen Leute dieser Zeit, sicher aber alle anderen Gäste in der *Cantina Continua*, von einem sehr guten Tennisspieler wie meinem Bruder schwer beeindruckt sein würde und sehr wahrscheinlich eh ihn, der sich seinen Gameboy vors Gesicht hielt und für Ansprachen nicht zur Verfügung stand, attraktiver finden würde als mich und eigentlich lieber mit ihm sprechen und ihn kennenlernen würde und nur aus dem praktischen Grund meines unleugbar übergewichtigen, direkt adressierbaren Vorhandenseins sich in meinen Weg gestellt und mich angesprochen hatte.

Ich dachte also, dass ich, weil ich ja schlecht behaupten konnte, selbst wirklich Tennis zu spielen, ein wenig von meinem durchs Zusehen und Zuhören erworbenen Fachwissen als Kompromiss anbieten könnte.

Ich sprach zu Lotta von den faszinierenden Aspekten des Tennissports in einer vollkommen geborgten Sprache, die die Sprache meines Vaters und der Leute aus dem Tennisverein, der Zuschauer bei den Turnieren und der Moderatoren der Profimatches im Fernsehen war. Und wie ich auf diese Weise über die Zählweise beim Tennis sprach, dass es der einzige Sport sei, bei dem man mehr Punkte machen konnte als der Gegner und trotzdem am Ende das Spiel verlieren, was etwas Sadistisches an sich habe (dies war die einzige Floskel in dieser Rede, bei der Lotta kurz aufhorchte) und seinen Teil dazu beitrage, dass Erfolg im Tennis in erster Linie eine Sache des Kopfes und nicht des Körpers sei (wobei ich ja selbst immer das Gefühl gehabt hatte, für meinen Vater, der da aus mir sprach, war meine körperliche Unzulänglichkeit das Problem gewesen, nicht die geistige oder mentale), musste ich an die Szenen aus *The Devil in Miss Jones* denken, in denen die Darsteller ihre Münder auf eine Art bewegten, die überhaupt nicht zur Tonspur des Gesprochenen passte.

Die Enttäuschung ist schon zu spüren, als ich zwischen den Bäumen am Ende des bewaldeten Areals heraus und in den Park trete. Das Jagdschlösschen, dem ich mich auf dem Weg durch die Rasenflächen und angelegten Blumenbeete von der Seite nähere, ist fast vollständig von den hochgewachsenen und dicht belaubten Kastanienbäumen verdeckt. Es liegt eine große Verlassenheit über der offenen Fläche des Parks, niemand sonst ist auf den hellweiß leuchtenden, schattenlosen Schotterwegen unterwegs. Aus den Hecken, die den Biergarten der Cantina umgeben und die an der Frontseite vom Eingangstor unterbrochen sind, ragen überall lange Wassertriebe heraus, die die vormals feingetrimmte grüne Abgrenzung des Grundstücks ganz zerzaust aussehen lassen.

Wahrscheinlich, um die unabwendbare Einsicht noch ein bisschen hinauszuzögern, kommt in meinem Kopf die Frage auf, ob Lotta nicht vielleicht noch immer mit ihren Eltern zusammen im Jagdschlösschen leben könnte. Ob sie nicht vielleicht die Geschäfte des Restaurants übernommen haben könnte wie Markus Fellhauer das Autohaus seines Vaters, auf dass sich die Alten auf ein paar repräsentative Auftritte, Begrüßungen von Stammgästen, das Ausschenken von gratifikativen

Grappas beschränken und ansonsten in ihre Einliegerwohnung im ersten Stock zurückziehen und ihren Ruhestand genießen können.

Lotta war ganz offensichtlich überhaupt nicht beeindruckt von meinem geborgten Spezialistenwissen und kein bisschen an den faszinierenden Aspekten des Tennissports interessiert. Sie fragte mich, noch mitten in eine meiner Ausführungen zur Selbstbeeinflussung durch positive Körpersprache zwischen den Punkten hinein, ob ich Schach spiele, und ich dachte, dass ich umschwenken und meine Strategie ändern musste. Dass ich versuchen musste, das Gespräch irgendwie in meinen tatsächlichen Kompetenzbereich hineinzumanövrieren. Ich hörte auf zu sprechen, schaute auf das ausgeblichene Markenlogo von Lottas übergroßem Chiemsee-Pullover und schüttelte den Kopf.

Lotta sagte, wenn die Welt sich nach ihr richten würde, wäre alles Unsinn, nichts wäre, was es ist, weil alles wäre, was es nicht ist. Und ich erwiderte ihr sofort, dass das genau die Worte seien, die Alice am Anfang des Disney-Zeichentrickfilms *Alice im Wunderland* zu ihrer Katze spricht, bevor sie in den Hasenbau kriecht und ins Wunderland hinabstürzt, woraufhin Lotta mich nur anlächelte und meinte, wenn ich einmal Schach spielen wolle, solle ich ihr Bescheid sagen, sie habe ein Brett und Figuren oben in ihrem Zimmer.

Das Eingangstor zum Biergarten vor dem Jagdschlösschen, an dem die umlaufende Hecke unterbrochen ist und wo auf einem verwitterten, bogenförmigen Blechschild der Schriftzug der *Cantina Continua* abgekratzt wurde, die einzelnen Buchstaben aber als helle, unverwitterte Umrisse noch deutlich zu erkennen sind, ist verschlossen und mit einem Fahrradschloss zusätzlich gesichert. Die Außenmöbel des Biergartens stehen aufeinandergeschichtet beisammen und sind vom dunkelbraunen Laub vergangener Herbste bedeckt. In dem von einem Holzrahmen eingefassten Schaukasten links vom Eingangstor, der wie das Blechschild von einer lokalen Brauerei gesponsert ist, ihren Schriftzug, ihr Logo und ihre Markenbotschaft enthält, und in den die Continuas früher handgeschriebene Tagesmenüpläne gehängt haben, dessen Glasscheibe trüb geworden ist und in dem einige kleine Käfer und Fliegen verendet sind, die auf ihren Rücken am Boden des Kastens liegen, hängt der laminierte Hinweiszettel einer Cateringfirma, von der ich noch nie gehört habe, dass das Jagdschlösschen als Eventspace für Hochzeiten und Firmenfeiern gemietet werden kann. Ich werde hier also nichts zu essen bekommen, denke ich, und in meinem Bauch ist dabei ein Gefühl, als säße darin eingezwängt ein Hungertier, das verzweifelt versucht, sich zu befreien und mit scharfen Krallen aus meinen Eingeweiden herauszuschaben.

Über die Filme, die ich im Übermaß geschaut hatte, zu Lotta zu sprechen, sollte sich schließlich als die bessere Taktik erweisen. Am Anfang glaubte ich noch, dass es Filme sein müssten, die für unsere Altersstufe freigegeben waren, da ich ja nicht einschätzen konnte, wie vertrauenswürdig sie wirklich war. Ob sie in der Umgehung und eigenen Auslegung der Regeln eine verlässliche Komplizin war oder ob sie mich in einem für sie opportunen Moment verraten würde.

Nach unserem ersten kurzen Gespräch lieh ich mir in der Kleinstadtbücherei Einführungsliteratur in das Schachspiel aus und versuchte, zumindest den Aufbau und die Grundregeln auswendig zu lernen, bis wir das nächste Mal zum Abendessen in die Cantina gingen, ohne das zu Hause mit jemandem an einem echten Brett mit echten Figuren ausprobieren zu können. Als mich Lotta dann zum ersten Mal mit durch die private Tür und die Stufen hoch in die Wohnung der Continuas und dort in ihr Zimmer nahm, begriff ich schließlich, dass es sich bei dieser Schacheinladung um einen Code gehandelt hatte, einen Vorwand, sich zu zweit in ihr Zimmer zurückzuziehen, wo es zwar tatsächlich ein Schachbrett mit korrekt aufgestellten Figuren gab und sie sich durchaus auch mit mir unterhalten wollte, es ihr aber vor allem darum ging, sich auszuziehen und gegenseitig zu betrachten, woran sie das mit Abstand größte Interesse hatte.

Mir war diese investigative Neugier zuerst fremd und peinlich, und ich schämte mich für meinen Körper und seine Fettwulste, was Lottas Interesse daran aber nur noch weiter zu befeuern schien.

Außerdem stellte sich heraus, dass sich Lotta kein bisschen für Tennis interessierte, sondern vielmehr die Tennisleute, die regelmäßig in die Cantina kamen, verachtete für ihre Art, ihre abfälligen Witze und ihren Wohlstand.

Es war ihr sehr wichtig, immer wieder den Klassenunterschied zwischen ihrer Familie und den Gästen des Restaurants ihrer Eltern zu betonen. Inwiefern sich mein Vater, der als Platzwart und Gefängnisaufseher nie wirklich zur Elite der wohlhabenden Mitglieder gehören würde, obwohl mein Bruder ja die oberste Elite der Spieler in seiner Altersstufe anführte, in ihren Augen dadurch für Solidarität disqualifizierte, dass er insgeheim gern zu den Obersten zählen würde, was sich ja aus seinem Verhalten im Gastraum der Cantina ablesen ließ, konnte ich nicht einschätzen und hätte ich mich auch nicht getraut zu fragen. Zumindest konnte ich mir nach einiger Zeit recht sicher sein, dass mein Bruder in Lottas Augen wegen seiner Hingabe zum Tennis und der dafür vernachlässigten Selbstfindung eine völlig blasse und unbedeutende Gestalt im Gastraum war.

Aufbauend auf meinen ersten gefühlten Erfolg mit *Alice im Wunderland* und aus einer Unsicherheit heraus, ob ich auch über die Filme aus dem verbotenen Bereich der Piratenvideothek zu ihr sprechen konnte, erzählte ich Lotta von verschiedenen Zeichentrickfilmen, die mir auf uns und unsere Situation anwendbar schienen. Ich erzählte ihr von der Disneyversion von *Robin Hood*, in der alle Rollen von Tieren verkörpert wurden, von *Dumbo*, dem *Dschungelbuch* und *In einem Land vor unserer Zeit*, aber auch von *Aufstand der Tiere* und *Unten am Fluss*, die sehr düster und brutal waren, in denen sich die sprechenden, mit menschlichen Attributen versehenen Tiere gegenseitig unterdrückten, hintergingen und umbrachten und die in meiner Rede dazu dienen sollten, schon ein wenig von meinem Veteranenstatus und meinem Eingeweihtsein durchscheinen zu lassen, mich aber weiterhin im erlaubten Bereich zu bewegen, da diese Filme ja aus einer gewissen erwachsenen Nachlässigkeit heraus für Kinder freigegeben waren.

Lotta reagierte auf meine kleinen Referate, indem sie mir erzählte, dass es ihr Ziel sei, Tierärztin zu werden, und dass sie einen wiederkehrenden Traum habe, seit einiger Zeit, in dem sie sich plötzlich auf dem sandigen Grund einer Kampfarena befinde, die in realräumlicher Unmöglichkeit in einen Hundezwinger hineingebaut sei, eine Art Hinterzimmer-Kampfarena in einer Aufnahmestelle für herrenlose Straßenhunde und solche, die von ihren Besitzern an Landstraßen ausgesetzt wurden. Der runde Kampfplatz der Arena sei in ihrem Traum umstellt von Männern mit unscharfen, wie unkenntlich gemachten Gesichtern, die ihre unscharfen Münder aufrissen und rhythmische Anfeuerungsrufe ausriefen, während sie ihre Fäuste schüttelten, aus denen zerknüllte Wettscheine herausschauten.

Mit ihr auf dem sandigen Grund der Arena bemerke sie dann jedes Mal zwei schwarzgraue, wolfsartige Hunde, vielleicht sogar eher Wölfe als Hunde, meinte sie, aus einem Schatten hervortrotten, deren Fell in gezackten, feuchten oder verkrusteten Spitzen struppig abstand, die mehrere blutglänzende Wunden am Körper hatten und zwischen deren gefletschten Zähnen ein schaumiges Gemenge aus Blut und Speichel hervorquoll.

Sie wisse zunächst nicht, erzählte mir Lotta, obwohl sie den Traum schon viele Male gehabt habe und irgendwie auch im Traum davon ein Bewusstsein da sei, dass sie das nicht zum ersten Mal träume, sondern schon einmal zuvor in dieser Situation gewesen sei, ob die Hunde einander diese Wunden an ihren Körpern zugefügt hatten. Und sie wisse trotz des immer selben Ablaufs des Traums zunächst auch nicht, wie diese Anordnung auf dem Kampfplatz gedacht ist. Also ob es darum ging, dass die Hunde miteinander kämpften und sie dabei eine Art Ringrichterinnenrolle einnahm, oder ob die Hunde mit ihr kämpfen sollten. Sie frage sich jedes Mal, ob sie für den letzteren Fall nicht irgendeine Waffe oder einen Schild bekommen sollte, weil es doch zwei gegen eine wäre und weil außerdem die Tiere im Vergleich zu ihr mit dem eigenen Körper viel besser angreifen könnten. Und während sie sich diese Frage stelle, erzählte mir Lotta, passiere jedes Mal dasselbe, weshalb es auch kein Problem für sie sei, es im Wortlaut wiederzugeben:

Einer der beiden Wolfshunde, der, der von der rechten Seite auf sie zukomme, verziehe seine Schnauze auf eine merkwürdige Weise, die ihr selbst im Traum *unecht* vorkomme, und beginne zu sprechen. Menschen, erzählte Lotta, sage der Hund in ihrem Traum, wobei die Worte nicht zu den Bewegungen seiner Schnauze passten und eher so wirkten, als spräche sie jemand anderes, vielleicht jemand, meinte sie, der sich noch in dem Schatten aufhalte, aus dem das Tier gerade hervorgekommen war, die ohne Hoffnung seien, könne man leichter unter Kontrolle halten. Und wer die Welt unter Kontrolle habe, sage der Hund in Lottas Traum, der habe die Macht.

Lotta meinte zu mir, dass sie im Traum auch wisse, dass sie diese Worte schon einmal in einem Kinderbuch gelesen und sich dabei genau dieses unecht verzogene, sprechende Wolfsgesicht vorgestellt habe.

Ich erkannte natürlich, als Lotta mir von ihrem Traum erzählte, in den Worten, die der eine der beiden Hunde auf dem Grund der Arena an sie richtete, sofort die Rede des sterbenden Werwolfs Gmork aus der *Unendlichen Geschichte*, der dem kindlichen Krieger Atréju erklärt, was es mit Phantásien und dem Nichts und seiner Funktion als Erfüllungsgehilfe der dunklen Macht hinter dem Nichts auf sich hat. Und weil ich mich an diese Szene noch sehr deutlich erinnern konnte, die grün leuchtenden Werwolfsaugen, die Stimme Gmorks und die Art, wie sich seine Schnauze beim Sprechen bewegte, die langen Fangzähne entblößte, um die herum es auch blutig schimmerte wie in der Beschreibung der Hundeschnauzen aus Lottas Traum, meinte ich, für einen magischen Moment, ich könnte in diesen Traum hineinschauen und damit in ihre Seele.

Ich fühlte mich, als säße ich wieder gemeinsam mit Markus Fellhauer unter der Decke auf der Sofagarnitur seiner Eltern, wo sich unsere nackten Beine berührten und eine elektrische Aufladung erzeugten, vor diesem wiederkehrenden Traumfilm, den Lottas Geist offensichtlich nicht selbst erfunden oder hervorgebracht, sondern aus mir bekanntem Material zusammengefügt hatte.

Nachdem der Hund zu ihr gesprochen habe, erzählte Lotta, begreife sie im Traum jedes Mal aufs Neue – und wisse dann, in diesem Moment des Begreifens, auch sicher, dass sie den Traum zuvor schon gehabt habe –, dass es sich bei dieser Situation auf dem Grund der Kampfarena um eine Prüfung ihrer Hoffnung handele. Wenn sie ohne Hoffnung wäre, erkenne sie im Traum, würde sie von den Hunden zerfleischt, ohne Chance sich zu wehren. Wenn es aber etwas gäbe, in der Zukunft, worauf sie ihre Hoffnung richten könne, dann könne sie den Kampf im Hundezwinger überleben und Tiermedizin studieren.

Die staubigen Fenster im Obergeschoss des Jagdschlösschens reflektieren das Licht des frühen Nachmittags und etwas vom wolkenlosen Blau des Himmels. Es ist nicht zu erkennen, ob sich hinter den Fenstern noch Gardinen oder Vorhänge befinden, aber es ist deutlich zu spüren, dass niemand mehr in der Privatwohnung über dem ehemaligen Gastraum der *Cantina Continua* lebt.

Das runde Dachfenster, durch das die Tauben aus und ein geflogen sind, als die Continuas hier noch ihr Restaurant betrieben und gewohnt haben, ist geschlossen. Das Glas des Dachfensters ist noch etwas schmutziger und stumpfer als das der anderen Scheiben. Es wurde vielleicht, denke ich, seit seinem Einbau im Zuge der Kernsanierung des Schlösschens niemals geputzt. Der Staub und Dreck auf dem Glas wären dann, zumindest in den unteren Schichten, derselbe Staub und Dreck wie früher, als ich im Biergarten unter dem Fenster mit dem Kopf auf dem Schoß eines Elternteils eingeschlafen bin oder in der Wohnung der Continuas hinter Lottas geschlossener Zimmertür ausgezogen gestanden habe, damit sie mich mit ihrem forschenden Erkenntnisinteresse betrachten konnte.

Eleonora und Gabriele Continua sind, vermute ich, nach Aufgabe des Restaurants in die apulische Kleinstadt zurückgekehrt, aus der sie in die bayerische Kleinstadt gekommen waren, verbringen dort jetzt ihren Ruhestand an den Stränden und auf den Plätzen, die ich auf all den Bildern und Wandtellern, Vasen und Teeservicen in ihrer Wohnung gesehen habe. Und Lotta hat mit Sicherheit in irgendeiner deutschen Universitätsstadt ihr Studium der Tiermedizin absolviert und betreibt inzwischen ihre eigene Praxis, vielleicht ja sogar hier im Ort, denke ich und frage mich, ob es merkwürdig wäre zu versuchen, diese Praxis ausfindig zu machen und ohne Tier dort aufzukreuzen.

Es muss irgendwann Anfang März gewesen sein, dass mir Lotta in der Cantina in den Weg getreten ist mit der Aussage, dass sie und ihre Eltern keine Adligen seien und mich dann danach gefragt hat, ob ich zu den Tennisleuten gehöre und ob ich Schach spiele. Ein als unendlich empfundener dunkler Winter war schließlich doch am Ausklingen, eine zarte Ankündigung von Frühling an den Büschen und Hecken, Frost in der Nacht, Schneeschauer auf dem Schulweg und beschlagene Fenster in den Klassenzimmern, Müdigkeit während der Schulstunden, die von der trockenen Heizungsluft und dem verschleierten, formlosen Draußen herkam, von der fast völlig verblassten Erinnerung an die echte, Lebendigkeit hervorbringende Wärme der Sonne. Die Plätze des Tennisvereins waren von meinem Vater winterfest gemacht worden, die Netze abmontiert und Backsteine auf die Spielfeldlinien gelegt, damit der Bodenfrost sie nicht aus dem Sand heraustreiben konnte. Mein Bruder absolvierte seine Wettkampfspiele in den Tennishallen im Umland, und wir gingen, wie im Winter üblich, nur hin und wieder in die Cantina zum Essen, zur Feier eines Turniersieges meines Bruders, was wohl eher, da in meinem Bruder diese Siege ja keine nach außen gerichtete Feierlichkeit oder Hochstimmung erzeugten, dem Bedürfnis meines Vaters geschuldet war, die Präsenz meines Bruders an der Spitze seiner Alters- und Leistungsklasse vor den anderen Tennisleuten zu zeigen, die in der Cantina ausharrten, bis der Verein aus dem Winterschlaf erwachen würde.

Ich sah sie in der Schule hin und wieder auf dem Pausenhof oder in der Aula auf dem Weg zu ihrem Klassenzimmer. Da wir aber nicht in derselben Altersstufe waren und sie außerdem von den anderen Kindern aus ihrer Klasse offensichtlich als Freak markiert war, was ihr einen zusätzlichen Unberührbarkeitsnimbus verlieh, sprachen wir nie auch nur ein Wort auf dem Schulgelände, höchstens trafen sich unsere Blicke flüchtig und tauschten für einen sehr kurzen Moment das Wissen um eine geheime Vertrautheit aus, die sich allen unbeteiligten anderen entziehen konnte.

Ich konnte in diesem Jahr die Öffnung der Plätze und den Beginn der Sommersaison im Verein zum ersten Mal genauso wenig erwarten wie die aktiven Spielerinnen und Spieler, die spätestens ab April auf ihren Spaziergängen durch den Auwald versonnen am Zaun der Anlage stehen blieben und sich selbst rennend und stöhnend und schwitzend auf den noch gesperrten Plätzen vorstellten, die Schwünge und Schläge und Splitsteps aus ihrem Körpergedächtnis hervorzuholen versuchten und je nach Grad der Versenkung in diese sehnsuchtsvollen Tagträume tatsächlich einige der Bewegungen andeutungsweise mit ihren Körpern ausführten, einen imaginären Ball in der Hosentasche befühlten oder die Schultern in Vorbereitung einer schlägerlosen Vorhand eindrehten. Ich wusste: Sobald die Sommersaison wieder losging und die Mannschaften des Vereins ihre Ligaspiele absolvierten, würde ich bei unseren Heimspielen regelmäßig zur Cantina geschickt, um die Bestellungen für das anschließende Spieleressen aufzugeben.

Und ich fragte, als es dann endlich so weit war, die Essenswünsche der Spieler in einer Voreiligkeit ab, die man vielleicht verdächtig hätte finden können, wenn ich nicht ein so grundsätzlich unbedeutendes Element im Ablauf des Spieltags gewesen wäre. Mein Vater richtete seine gesamte Aufmerksamkeit auf die mentale Vorbereitung meines Bruders und die Analyse der Stärken der gegnerischen Mannschaft. Und die Spieler übten an mir den selbstverständlichen Umgang mit dienerischen Kinderdienstleistern, den sie im Fernsehen an den Profis beobachtet hatten, die sich zwischen den Punkten von den Balljungen ihre Schweißtücher bringen ließen, um sie nach dem Abwischen ihrer schwitzenden Gesichter und Arme in Richtung der Kinder zurückzuwerfen, ohne diese überhaupt anzusehen.

Ich brachte die Bestellungen mehrere Stunden, bevor das Essen gemacht werden musste, um frisch und warm nach Beendigung aller Matches zu den Spielern zu kommen, in die Cantina, gab sie bei Gabriele oder Eleonora ab und verbrachte dann Zeit mit Lotta auf ihrem Zimmer in der Privatwohnung im ersten Stock, ohne dass mein Fehlen auf der Tennisanlage irgendwem aufgefallen wäre.

Da die Spieltage immer auf einen Samstag oder Sonntag fielen, war in der Cantina schon am Vormittag viel Betrieb und Lottas Eltern im Restaurant am Arbeiten. Wir hatten die gesamte Wohnung in relativer Sicherheit für uns, blieben aber trotzdem die meiste Zeit bei verschlossener Tür in Lottas Zimmer.

Nachdem sie mir beim ersten Mal die Wohnung und das Zimmer und ihre Ausgabe von *Petrolio* gezeigt hatte, sagte Lotta, dass ich sie anschauen dürfe ohne Sachen, wenn sie mich danach auch anschauen dürfe ohne Sachen. Sie sagte das so, als seien das die Regeln, unter denen sie den unausweichlichen Verlauf bereit wäre zu akzeptieren, obwohl ich mit keinem Wort erwähnt hatte, dass ich sie gerne ohne Sachen anschauen würde und ich auch nirgendwo in mir ein besonderes Bedürfnis danach auffinden konnte. Die Möglichkeit, das zu tun, sich voreinander auszuziehen, hatte sich bis zu dem Moment, in dem Lotta es als das selbstverständliche Nächste aufbrachte, vollkommen außerhalb meines Bewusstseins befunden. Und es war wohl eher Langsamkeit, Überforderung, gelähmte Reaktion als übermächtige Neugier, dass ich diesem Deal durch versteinertes Dastehen und Schweigen zugestimmt habe.

Ich wusste mit dem Anblick von Lottas nacktem Körper nichts anzufangen, traute mich aber gleichzeitig auch nicht, das vor ihr auszusprechen, weil ich so vielleicht die neue Intimität zwischen uns gefährdet hätte, die ich unbedingt wollte, ohne dass ich hätte sagen können, wofür oder warum. Das Rätselhafte ihrer Motivation war für mich aufregender als der Anblick selbst. Lotta stand auf eine sehr gerade, fast schon soldatische Art vor mir, sie hatte einige große, teilweise erhabene Leberflecke auf der Haut und unter der linken Achsel ein Feuermal, das von dort bis auf die Brust ragte und aussah, als hätte sie sich einen purpurnen Topflappen unter den Arm geklemmt. Lottas Körper war vollkommen verschieden von den ausgewachsenen, ungleich haarigeren Körpern der Frauen, die ich in *The Devil in Miss Jones* in allen möglichen Nahaufnahmen gesehen hatte.

Diese nackten Frauen im Film anzuschauen hatte sich eindeutig wie etwas Verbotenes angefühlt und war allein dadurch aufregend gewesen. Die Spannung, beim Schauen erwischt werden zu können, war immens und noch viel stärker als irgendeine erotische oder sexuelle Assoziation. Das gegenseitige Anschauen in Lottas Zimmer war dagegen nicht auf diese Art spannend, vielmehr hatte es etwas sehr Medizinisches,

Arztbesuchhaftes an sich, als wäre es von ihr schon als ein anatomischer Grundkurs für ihre späteren veterinärmedizinischen Studien gedacht gewesen.

Die Art, wie Lotta mich anschaute, als ich ausgezogen vor ihr stand, war also kein bisschen geheimnisvoll, verwirrend, hindeutend auf ein ganzes Universum von Verwirrung und Verheißung, Berührung und Begehren, sondern im Gegenteil unverstellt klar und gnadenlos, aber auch ohne bösen Willen, wie ein Spiegel. Ich wusste, was sie sah, auch wenn ich selbst nur meinen Bauch und die kleinen Halbmonde meiner Zehenspitzen sehen konnte, wenn ich an mir herunterschaute, weil ich es ja selbst schon zu Hause, auf einem Stuhl stehend, im Badezimmerspiegel betrachtet hatte: ein haarloser, glatter weicher Wulst über dem Schambein, unter dem ein kleiner, wie empört in sich zurückgezogener und eingeschrumpelter Kinderpenis hervorschaute, von Dellen übersätes Bindegewebe an den Oberschenkeln, die an ihren Innenseiten großflächig aneinanderlagen, dadurch immer ein wenig schwitzig waren und leicht schmatzten, wenn eine Bewegung sie voneinander trennte. Ich wusste, dass sie einen Körper sah, den man so nicht gut und richtig finden konnte, der pathologisch übersättigt und ästhetisch unzureichend war.

Von Lotta nackt angeschaut, erschien mir mein eigener Körper in dieser nüchternen Klarheit als das, was er war: ein ungesundes Resultat einer ungesunden Ernährung, für die ich meinem Vater als Negativbeispiel diente, geschaffen und geformt von Schmelzkäse und Frittierfett, vor allem aber vom Zucker in all seinen wunderbaren Erscheinungsformen: Limonaden, Riegel, Bonbons, Pralinen, Marmeladen, Gummitierchen, Lakritze, Cola, Kekse, Schokowaffeln, Kuchen und Torten oder pur als Würfel, die in einem Keramiktöpfchen im Küchenschrank aufbewahrt wurden für die sehr seltenen Anlässe, zu denen meine Eltern jemanden zum Kaffee zu uns nach Hause einluden, und die über Wochen hinweg von mir dezimiert wurden, jedes Mal aufs Neue abschätzend, ob bereits eine verdächtige Menge fehlte, für die ich mich würde rechtfertigen müssen.

Die Ankunft der Süßigkeitsinformation im Gehirn, denke ich am verschlossenen Tor des Jagdschlösschens, die auf die Berührung der Zunge folgte, war das große, unvergleichbare und anderswo unerreichbare Hochgefühl meiner Kindheit. Die Aufregung, in die das Süße die Seele versetzte, war grundverschieden von der Ereignislosigkeit, die mich umgab. Und schneller, direkter, unmittelbarer als die gespannte Erwartung beim Einbiegen in die Einfahrt zur *Videotime* mit meinem Vater oder der Rausch des schnell schlagenden Herzens beim Schauen der Filme aus dem verbotenen Bereich der Piratenvideothek.

Lottas analytischer Blick erfasste die ungesunden Auswirkungen des Zuckers auf meinen Körper. Aber es war kein böser Blick. Ich spürte unmittelbar, dass ich keine Erniedrigung oder Beleidigung zu befürchten hatte.

Und ich glaube, während ich zu den blinden Fenstern hinaufschaue, hinter denen wir ohne Sachen einander gegenübergestanden haben, dass mir dieser nichtböse Spiegelblick, der nur aufnahm, ohne zu werten, damals ganz neu und ungewohnt gewesen ist. Dass ich vor allem selbst nie so aus dem Spiegel auf mich zurückgeschaut hatte, weil ich in der Selbstbetrachtung schon all die Wertungen zur Anwendung brachte, die ich von außen gelernt und adaptiert hatte.

An der dramatischen Empörung, mit der sich unsere Eltern gegenseitig Vorwürfe machten, als schließlich doch herauskam, wofür genau wir uns regelmäßig in Lottas Zimmer zurückgezogen hatten, ließ sich ablesen, dass etwas nicht nur für mich selbst Unerhörtes in dieser im mehrfachen Sinn nackten Betrachtung lag.

Mein Bruder hatte an einem Ligaspiel-Sonntag am Ende dieses Sommers seinen Gegner im Einzel in neuer Rekordzeit gedemütigt, ein anderer Spieler der Gastmannschaft musste verletzt aufgeben, und die Väter der Gäste beschlossen daraufhin einstimmig, dass die restlichen Matches »abgeschenkt« würden, da es ohne ausreichend Spieler für die Doppel keine Hoffnung auf den Gesamtsieg mehr gab. So war nach ein oder zwei Stunden schon besiegelt, was normalerweise bis in den frühen Nachmittag hinein dauern konnte, die Gäste wurden in gegenseitigem Einvernehmen vom gemeinsamen Essen ausgeladen, machten sich auf den Heimweg in ihr benachbartes Dorf, und mein Vater kam zu Fuß zur Cantina, um die von mir vorbestellten Mannschaftsessen zu stornieren, nachdem ich nirgendwo auf der Anlage aufgefunden und mit diesem Auftrag losgeschickt werden konnte.

Er muss, denke ich, die jetzt ganz verwilderte Hecke rechts von mir entlanggekommen sein, als sie noch ordentlich gestutzt war, schon aufgebracht vom unnötigen Zusatz dieses Gangs, während Lotta und ich oben in ihrem Zimmer ausgezogen gestanden haben, muss durch das Tor vor mir, das geöffnet war und über dem der Schriftzug der *Cantina Continua* auf dem Blechschild noch deutlich lesbar stand, hindurch auf das Grundstück des Jagdschlösschens und durch den Biergarten absichtsvoll laut auf dem Schotter knirschend geschritten sein. Er muss als jemand, der etwas Lästiges erledigt und dabei nicht noch zusätzlich aufgehalten oder warten gelassen werden möchte, in den Gastraum und an den Tresen der Continuas getreten sein und sich dort Gabriele Continua als den eindeutig unterwürfigeren der beiden Eltern Lottas herbeigewunken haben, um die Bestellung für den Tennisverein zu stornieren und im Gestus einer unangekündigten Inspektion der Truppenunterkünfte in einer Bundeswehrkaserne zu erfragen, wo ich sei, was ich nach Aufgabe der Bestellung gemacht und was man mir zu trinken oder gar zu naschen gegeben habe.

Ich denke, dass Gabriele Continua erst durch die verhörsmäßigen Fragen meines Vaters – die ich mir natürlich auch nur vorstelle, aber für die höchstwahrscheinliche Variante halte – den Umstand, dass er nicht sagen konnte, was genau Lotta und ich wo genau machten, unangenehm zu finden begann. Dass erst die unleugbar autoritäre Ausstrahlung meines Vaters auch ihm einen väterlich-autoritären, ordnungsstiftenden Impuls eingegeben haben musste, was zweifellos das Anliegen meines Vaters gewesen ist, der ja gerade eben aus einem verkürzten Spieltag unzureichend ausgelastet mit reichlich frei verfügbarer Energie für Weisungen in die Spur entlassen worden war.

Wir hörten die schweren Schritte der beiden Männer auf den teppichbezogenen Stufen in die Wohnung der Continuas, ein Klopfen an der Tür, das nicht von Fingerknöcheln, sondern von einer ganzen, mehrfach gegen das Türblatt gehämmerten Faust herkam, und Gabriele Continuas Stimme, die Lottas Namen rief und das Wort »apri«, von dem ich, als ich in Lottas Gesicht schaute, dachte, dass sie es selbst noch nie gehört hatte, zumindest nicht in der Befehlsform aus dem Mund ihres Vaters.

Unser hektisches Anziehen dauerte dann viel zu lang, um in einer noch unverdächtigen Zeit an die Tür zu kommen. Lotta drehte den Schlüssel um und wurde von der sofort ins Zimmer hineinschwingenden Tür ein Stück zurückgestoßen. Gabriele Continua streckte einen seiner dünnen Arme nach ihr aus, packte sie fest am Oberarm und zog sie über die Schwelle nach draußen auf den Flur. Dann kam er zurück ins Zimmer, schaute mich auf eine wilde Art unentschlossen und irgendwie hilflos an, packte dann auch meinen Oberarm mit einer erstaunlich kräftigen Hand und zog auch mich nach draußen in den Flur, wo wir dann alle zusammen auf sehr engem Raum beieinanderstanden, was die Situation zusätzlich absurd machte, weil wir doch eigentlich getrennt werden sollten. Mein Oberarm wurde dem Griff meines Vaters übergeben, und es gab ein kurzes, unbeholfenes Geschuffel, wie in einem vollen Bus, aus dem eine Person aussteigen möchte, die nicht an der Tür steht. Gabriele Continua sprach ein paar italienische Wörter auf Lotta ein, deren Ausdruck wutverzerrt war und die niemanden anschaute, auch mich nicht.

Mein Vater stieß mich vor sich her in Richtung der Treppe, und ich glaube, dass ich mir in dem Moment kurz gewünscht habe, er würde sich ein wenig verschätzen, mich die Stufen hinunterstoßen und dann für immer mit der unverzeihlichen Schuld leben müssen, mich umgebracht zu haben.

Wir wurden unabhängig voneinander befragt. Meine Eltern wollten eine detailgenaue Beschreibung dessen, was wir in Lottas Zimmer gemacht hatten, und waren dabei auf eine so besorgniserregende Weise aufgebracht, dass ich mich ständig fühlte, als würde ich ihnen etwas Wesentliches verschweigen, obwohl ich alles erschöpfend dargestellt hatte, was bei meinen Eltern wiederum den Verdacht weckte, dass ich ihnen die tatsächlich relevanten Informationen vorenthielt und die ganze Verhörsituation in sinnlosen Schlaufen um sich selbst kreisen ließ.

Auf die Frage, wessen Idee es gewesen sei, antwortete ich wahrheitsgemäß: Lottas. Ob sie zu Hause den gleichen Fragen ausgesetzt war und was sie geantwortet hat, weiß ich nicht, ich vermute aber, dass sie zu allem standhaft geschwiegen und jede Strafe, die ihr dafür angedroht wurde, akzeptiert hat.

Ich sollte, obwohl mir niemand sagen konnte, gegen welche Regel oder welchen Grundsatz ich verstoßen hatte, bestraft werden, wohl vor allem für den Schrecken, den ich meinen Eltern eingejagt hatte und den ich ebenso wenig begriff, der mir ebenso wenig erklärt werden konnte, was für mich implizierte, dass ich auf Lottas Zimmer etwas hätte tun können, was tatsächlich falsch gewesen wäre, dass ich darauf aber nicht mit der Nase gestoßen werden sollte und dass das alles mit dem verwirrenden Komplex des Körperlichen und Sexuellen zusammenhing, was diesen Komplex als einen Lebensbereich erscheinen ließ, in dem man sich wirklich ernsthafte Probleme einhandeln konnte, was vielleicht, dachte ich, glaube ich, damals, der Grund dafür war, dass Miss Jones sich bis zu ihrem Selbstmord von allem Sexuellen ferngehalten hatte und das erst dann bereute, als sie an der Schwelle zur Hölle stand, zu der sie dennoch für immer verdammt war.

Mein Vater nahm mich, das war meine Strafe, in den kommenden Wochen nicht mehr mit, wenn er in die Videothek fuhr. Als diese vermeintlich milde Sanktion ausgesprochen wurde, kam mir zum ersten Mal der Gedanke, dass dieses Michmitnehmen ein Gefallen war, den mein Vater mir tat, und nicht etwa eine gemeinsame Unternehmung, an der wir beide gleichermaßen Freude hatten.

Ich wurde außerdem nicht mehr mit der Mannschaftsbestellung zu den Continuas geschickt und durfte Lotta nur noch treffen und sprechen, wenn wir uns im Gastraum der Cantina unter Aufsicht unserer Eltern befanden.

Ich wende mich vom Jagdschlösschen ab und gehe, von dem gurgelnden, zerrenden Hungergefühl im Bauch ein bisschen gekrümmt, wie ich meine, durch den Park in Richtung der Promenadenstraße am Flussufer. Die Erde der Zierblumenbeete am Wegrand ist unter der Mittagshitze ausgetrocknet, und die Blumen stehen in einer ähnlichen Haltung da, wie ich an ihnen vorübergehe, krumm, schlaff, blass, mit hängenden Köpfen. Es geht kein Wind, und ich höre auch kein Geräusch, bilde mir nur ein, dass da ein ganz seichtes, unterschwelliges Pfeifen ist, wie Luft, die aus dem Loch in einem Fahrradschlauch oder einer Hüpfburg entweicht.

Am Ende der Parkanlage komme ich an einem Wahlwerbeplakat vorbei, das etwas über Augenhöhe am Pfahl einer Straßenlaterne befestigt ist. Ich sehe das auf beeindruckende Weise *konservativ* aussehende Lächeln im Gesicht eines Wahlkreiskandidaten, das für die kommende Kommunalwahl aufgesetzt und dort hingehängt wurde. Und ich stelle mir vor, wie alles künstlich Aufgeblasene hier unter dem beständigen, seichten Pfeifgeräusch langsam den Innendruck verliert, erschlafft und sich einzufalten beginnt.

Ich erinnere mich an die Angst, die ich immer auch mit in die Privatwohnung der Continuas genommen habe, als unsere gemeinsam verbrachte Zeit noch niemandem sonst verdächtig war, Lotta könnte bald das Interesse an mir verlieren und sich einem anderen Gegenstand zur Betrachtung zuwenden. Ich kam nie an den Punkt, an dem ich ganz glauben konnte, dass sie ihre Zeit wirklich mit mir verbringen wollte, und vermutete, dass sie vielleicht nur kein anderes Kind in ihrem Umfeld auftreiben konnte, das bereit war, sich vor ihr auszuziehen und anschauen zu lassen.

Lotta wollte wissen, wie meine Hand roch, nachdem ich sie zwischen meine schwitzenden Oberschenkel geschoben hatte, sie pulte käsiges, gelblich weißes Material unter ihren Zehennägeln oder hinter ihren Ohren hervor und hielt es mir unter die Nase. Sie wollte wissen, wie meine Popel schmeckten und ob ich auch den Schmalz aus den Ohren einmal probiert hätte. Lotta wies mich an, mich mit einem Blatt Klopapier abzutupfen, wenn ich gepinkelt hatte, und den Tropfen auf dem Papier zu betrachten, die Form, die er ergeben würde, und ihr zu sagen, was ich sah. Sie machte das Gleiche und wir entwickelten aus den erstaunlich vielfältigen Ergebnissen (Hasen, Bären, Banjos, Schlangen, Fische, Cowboyhüte, Colaflaschen, Lenkräder, Ohrensessel, Weihnachtsbäume, Oktopusse, Fahrradklingeln,

Igel, Spitzhacken, Schornsteinfeger, Straßenschilder, Christuskinder, Turbane, Turbinentriebwerke, Spülschwämme, Seegurken, Gasmasken, Clownsnasen, Bongotrommeln, Spatzen, Wiener Schnitzel, Kaffeetassen, Gänseblümchen, Badehosen) Codenamen für uns selbst, die nur bis zum nächsten neuen Bild Gültigkeit hatten und uns ermöglichten, wie Geheimagentinnen verschlüsselt aufeinander Bezug zu nehmen.

Ich glaube, dass sie sehr viele der anderen Kinder verstört hat und dass sie im Begriff war, sich absichtsvoll zu einer Person zu entwickeln, für die in der Gesellschaft der Kleinstadt und vor allem unter den vorgelebten Leben der Frauen und Mütter noch kein Beispiel und kein Platz war.

Lotta führte mich außerdem ein in die Tatsache, dass es einen Unterschied zwischen rechts und links im Sinne einer Haltung gab, die man einnehmen konnte. Inwieweit sie selbst die politischen Prozesse und die ganze Geschichte dieser Unterscheidung überblickt und verstanden hat, kann ich nicht sagen, es war aber aus ihren Ausführungen klar ersichtlich, dass das Rechte das Vorherrschende und das Linke das Erstrebenswerte war.

Das Rechte, so glaubte ich, sie verstanden zu haben, war all das Verabscheuungswürdige am Verhalten der Menschen in der Kleinstadt, das mir immer deutlicher ins Bewusstsein trat, je länger ich den Ort mit Lottas Blick betrachtete. Ich fing an, mich zu sorgen, dass das Linke im Gegensatz dazu etwas sei, das Lotta anderswo suchen musste, und sie deshalb zwangsläufig so früh wie möglich die Kleinstadt und damit auch mich hinter sich lassen würde. Dass sie für ihr Tiermedizinstudium ohnehin in eine Universitätsstadt würde gehen müssen, hatte ich mir da noch gar nicht so konkret überlegt. Dieses von Lotta eingeführte Rechts-Links-Problem stellte, in seiner verwirrenden Abstraktion (wo doch die Wörter selbst so eindeutig waren), meinen Erstkontakt mit der Notwendigkeit dar, die Kleinstadt zu verlassen, tatsächlich und nicht nur über die passiven Fernreisen in andere Welten, die mit den Filmen aus der Videothek unternommen werden konnten.

Ich sehe, dass am Beginn der Promenadenstraße noch mehr Wahlplakate derselben Person an den Straßenlaternen aufgehängt wurden, und denke, dass sich damals eine große Enttäuschung und ein hartnäckiger Trotz in mir festgesetzt haben, die aus dem Bedürfnis herkamen, die äußeren Umstände für den unausweichlichen Weggang Lottas verantwortlich zu machen. Ich sah das Rechte – in der klaren, unverstellten Weltsicht einer Zwölfjährigen – in all den alltäglichen Feindseligkeiten und Rassismen, der Überheblichkeit der Wohlhabenden Form annehmen und dachte mir das Linke als ein unerreichtes Ideal, ein Phantásien von friedlichem, respektvollem, gleichberechtigtem, hierarchie-, zwang- und unterdrückungslosem Zusammenleben. Ich verstand nicht –, und ich würde, denke ich, als ich das zum Fluchtpunkt der Promenadenstraße hin kleiner werdende konservative Lächeln des Lokalpolitikers wie ein obligatorisch den Weg in die Zukunft begleitendes Phänomen vervielfältigt vor mir habe, sagen, dass ich mir dieses Unverständnis bis heute bewahrt habe oder es mich bis heute nicht verlassen hat –, warum sich eine Gesellschaft wie die der Kleinstadt, in der wir aufwuchsen, mehrheitlich für dieses rechte und gegen das linke Ideal entschied und es dann auch noch wehrhaft verteidigte wie *The Thing* seine befallenen Wirtskörper durch die Klauen und Zähne und Minimonster.

Mit der Zeit meinte ich dann, immer besser zu begreifen. Nicht unbedingt, was hinter den Begriffen steckte, die Lotta verwendete, aber in welche Richtung ihr Interesse ging und wie ich ihr von den Filmen erzählen musste, die ich gesehen hatte, um sie zu erreichen. Ich schaute viele Filme aus der Piratenvideothek meines Vaters noch mal an mit dem Vorsatz, sie auf eine für Lotta interessante Weise zu sehen.

Ich bezog mich auf Lottas Zitat aus *Alice im Wunderland*, als ich ihr von *Falsches Spiel mit Roger Rabbit* erzählte, einem Film, in dem, wie auch bei Alice, ein Zeichentrickhase eine zentrale Rolle spielt, der zwischen der wirklichen Welt der Menschen und der Welt der Trickfiguren hin- und herwechseln kann. Alice war schließlich in ihrem Traum nur ins Wunderland gelangt, indem sie dem gehetzten Hasen mit der Taschenuhr in seinen Bau nachgefolgt war, der eine Art Portal darstellte zwischen der Menschenwelt und der Welt der phantastischen Wesen, die ja auch vergleichbar war mit dem Phantásien aus der *Unendlichen Geschichte*.

Die Zeichentrickfiguren aus *Falsches Spiel mit Roger Rabbit*, erzählte ich Lotta, sind aber mit der Welt der Menschen (die von echten menschlichen Schauspielerinnen und Schauspielern gespielt werden) nicht durch Bücher und Erzählungen verbunden, sondern durch Anstellungsverhältnisse. Sie arbeiten für die Menschen in deren Filmstudios, wofür sie aus einer Art Enklave der Zeichentrickwesen – *Toontown* – in die Menschenwelt pendeln müssen, wie viele der Bewohner unserer Kleinstadt in die nahe Traumautofabrik.

Die Zeichentrickfiguren haben für die menschlichen Filmproduzenten den großen Vorzug, dass sie nicht altern und quasi unsterblich sind. Man kann sie von Hochhäusern werfen oder ihnen Konzertflügel auf den Kopf fallen lassen, was sie vielleicht, erzählte ich Lotta, nicht unbedingt genießen, wodurch ihnen aber auch keine bleibenden Schäden zugefügt werden. Die Menschen sind von den Toons und deren aufgekratzter Verspieltheit latent genervt, die Trickfiguren sind Anfeindungen ausgesetzt und in ihrer Town segregiert. Das wirklich Böse tritt im Film aber erst in Gestalt des Richters und Regionalratsvorsitzenden Judge Doom auf, dessen Verfügungsgewalt sich auch über den Randbezirk erstreckt, in dem Toontown liegt.

Doom treibt das Großprojekt einer vielspurigen Autobahn voran, für deren Bau Toontown zerstört werden soll. Sein finsterer Plan ist es, die Enklave der Trickfiguren, alle animierten Wesen, Gebäude und Gegenstände in einer Spezialsäure aufzulösen und auszulöschen, was im Film der einzige Weg ist, auf dem die ansonsten unsterblichen Toons den Tod finden können.

An den Rändern der neuen Autobahn sollen verschiedene Attraktionen und Vergnügungsparks entstehen, in denen dann nur noch echte Menschen arbeiten, ausgenommen vielleicht ein paar wenige Trickfiguren, die man sich für einen Zirkus oder eine Freakshow behält, was in den Plänen Dooms zwar nicht ausgeführt wird, wie ich Lotta erklärte, was ich mir aber gleich als das naheliegende menschliche Verhalten vorgestellt habe.

Die neuen Vergnügungen werden nach ihrer Fertigstellung ausschließlich mit dem Auto erreichbar sein, was mir, schon beim ersten Mal, als ich den Film noch nicht daraufhin geschaut hatte, was daran für Lotta interessant sein könnte, wie eine Phantasie vorkam, die zum Beispiel Herrn Fellhauer oder den Leuten, die am Wochenende mit ihren Traumautos am Eiscafé am Marktplatz vorbeiparadierten, oder den Kleinstadttunern, die sich regelmäßig auf dem Parkplatz der Videothek trafen, angenehm und erstrebenswert vorkommen musste.

Diese Leute, die mit uns die Kleinstadt bewohnten, waren, dachte ich, die Zielgruppe Dooms, der sich am Ende von *Falsches Spiel mit Roger Rabbit* als ein lediglich als Mensch maskierter Toon erweist, mit einem tiefen, in einen Vernichtungswunsch hineingesteigerten Hass auf seine eigene Art.

Doom zerschmilzt schließlich selbst in der Säure, die zur Auslöschung Toontowns gedacht ist, und die

Zeichentrickfiguren bekommen in einem feierlichen Happy End ihre Enklave zur Selbstverwaltung überschrieben. Es ist nicht ganz klar, ob das auch bedeutet, dass sie nicht mehr für die Menschen in deren Filmproduktionen arbeiten und sich von Hochhäusern werfen lassen müssen, zumindest aber ist der Genozid an ihnen abgewendet, und ihr Wunderland oder ihr Phantásien, das habe ich damals, meine ich, Lotta erzählen wollen, wird erst mal nicht durch die Säure, die ja auch eine Art Nichts ist, ausgelöscht.

Lotta sagte, nachdem ich ihr von Roger Rabbit und Judge Doom und der Rettung Toontowns erzählt hatte, was sie vor allem interessieren würde, sei, wie diese Geräte eigentlich funktionierten, mit denen wir unsere Videokassetten abspielten. Und ich dachte, die dadurch implizierte eigentliche Frage lautete: sind das auch Portale zwischen den Welten, die es uns ermöglichen, die Nachrichten, Bilder und Ideen von einem Anderswo her auf unserer Seite anzuschauen? Und die eigentliche Antwort auf diese implizierte eigentliche Frage, dachte ich, müsste lauten: Ja.

Ich erbat mir Zeit bis zum nächsten Ligaspielsonntag, nahm mir vor, der Sache zu Hause auf den Grund zu gehen und mit einer Erklärung zu Lotta zurückzukommen, die dann auch letztgültig würde rechtfertigen können, dass sie mich und keinen anderen Jungen aus den Gästen des Restaurants ihrer Eltern ausgewählt hatte, um ihn mit nach oben in die Intimität ihres Zimmers zu nehmen.

An einem Nachmittag, an dem meine Mutter im Laden bei der Arbeit war und mein Bruder mit meinem Vater auf der Anlage trainierte, zog ich einen der beiden Rekorder aus unserem HiFi-Schrank hervor, steckte ihn ab und brachte ihn in mein Zimmer, wo ich ihn auf dem Kinderschreibtisch, an dem ich meine Hausaufgaben erledigte, abstellte und eine Weile anschaute. Mir gefiel an den Rekordern, Fernbedienungen und Fernsehern, dass sie alle aus tiefschwarzem Plastik gemacht waren, wie die Armaturen der Autos, die Hüllen der Videothek und die Kassetten selbst. Ich verband dieses Schwarz mit Aufbruch und Abenteuer, mit einem nächtlichen Unbekannten, in das man wild schlagenden Herzens hineinzutreten hatte. Das häusliche Weiß der Küchen- und Haushaltsgeräte und die hellen Holztöne unserer Möbel waren sein dies- und tagseitiges Gegenstück.

Ich holte mir den Werkzeugkoffer meines Vaters aus der kleinen Besenkammer im Flur und löste alle von außen sichtbaren Schrauben am Gehäuse des Rekorders.

Die Häuser an der Promenadenstraße strahlen hell im Licht der Sonne. Selbst dort, wo ein Ladengeschäft leer steht und zur Vermietung ausgewiesen ist, sind die Fensterfronten geputzt und wirkt die Fassade frisch gestrichen. Es geht etwas Undurchdringliches von dieser strahlenden Sauberkeit aus, als wäre sie vielmehr eine Art Exoskelett, ein schillernder Panzer, mit dem die Gebäude ihr Inneres vor der Außenwelt absichern.

Es sind keine Fußgänger auf dem breiten, flussseitigen Weg unterwegs, niemand steht an dem matt silbergrau gestrichenen Geländer und schaut runter in die Wirbel und Schnellen der Strömung.

Der Gehäusedeckel des Rekorders ließ sich ohne Schrauben ganz einfach von der Frontblende mit dem Kassettenschacht und dem Bodenteil, auf dem die gesamte Mechanik und Elektrik angebracht waren, abziehen. Das Innenleben lag offen vor mir auf meinem Kinderschreibtisch. Ich steckte den Stecker, dessen Kabel jetzt deutlich sichtbar aus einem schwer aussehenden Metallklotz mit Drahtspule herauskam, der das Netzteil sein musste, in die Dose und schob eine Kassette ins Fach. Sofort ging ein geschäftiges Hin- und Herfahren los. Stifte bewegten sich ruckartig auf Schienen zum Band der Kassette, deren stirnseitige Klappe schon beim Einzug automatisch aufgeklappt wurde, zogen es hervor und spannten es zwischen sich auf, während die Kassette mit den beiden weißen Plastikrollen, auf denen das Band aufgespult war, auf die entsprechend geformten Antriebsrädchen platziert wurde. Die Stifte führten das aufgespannte Band an einen sirrenden Silberkreisel heran sowie seitlich davon an einen kleineren dunklen Zylinder, der mittig von einem Messingstift durchbohrt und so auf der Rekordermechanik befestigt war. Kleine und große Zahnräder aus Metall und aus Plastik griffen ineinander, und das Band im Kassettengehäuse begann, sich in perfekt gleichbleibender Geschwindigkeit von einer Plastikrolle ab-

und auf die andere aufzuspulen, mit dem Umweg nach draußen ins Offene des Rekorders, an den Stiften und dem Silberkreisel und dem dunklen Zylinder entlang.

Das Band war auf einer Seite matt und auf der anderen Seite glänzend schwarz und völlig undurchsichtig. Kein Licht wäre stark genug gewesen, durch es hindurchzuleuchten und das Bild als kleine aufgereihte Einzelaufnahmen sichtbar zu machen, wie ich mir das wohl eigentlich vorgestellt hatte. Das Lesen des Bandes musste auf andere Weise funktionieren. Es war auch an der offenliegenden Mechanik noch überhaupt nicht ersichtlich, welche Prozesse sich da abspielten und welche Art Signal durch den breiten Plastikstecker in der Rückseite des Geräts in den Fernseher gesendet wurde, auf dass dort die Verwandlung in Bild und Ton stattfinden konnte.

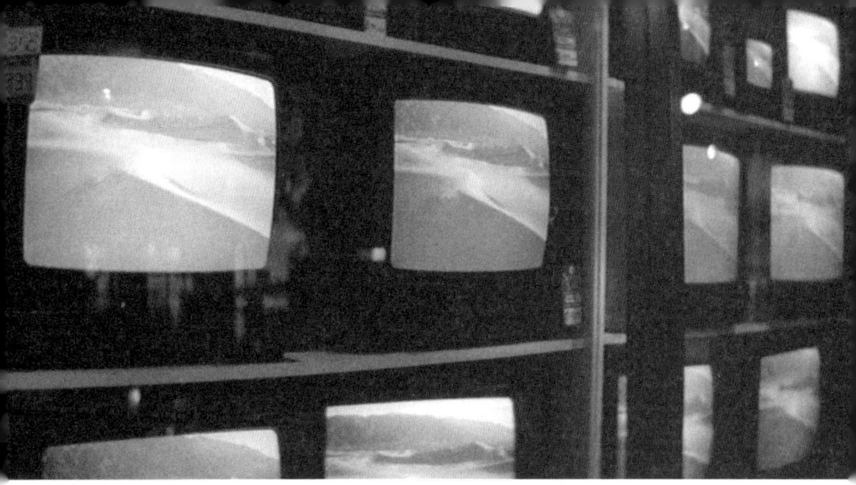

Obwohl er nicht annähernd so brutal war wie *The Thing* hatte mein Vater einen anderen Film vom selben Regisseur, John Carpenter, ebenfalls in den verbotenen Bereich seiner Piratenvideothek einsortiert. Ich habe lange gebraucht, um zu verstehen, weshalb *They Live* zur freiwilligen Selbstkontrolle ab 18 ausgewiesen war und weshalb mein Vater dieser Weisung zum Jugendschutz folgte, wobei sie ihm in wesentlich härteren Fällen ganz offensichtlich als nicht bindend erschien. Ich kann meinen Vater heute nicht mehr fragen, ob ich inzwischen von den richtigen Gründen ausgehe. Vielleicht gab es nie eine richtige Zeit, in der ich diese Frage hätte stellen und eine befriedigende Antwort hätte bekommen können.

Ein paar Bäume wurden in quadratische Aussparungen in den Sandsteinplatten des breiten Gehwegs an der Promenadenstraße gepflanzt, die noch ganz jung und zierlich sind und keinen Schatten spenden können mit ihren lichten Kronen aus wenigen, von der Hitze und der Trockenheit schon leicht eingerollten Blättern. Jeder dieser jungen Bäume wird von einer Konstruktion aus drei Holzpfählen gestützt, die miteinander und mit der Mitte des Stammes durch einen spröden, aber straff gespannten, mehrfach um sich selbst gewickelten Strick verbunden sind. Die Stämme sind mit weißer Farbe angestrichen und die Aussparungen in den Gehwegplatten am Fuß der Bäume mit dicken, hellgrauen Kieselsteinen aufgefüllt, zwischen denen sich bereits Zigarettenstummel und die schmalen Würste der Kacke kleiner Hunde angesammelt haben. Der Fluss riecht nach fauligem Laub und nach noch etwas anderem, weniger Natürlichem, wie die Luft über einer Straße, durch die gerade die Müllabfuhr gefahren ist.

They Live war einer der wenigen Filme, die ich mit zu Lotta in die Wohnung ihrer Eltern gebracht habe, um ihn mit ihr zusammen anzuschauen. Das Filmschauen mit ihr auf dem Fernseher ihrer Eltern war etwas ganz anderes als das Filmschauen zu Hause oder bei Markus Fellhauer oder Ozan Kovačevski. Ich war sehr nervös, wenn wir etwas schauten, was ich mitgebracht hatte, und glaubte die ganze Zeit, ich müsste rechtfertigen, weshalb ich diesen Film ausgesucht hatte. Und auch für Lotta schien dieses Schauen nichts Natürliches an sich zu haben. Es strengte sie an, als wäre es eine körperliche Arbeit, und sie war danach viel weniger gesprächig als sonst, weniger neugierig und begeistert aufgebracht, ihre hypnotische Ausstrahlung war etwas stumpfer, etwas weniger umfassend und unwiderstehlich. Ich glaubte fast, sie durch ein wirklich langes, intensives und regelmäßiges Filmschauen schwächen und ermüden zu können. Als wäre es die Geheimwaffe gegen ihre Superkräfte.

Die Continuas hatten zwar einen Videorekorder, aber keine ernst zu nehmende Sammlung an Filmen. Ein paar Kassetten standen und lagen um den Rekorder herum in dem offenen Schränkchen, auf dem der Fernseher stand. Überwiegend handelte es sich dabei um Sachen, die Lottas Eltern aus dem Fernsehprogramm aufgenommen hatten, um es sich später anzusehen, wenn sie nicht im Restaurant am Arbeiten waren. Es war auch eine einzelne Kaufkassette darunter: eine Zusammenfassung der Fußballweltmeisterschaft 1990 in Italien, bei der der Sizilianer Totò Schillaci, wie mir Gabriele Continua einmal erklärt hat, Torschützenkönig geworden ist. Ich habe die Continuas nie vor dem Fernseher sitzen sehen und weiß nicht, ob sie überhaupt je dazu gekommen sind, sich ihre wenigen Videokassetten auch einmal anzuschauen.

Lotta besaß selbst auch zwei oder drei Kassetten, auf denen sie Dinge aufgenommen hatte: Tierdokus und sehr wirr und unsortiert wirkende Zusammenschnitte aus dem Frühstücksfernsehen. Die Videosammlung der Continuas wirkte auf mich wie ein im Frühstadium seiner Entwicklung steckengebliebenes Gedächtnis, das nur eine geringe Menge Informationen abspeichern konnte und von allem Neuen stets überschrieben werden musste.

Lotta war offensichtlich eine Weile fasziniert von der Option des Aufzeichnens des Fernsehprogramms auf die Kassetten gewesen, hatte dann aber doch das Interesse daran wieder verloren oder kapituliert vor der Frage, wie das konkret funktionierte, wie das Wunder bewerkstelligt wurde, was ich ihr nach der Öffnung unseres Rekorders auch nicht erklären konnte, es aber zumindest versuchen wollte.

Ich glaube, die Tatsache, dass *They Live* sowohl zur freiwilligen Selbstkontrolle ab 18 ausgewiesen als auch von meinem Vater in den verbotenen Bereich sortiert worden war, hatte nichts mit der doch eher milden Brutalität zu tun, sondern damit, dass es darin um die verborgenen Mächte geht, die die Fernsehsender und die Sendungen kontrollieren und die unterhalb der Schwelle des Wahrnehmbaren liegende Signale aus den Geräten benutzen, um die Menschen hörig zu machen und sich zu unterwerfen. Diese Offenbarung und die Konsequenzen, die die Filmfiguren aus ihr ziehen, ihr Erwachen und ihr Erkennen der wirklichen Verhältnisse, der bewaffnete Widerstand, den sie als einzig verbleibende Handlungsoption daraus ableiten, sollten offensichtlich nur einem erwachsenen Geist zugemutet werden. All die minderjährigen Filmschauenden vor den Geräten ihrer Eltern befanden sich schließlich noch in anderen, auf andere Weise zwingenden Unterwerfungs- und Abhängigkeitsverhältnissen zu ihren Erziehungsbeauftragten.

Ich war auch nach dem Öffnen des Rekorders zu Hause nicht in der Lage, Lotta zu erklären, wie das alles funktionierte. Aber ich konnte diesen Film mit zu ihr bringen und ihn auf dem Fernseher der Continuas abspielen, damit auch sie sehen würde, was ich gesehen hatte, als Beitrag zur Frage, welche Prozesse da im Verborgenen abliefen und wem das eigentlich diente.

Der Fluss beschreibt im Bereich der Innenstadt einen Bogen, der von der Promenadenstraße nachvollzogen wird. Das silbergraue Metallgeländer und die neuen, futuristisch aussehenden Straßenlaternen, die den breiten Fußweg entlang aufgereiht stehen und an denen die Wahlplakate hängen, die jungen Bäumchen und die in regelmäßigen Abständen aufgestellten Sichtbeton-Sitzbänke beschreiben eine perfekte Kurve, die sofort den städtebaulichen Entwurf erkennen lassen, der hier kompromisslos in der Wirklichkeit umgesetzt wurde.

Ziemlich genau in der Hälfte dieser Kurve, mit der sich die gesamte Promenadenstraße so perfekt an den Lauf des Flusses anschmiegt, liegt, dem Fußweg gegenüber auf der anderen Seite, etwas zurückgesetzt hinter einem quadratischen Brunnenplatz, das Elektrofachgeschäft mit angeschlossener Werkstatt des Fernsehtechnikermeisters Bernd Letterau, der früher in der Ü40-Herrenmannschaft des Tennisvereins gespielt und uns unsere den Kopierschutz auf den Leihkassetten der *Videotime* umgehende Rekorder-Kombination in den HiFi-Schrank eingebaut hat.

Die Figur des Brunnens vor dem Haus ist ein aus Beton gefertigter nackter Junge, der einen Fisch im Arm hält, aus dessen Maul ein kleines Metallrohr hervorschaut, aus dem ein unablässiger Wasserstrahl in das Becken des Brunnens plätschert. Der Junge steht mit seinen nackten Füßen auf einem Betonsockel, der wie einer der großen Steinbrocken geformt ist, die an vielen Stellen aus der Oberfläche des Flusses herausragen und an denen die Strömung gefährliche Schnellen verursacht, die regelmäßig Hobbykanuten zum Kentern bringen und der Grund dafür sind, weshalb das Schwimmen im Fluss streng verboten ist.

Ein namenloser Wanderarbeiter, gespielt von Rowdy Roddy Piper, den ich von Ozans Einführung in die Welt des Wrestlings her kannte, kommt am Anfang von *They Live* nach Los Angeles, auf der Suche nach einem Job, mit allem, was er besitzt, in dem Rucksack, den er auf dem Rücken trägt.

Piper findet Arbeit auf einer Großbaustelle (seine Aufgabe ist es, mit nacktem Oberkörper und Schutzhelm auf dem Kopf, einen Spaten immer wieder in einen großen Sandhaufen hineinzustechen, damit man seine vielen Muskeln und sein breites Kreuz besonders deutlich hervortreten sieht) und einen Platz, um seinen Schlafsack auszurollen, in einem improvisierten Wanderarbeiterlager, das auf einer vermüllten Brachfläche in der Nähe der Großbaustelle errichtet wurde.

In der ersten Nacht in diesem Lager sitzt Piper zuerst auf einem Haufen Schutt und spielt Mundharmonika, dann schlendert er zwischen den Zelten und Verschlägen und Wellblechhütten hindurch und bleibt schließlich hinter den Campingstühlen von zwei anderen Obdachlosen stehen, die von irgendwoher einen Fernseher aufgetrieben haben und Strom, um ihn zu betreiben, und die also da sitzen und fernsehen und sich ärgern, dass das Signal so schlecht ist, dass das Bild immer wieder von weißem Rauschen unterbrochen wird, wovon sie ungewöhnlich starke Kopfschmerzen bekommen.

Als Lotta und ich uns schon ein paar Jahre nicht mehr in ihrem Zimmer getroffen hatten, weil es uns verboten worden war, was die von unseren Eltern intendierte Wirkung insofern nicht verfehlte, als wir uns dadurch wieder voneinander entfremdeten und in das seltsame Distanzverhältnis von vorher zurückkehrten, uns vielleicht noch durch den Raum hindurch beobachteten, wenn ich mit meiner Familie in der Cantina zum Essen war, uns aber nicht mehr unterhielten und uns natürlich auch nicht mehr ohne Sachen anschauten und nicht mehr mit den Codenamen ansprachen, die wir von den Tropfen auf den Klopapierblättern abgelesen hatten, war ich von der Schule aus angehalten, ermutigt und aufgefordert worden, in den Sommerferien ein Berufspraktikum zu machen, um mich auf dem Arbeitsmarkt zu orientieren und herauszufinden, worin meine Interessen liegen könnten und womit ich vielleicht einmal mein Geld verdienen wollen würde, wenn ich nicht mehr von dem Geld leben konnte, das meine Eltern verdienten.

Ich fand in mir kein ausgeprägtes Interesse für irgendeine Form von Lohnarbeit, erinnerte mich aber an das noch immer ungelüftete Geheimnis der Funktionsweise der Videorekorder und Fernsehgeräte und bat daher meinen Vater, über seine Tennisvereinsverbindung Herrn Letterau zu fragen, ob ich nicht vielleicht im Elektrofachgeschäft und der dazugehörigen Fernsehwerkstatt an der Promenadenstraße der Innenstadt dieses Praktikum absolvieren könnte.

Der namenlose, von Roddy Piper gespielte Wanderarbeiter in *They Live* macht verschiedene Beobachtungen am Rand des Lagers, während er sich dort die freie Zeit vertreibt, die er nicht auf der Baustelle seinen Spaten in den Sandhaufen sticht.

Darauf, dass er von diesem improvisierten, elendig wirkenden Wanderarbeiterlager auf die Großbaustelle eines entstehenden, wahrscheinlich noblen und für die Oberschicht reservierten Wolkenkratzers zu Fuß pendeln musste, was ihn in der völlig automobilen Welt der Stadt Los Angeles noch mehr zum Außenseiter und Randständigen machte, wie einen der Toons aus *Falsches Spiel mit Roger Rabbit*, versuchte ich, Lotta hinzuweisen, als wir den Film schauten. Es fehlten mir aber die richtigen Worte oder die Klarheit in der gedanklichen Erfassung dieser Gemeinsamkeit, so dass mein Sprechen ähnlich wie das weiße Rauschen im Fernseher der Obdachlosen nur eine Störung war, die das Schauen zusätzlich erschwerte und Lotta dieselbe abwehrende Handbewegung machen ließ, die ich zuvor an ihren

Eltern beobachtet hatte, wenn sie von bestimmten ordnungsliebenden Gästen auf die Tauben im Dachstuhl des Jagdschlösschens aufmerksam gemacht wurden.

Roddy Piper bemerkt einige seltsame Aktivitäten, geheimnisvolles Herumtun von ein paar Leuten an einer kleinen Kirche auf der der vermüllten Brachfläche gegenüberliegenden Straßenseite. Die Kirche ist angeblich noch als solche in Betrieb, und es wird auf einem Schild draußen auf die regelmäßig stattfindenden Chorproben hingewiesen. Als sich Piper, von dem seltsamen Treiben neugierig und misstrauisch geworden, an einem Nachmittag, als gerade keiner vor Ort ist, an die Kirche heran- und durch eine Hintertür hineinschleicht, stellt er fest, dass die Chorproben nur gefaked sind, dass ein Tonbandgerät den Gesang abspielt und im Versammlungsraum ein Labor und eine Werkstatt installiert sind, in denen seltsamerweise Sonnenbrillen hergestellt werden. An der Wand der Laborwerkstatt stehen mit schwarzer Farbe die Worte »*They Live, We Sleep*« geschrieben.

Der Wasserstrahl, der auf der anderen Straßenseite aus dem Fischmaul in das Becken des Brunnens vor dem Laden von Herrn Letterau plätschert, schillert so intensiv im Licht der Mittagssonne, dass es mir vorkommt, als wäre es nicht Wasser, sondern ein auf magische Weise verflüssigtes Licht, das durch die Rohrleitung im Betonsockel aus dem nackten Körper des Jungen und dem Fisch in seinem Arm hervorquillt.

Mein Bruder war im Verlauf seiner Schullaufbahn zuerst sitzengeblieben und danach vom Gymnasium auf die Realschule heruntergestuft worden, weil sich gezeigt hatte, dass er nicht das anspruchsvolle Training meines Vaters und eine anspruchsvolle gymnasiale Schulausbildung mit den immer schwieriger und aufwendiger werdenden Hausaufgaben gleichzeitig leisten konnte. Ich dachte damals, die größere Wirklichkeitsnähe, die die Bezeichnung der Schule suggerierte, hatte mit realeren, also arbeitsweltnäheren Lebensumständen der Schüler zu tun, was sich dann zum Beispiel in der Erwartung äußerte, Berufspraktika zu absolvieren.

Mein Vater hatte früh im Leben meines Bruders seine ganze Hoffnung in eine mögliche Profikarriere gelegt, die schließlich nicht nur von ihm ständig in den Raum gestellt wurde als tatsächlich wirklichkeitsnahe Option. Und er hat damals den Imperativ, mit dem er diese Priorisierung meinem Bruder gegenüber artikulierte – »Du willst Tennis spielen« –, vielleicht wirklich als ein Abfragen der eigenen Präferenz meines Bruders begriffen. Als Angebot, sich dagegen zu entscheiden und das dann vorzubringen. Für meinen Bruder war das sicherlich nur eine Feststellung realer Verhältnisse, die im Kern ja auch stimmte. Er hätte wohl noch viel weniger gewusst, wo er ein Berufspraktikum zur Orientierung auf dem Arbeitsmarkt machen sollte als ich. Und mein Vater fand das in seinem Fall auch so lächerlich und unnötig, dass er ihn davon befreien ließ. Schließlich waren in den Ferien wichtige Turniere zu spielen und das nationale Ranking meines Bruders zu verbessern.

Der namenlose Wanderarbeiter flieht, noch bevor er die Sonnenbrillen genauer betrachten kann, aus der Laborwerkstatt, als er befürchten muss, entdeckt zu werden. Er nimmt den Eindruck mit ins Lager zurück, dass da an etwas gearbeitet wird, das er noch nicht begreifen kann.

Er wird nur noch eine Nacht im Lager verbringen und sich fragen, was genau in der Kirche gegenüber vor sich geht, von wem und für wen die mysteriösen Sonnenbrillen gefertigt werden und warum das alles hinter der Tarnbehauptung gewöhnlicher Chorproben geschieht, da schon am folgenden Abend ein brutales Räumungskommando der Polizei von Los Angeles vor der Brachfläche aufmarschiert. Mit Baggern und Planierraupen wird das gesamte Wanderarbeiterlager geräumt und abgerissen, und wer sich widersetzt, wird von Polizisten in Kampfmontur mit Schlagstöcken verprügelt.

Die Gründlichkeit, mit der die Polizei hier vorgeht und das Lager dem Erdboden gleichmacht, entspricht der Vorstellung, die ich mir damals von Judge Dooms Auslöschungsphantasie der Zeichentrickfigurenenklave in *Falsches Spiel mit Roger Rabbit* gemacht habe.

Als Folge der Negativerfahrungen mit meinem Bruder, seinem Sitzenbleiben und Herabgestuftwerden auf die Realschule, entschieden meine Eltern, dass es besser sei, mich, der ich ja ganz offensichtlich über sehr viel weniger Ambitionen und Selbstbeherrschung verfügte, von Anfang an für die niedrigere Schulform einzuschreiben, um mir den Frust zu ersparen, den sie mit meinem Bruder gehabt hatten. Außerdem muss es für sie aus logistischen Gründen praktisch und angenehm gewesen sein, beide Kinder auf derselben Schule zu wissen.

Durch die kürzere Dauer der Realschulzeit im Vergleich zum Gymnasium rückte die Frage oder das Problem der Erwerbsarbeit sehr viel schneller an uns heran. Mein Bruder war dem letzten Schuljahr und dem Abschluss schon sehr nahe, als er sich den Arm brach und vom Tennis pausieren musste. Er nahm aber in der durch seine Verletzung freigewordenen Zeit, die er nicht mehr mit meinem Vater auf dem Platz oder auf Turnieren verbrachte, nicht etwa die Schularbeiten mit größerem Eifer auf, sondern zog sich fast vollständig in sein Zimmer zurück, wo er schweigend und emotionslos wie ein gut justierter *Universal Soldier* im bläulichen Licht seines Bildschirms saß und Computerspiele spielte.

Ich dachte, ich würde vielleicht in der Werkstatt von Herrn Letterau nicht nur lernen, wie die Geräte in ihrem Inneren tatsächlich funktionierten, sondern auch, was es bedeutete, einer Lohnarbeit nachzugehen – als bewegliches Teil in einem System mit nochmals anderer, ganz eigener Mechanik.

Ich dachte vielleicht auch, dass ich durch dieses Arbeiten in einem Betrieb ein wenig von dem aufholen könnte, was mein Bruder durch sein höheres Alter an Vorsprung vor mir hatte. Dass sich diese Erfahrungsüberlegenheit, die ihn sich früher von den Mutproben mit den Filmen aus dem verbotenen Bereich hatte zurückziehen lassen, jetzt, während er verletzt vor dem Computer saß, verringern würde, wenn nur einer von uns beiden draußen in der Welt der Kleinstadt nach Antworten auf offene Fragen suchte.

Am Abend der Räumung durch die Polizei von Los Angeles bringt sich Roddy Pipers namenlose Figur gemeinsam mit anderen Geflüchteten aus dem Wanderarbeiterlager in einem verlassenen Rohbau in Sicherheit. Die ohnehin Obdachlosen verbringen die Nacht kauernd auf blankem Beton. Durch die Fensterlöcher flackert das rote Licht der Leuchtgranaten, mit denen sich das Räumungskommando den Kampfplatz erhellt. Als Piper und ein paar andere am nächsten Tag im Morgenlicht die Brachfläche begehen, sind von ihrem Lager nur noch Trümmer, Splitter, zerfetzte Zeltplanen und verbrannte Erde übrig. An manchen Stellen schwelt und raucht es noch, die Einsatzkräfte sind aber ganz offensichtlich vollständig abgezogen, haben nichts zurückgelassen, was eine Bewachung erfordern würde.

Auch die Kirche auf der anderen Straßenseite wurde gestürmt und geräumt, oberhalb der zerbrochenen Fenster ist die Fassade von Rußspuren geschwärzt. Der namenlose Wanderarbeiter findet ihr Inneres verwüstet vor. Die Arbeitstische der Laborwerkstatt liegen zertrümmert am Boden, dazwischen Scherben und Pfützen bunter Chemikalien. Von den Sonnenbrillen, die hier hergestellt wurden, findet Roddy Pipers Figur in einem von den Polizisten übersehenen Stauraum hinter einem Holzverschlag noch eine einzelne Kiste, die er sich unter den Arm klemmt und damit den Ort der Verwüstung, die Brachfläche des ehemaligen Wanderarbeiterlagers und auch die Arbeit auf der Großbaustelle hinter sich lässt. Er streunt an diesem Tag ziellos zwischen den Wolkenkratzern von Los Angeles herum, versteckt die Kiste an einem Müllplatz in einer Gasse, nimmt nur eine der Sonnenbrillen heraus, setzt sie auf und geht damit durch die Straßen.

Der Laden von Herrn Letterau war mir schon vor Antritt meines Berufspraktikums bestens bekannt.

All die Unterhaltungselektronik, die bei uns zu Hause installiert war, hatten meine Eltern, beziehungsweise hatte mein Vater bei Herrn Letterau gekauft, der ein sehr freundlicher, an maximaler Kundenzufriedenheit orientierter Mensch war und meinem Vater weder im Laden, noch bei uns zu Hause bei der Installation, im Tennisverein oder im Restaurant der Continuas mit der jovialen Herablassung begegnete, die der Modus der meisten anderen Tennismänner gewesen ist.

Ich habe Herrn Letterau wirklich nur dann mit zerfurchter Stirn fluchend erlebt, wenn er beim Tennisspielen einen einfachen Ball verschlagen hatte und sich über sich selbst ärgerte. In allen anderen Lebenslagen ging eine umfassende Vergnügtheit von ihm aus, die keinen Zweifel daran ließ, dass er es persönlich genossen und befriedigend gefunden hat, den Menschen und ihren Geräten zu Diensten zu sein.

Verrückterweise war es aber gerade diese kundenorientierte Freundlichkeit Letteraus, die mich im Verlauf meines Berufspraktikums in seinem Elektrofachgeschäft immer wieder denken ließ, dass im nächsten Moment, wenn er noch am Lachen war über einen schlechten Witz eines Kunden oder über einen eigenen schlechten Witz, ihm der Kopf, der Hals und die halbe Brust in der Mitte aufreißen und sich in einen riesigen Schlund mit sehr scharfen, spitzen Zähnen und einer langen Fangzunge verwandeln würden, wie dem technischen Assistenten Palmer beim Bluttest in der Arktisstation von *The Thing*.

Der namenlose Wanderarbeiter macht die verstörende Erfahrung, dass nicht nur alle Farbe aus den Dingen weicht, sobald er die Sonnenbrille aufsetzt, er also alles nur noch in Schwarzweiß sieht, sondern zudem jedes Plakat, jedes Schaufenster, jede Titelseite jeder Zeitung, die Geldscheine in den Händen eines Straßenverkäufers, die Werbung auf der Seite eines Stadtbusses oder in den Fernsehern in der Auslage eines Elektrofachgeschäfts, reduziert werden auf einzelne Worte, Begriffe, in schwarzer Schrift auf weißem Grund geschrieben, die nur mehr die eigentlichen Kernbotschaften all dieser Sendungen und Nachrichten des öffentlichen Raums beinhalten:

Gehorche, *Konsumiere*, *Schlafe weiter*, *Heirate und pflanze dich fort*, *Stelle keine Autoritäten in Frage* – und auf dem Geld in der Hand des Straßenverkäufers: *Dies ist dein Gott*.

Zudem sieht er durch die Brille zum ersten Mal, dass nicht alle Menschen, die ohne die Brille ganz normal aussehen, wirklich Menschen sind, sondern sich unter ihnen einige nur als solche getarnte Aliens befinden – hässliche, sehnig fleischige Gestalten mit lippenlosen Mündern und schwarzglänzenden Augäpfeln, an die ich mich sofort erinnert fühlte, als ich viele Jahre später zum ersten Mal die plastinierten Exponate der Wanderausstellung *Körperwelten* gesehen habe.

Ich höre das hochfrequente Zwitschern schlechtgeölter Fahrradpedale von irgendwo ums Eck, aus einer Nebenstraße, und bemerke erst dadurch die Abwesenheit echter Vogelstimmen aus den Bäumen oder der Luft über der Promenadenstraße.

Am ersten Tag meines Berufspraktikums kam ich morgens zur Öffnungszeit des Ladens in Letteraus Geschäft wie ein früher Kunde. An der Eingangstür in den Verkaufsraum war ein Sensor angebracht, der beim Öffnen ein Signal auslöste, eine Folge aus zwei hellen und zwei tiefen elektrischen Tönen, das mich immer an Quizshows im Fernsehen erinnerte, wenn aus verschiedenen möglichen Antworten eine zuerst markiert und dann als die falsche aufgelöst wird. Außer mir war niemand im Laden, und niemand stand am Verkaufstresen, der aus weißfurniertem Pressspan gefertigt war und an dessen Vorderseite sich eine Plexiglasvitrine mit den noch sehr klobigen und hochpreisigen Mobiltelefonmodellen befand, für die man bei Herrn Letterau Verträge abschließen konnte. Hinter dem Tresen an der Wand hingen alle möglichen Batterietypen in ihren Pappverpackungen an weißen Metallhaken, daneben verschiedene Verbindungskabel für Stereoanlagen, Satellitenreceiver, Videorekorder, Telefone, Modems und Computerbildschirme. Der Rest des mit graublauem Teppichboden ausgelegten Verkaufsraums war unmöbliert, bis auf einen Werbe-Pappaufsteller für Mitnahmebroschüren der Deutschen Telekom und die tiefen Wandregale, in denen die verschiedenen Fernsehgeräte zur Ansicht aufgereiht standen – jedes mit einem Plastikschildchen davor, das den Preis auswies, der mir jeweils astronomisch und unerschwinglich vorkam, und der Fernbedienung zur Inbetriebnahme daneben.

Ich wusste, dass dieser weitestgehend unmöblierte Verkaufsraum die Bühne für Letteraus Beratungsgespräche war, in denen er freundlich, lachend, Witze machend den Leuten das für sie am besten geeignete Gerät empfahl und meistens auch erfolgreich verkaufte. Hinter dem Tresen, das wusste ich auch, obwohl ich dort noch nie gewesen war, befand sich der Durchgang zur Werkstatt, in der Herr Letterau die Geräte reparierte, die trotz aller Langlebigkeitsgarantien Defekte aufgewiesen hatten. Der Signalton der Eingangstür holte den Fernsehtechnikermeister aus der Versenkung in ein elektrotechnisches Problem und aus der Werkstatt heraus und ließ ihn mit der immer selben fröhlichen Freundlichkeit hinter dem Tresen hervorkommen, die Hände der Eingetretenen schütteln, die, glaube ich heute, von dieser herzlichen Begrüßung nach dem kurzen Moment des Verlorenseins in der menschenleeren Stille unter den Geräten so überrumpelt waren, dass sie, entgegen ihrer üblichen, reserviert vorsichtigen Haltung, in eine Stimmung versetzt wurden, die es ihnen gestatten würde, sich ein Herz zu fassen und einen sehr teuren Fernseher zu kaufen.

Roddy Pipers namenlose Wanderarbeiterfigur findet heraus, dass die Sonnenbrillen in der Laborwerkstatt der Kirche gegenüber der Brachfläche von einer Gruppe Aufständischer hergestellt wurden, die sich gegen die Fremdherrschaft der Aliens auflehnen und die auch für das Kopfschmerzen verursachende Störsignal verantwortlich sind, das regelmäßig die Fernsehsendungen durchrauscht und Pipers Figur zum ersten Mal im Wanderarbeiterlager aufgefallen ist, als sie hinter den beiden Obdachlosen in ihren Campingstühlen gestanden hatte.

Die Aliens in *They Live* haben sich in der Filmhandlung schon seit vielen Jahren mit ihrer täuschend echten Tarnung in die Gesellschaft der Menschen eingeschleust und alle Bereiche des Politischen, der Wirtschaft und der Kulturindustrie unterwandert. Es handelt sich bei ihnen um eine ausbeuterische Spezies, die von Planet zu Planet weiterzieht, sich den dort lebenden Wesen anverwandelt und sich an den natürlichen Ressourcen bereichert, bis sie erschöpft sind. Sie sind außerdem für den Klimawandel verantwortlich, da sie selbst reptilienartig kaltblütig sind und warme Temperaturen bevorzugen.

Das Fernsehsignal, das die Aufständischen immer wieder kurz stören können, dabei aber Gefahr laufen, von der längst durch die Aliens infiltrierten Polizei aufgespürt und ausgehoben zu werden, ist im Film mit einer Art hypnotischem Bannstrahl versetzt, der die Menschen geistig träge und willfährig macht und verhindert, dass sie mit ihren eigenen Augen sehen können, was durch die Spezialsonnenbrillen sichtbar wird.

Ich betrachtete Lotta sehr genau, während wir *They Live* im Wohnzimmer der Continuas schauten und dem Wanderarbeiter die Hintergründe, Tarnungen und verdeckten Mechanismen offenbar wurden. Ich war mir nicht ganz sicher, ob das alles schon ausreichen würde, um die Funktionsweise unserer Fernsehgeräte und Videorekorder zu begreifen, aber ich hatte ein Gefühl von für uns relevanter Bedeutsamkeit und hoffte, dass sie in der Lage sein würde, über dieses Gefühl hinausgehende Schlüsse aus den Offenbarungen des Films zu ziehen.

Am Morgen des ersten Tages meines Berufspraktikums stand ich wie ein Kunde im Verkaufsraum, wusste aber, dass das Signal des Sensors an der Tür Herrn Letterau bereits über mein Eintreten informiert hatte. Ich erwartete, dass er jeden Moment aus dem Durchgang zur Werkstatt hinter dem Verkaufstresen hervorkommen würde. Ich wusste, dass Letterau wusste, dass ich an diesem Morgen kommen würde, um mein Praktikum anzutreten.

Keiner der Fernseher in den tiefen Wandregalen war in Betrieb. Im hellen Grau der gewölbten Glasbildröhren spiegelte sich der Raum und spiegelte ich mich stehend in diesem Raum in die Breite verzerrt, wie durch einen Türspion oder ein Fischauge oder ein extremes Weitwinkelobjektiv betrachtet. Oder wie, dachte ich, meine Gestalt damals im Eingangsbereich des Fellhauerhauses in den Innenseiten der unteren Augenlider von Markus' Mutter.

Es fühlte sich seltsam an zu wissen, dass ich gleich hinter diese Einzelhandelskulisse, die die Bühne für Herrn Letteraus Verkaufsgespräche war, geführt werden würde. Sofort fielen mir all die kleinen Fehler auf, die von normalen Kunden normalerweise ignoriert wurden: Staub in den Ecken hinter den Fernsehern in den Regalen, ein lose herabhängendes Kabel, das nicht in einem Plastikschacht versteckt war wie die anderen, ein gelblicher Fleck auf einem der Gipsquadrate der Unterhangdecke, ein fehlendes Stück Teppichleiste oder eine falsch herum eingesteckte Broschüre im Pappaufsteller der Telekom. Diese Kulisse, dachte ich, glaube ich, während ich von der anderen Straßenseite den Brunnen mit dem Jungen vor dem Haus mit Letteraus Geschäft betrachte, das Bühnenbild für die Verkaufsgespräche, sollte möglichst ohne Umwege, einfach und ehrlich den unleugbaren Sachverstand des Fernsehtechnikermeisters inszenieren helfen. Er handelte ausschließlich mit Markenprodukten, die im Idealfall für sich selbst sprachen und aus denen heraus über eine lange Dauer, für die besonders großzügige Garantien ausgesprochen wurden, in überzeugender Qualität gesendet werden würde. Die Überwältigung der Kunden geschah hier nicht wie in den Großmärkten für Unterhaltungselektronik durch schreiende Botschaften und visuelle Überforderung, sondern war in gewisser Weise selbst noch Handwerk, eine damals schon, denke ich, im Aussterben begriffene Professionalität: Überzeugung durch soziale und fachliche Kompetenz.

Für die von der Einsicht durch die Sonnenbrillen in die wirklichen Verhältnisse erweckten Aufständischen in *They Live*, die imstande sind, die eigentlichen Botschaften und die als Menschen getarnten Aliens zu sehen, obwohl auch sie täglich den hypnotischen Bannstrahlen aus den Fernsehgeräten ausgesetzt sind, gibt es im Film nur eine einzige, alternativlose Reaktion: Die Aliens müssen vernichtet und die Sendestation des hypnotischen Signals zerstört werden. Nur so können alle richtigen Menschen, die unmöglich einzeln mit Sonnenbrillen versorgt werden könnten, ebenfalls aufgeweckt und von der außerirdischen Unterdrückung befreit werden.

Ich erinnere mich, dass ich erst durch das Schauen mit Lotta, durch das Sehen des Films mit ihren Augen – oder die Illusion dieses Sehens – die Selbstverständlichkeit verdächtig zu finden begann, mit der die namenlose Wanderarbeiterfigur Roddy Pipers die Aliens nach der Erkenntnis, dass sie keine Menschen sind, reihenweise ohne Skrupel oder Zögern exekutierte. Die Tatsache, dass sie Aliens waren und die menschliche Gesellschaft infiltriert hatten, hatte offensichtlich dazu geführt, dass ihr Anspruch auf Unversehrtheit verwirkt war. Die Demaskierung der Außerirdischen genügte als Legitimation, ihnen das Leben zu nehmen.

Mir fiel außerdem auf, dass Roddy Piper, den ich ja von den Wrestlingmatches der WWF, die ich mit Ozan geschaut hatte, in kämpfender Aktion kannte, im Film plötzlich davon, dass er durch ein Wohnzimmerfenster geworfen wird oder sich minutenlang mit einem ehemaligen Kollegen von der Großbaustelle in einer Gasse prügelt, deutliche Zeichen der Versehrtheit davonträgt.

In einer Szene des Films steht er vollkommen zugeschwollen und blutverkrustet und von Hämatomen übersät am Waschbecken eines Hotelzimmers und versucht, sich zu säubern. Nach keinem der Matches, in denen ich ihn bis dahin kämpfen gesehen hatte, hatte Piper auch nur annähernd so verprügelt ausgesehen, obwohl ihm der Kopf mehrfach gegen Ringpfosten und auf Treppenstufen geschlagen oder ausgiebig mit Tritten bearbeitet wurde.

Die Schläge und Tritte der Wirklichkeit, in die die Figuren in *They Live* gerade hinein aufgeweckt wurden und die ich als Filmwirklichkeit in ihrer Nichtechtheit anzusehen vom ewigen Streitgespräch meiner Eltern angehalten war, hinterließen sehr viel realere Spuren in den Gesichtern als der vermeintliche Fake des Wrestlings, dessen realbrutale Folgen für die Körper der Kämpfer ein Schmerztoleranztraining in Stu Harts Folterkeller erforderten, von dem ich wusste, dass auch Roddy Piper ihn als junger Profiwrestleraspirant aufgesucht hatte, um dort unterwiesen zu werden.

Pipers Wanderarbeiterfigur erzählt in der Hotelzimmerszene dem ehemaligen Kollegen, der nur durch die erschöpfende Schlägerei in der Gasse davon überzeugt werden konnte, eine der Brillen aufzusetzen und selbst zu sehen, was wirklich Wirklichkeit ist, aus ihrem geschwollenen Gesicht heraus, dass ihr Vater sich verwandelt habe, als sie noch ein Kind war. Er sei böse geworden, habe seinen Sohn mit einem Rasiermesser bedroht. Der ehemalige Kollege, der inzwischen ermahnt werden muss, die Brille auch wieder abzunehmen, um nicht irgendwann sengende Kopfschmerzen vom Anblick der unverbrämten Botschaften zu bekommen, antwortet dem Wanderarbeiter mutmaßend:

»Vielleicht sind sie schon immer da gewesen. Diese Dinger da draußen. Vielleicht gefällt es ihnen zu sehen, wie sich die Leute hassen, wie sie sich gegenseitig ausradieren. Vielleicht nährt sie die Kälte unserer Herzen.«

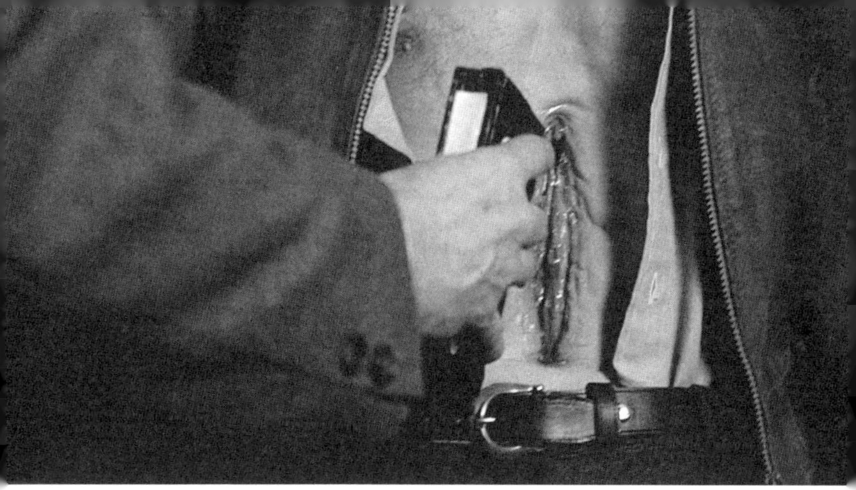

Herr Letterau bedankte sich, nachdem er, aus der Werkstatt hervorgekommen, in den Verkaufsraum getreten war und meine Hand geschüttelt hatte, bei mir für mein Interesse an seinem Beruf.

Es habe ja wohl schon eine frühe Prägung stattgefunden, mit all den Geräten, die mein Vater für unseren Haushalt bei ihm angeschafft habe, und sicherlich schade es nicht, wenn man eine gewisse Affinität für Film und Fernsehen mitbringe, obwohl das natürlich keine zwingende Voraussetzung sei, um ein guter Techniker zu werden. Bei uns zu Hause sei jedenfalls sehr viel mehr Unterhaltungselektronik verbaut, sinnierte Letterau, als in seinem eigenen Haushalt, seine Frau und seine Tochter seien eher den Büchern zugetan, richtige Lesemäuse seien sie, als Ratten wolle er sie nicht bezeichnen, seine Mäuse, das klinge so abschätzig, nur weil sie sich nicht fürs Fernsehen interessierten.

Letterau führte mich hinter den Verkaufstresen und in die Werkstatt, hinter die Kulissen, wie er selbst sagte, um mir jeden Aspekt der Arbeit in seinem Geschäft zu zeigen. Der Werkstattboden war mit nikotingelbem Linoleum ausgelegt. Es gab zwei große Arbeitstische mit Messgeräten und Lötstationen, mehrere Rollwagen, offene Schubladen mit Präzisionswerkzeug, einen säulenartigen Bauteilkasten mit hunderten kleiner, kryptisch beschrifteter Plastikfächer, der wie ein Postkartenständer um sich selbst gedreht werden konnte, durchgesessene Polsterstühle mit hartgewordenen, silbrig glänzenden Lötzinntropfen auf den Sitzflächen und ein tiefes Stahlregal voller Fernseher an der Wand, die entweder ein Testbild zeigten oder völlig auseinandergebaut auf ein bestelltes Ersatzteil warteten. Auf einem der Arbeitstische leuchtete eine Schreibtischlampe auf einen ausgefalteten Schaltplan, dessen Linien und Kästchen und Codes mir völlig unverständlich waren. Herr Letterau folgte meinem Blick, schob sich an mir vorbei, legte eine flache Hand auf den Schaltplan, deutete auf das rückseitige Innenleben des geöffneten Fernsehers auf dem Rollwagen neben der Arbeitsplatte und sagte, dass es leider nicht möglich sein werde, mir in der Kürze der Zeit das elektrotechnische Fundamentalwissen zu vermitteln, das zur Reparatur defekter Geräte nötig sei, dass er sich aber überhaupt keine Sorgen mache, ausreichend andere Aufgaben für mich zu finden, die mir einen Eindruck davon vermitteln würden, was es bedeutete, seinen Beruf auszuüben und ein Elektrofachgeschäft zu führen.

Der namenlose Wanderarbeiter und sein ehemaliger Kollege von der Großbaustelle schließen sich in *They Live* dem bewaffneten Untergrund zum Aufstand gegen die außerirdische Kolonialmacht an. Der Wanderarbeiter verliebt sich auf dem Weg zur Befreiung in eine Mitarbeiterin des TV-Senders, der für die Distribution des hypnotischen Signals in die Fernsehgeräte der Menschen verantwortlich ist. Bei dieser Mitarbeiterin handelt es sich allerdings um eine Doppelagentin, die sich dem Untergrund zuerst andient und wichtige Informationen zu Lage und Funktionsweise der signalgebenden Apparaturen preisgibt, die es zu zerstören gilt, am Ende aber doch ihrer außerirdischen Obrigkeit treu bleibt, Pipers Baustellenkollegen erschießt und dann selbst vom Wanderarbeiter erschossen wird, als sie ihn mit vorgehaltener Waffe auffordert, sich zu ergeben, den Lauf der Dinge nicht zu stören, er könne eh nicht gewinnen.

Pipers Figur zerstört den Sender, der die Menschen in ihre Hörigkeit hineinhypnotisiert, und wird unmittelbar danach von Maschinengewehrschüssen aus dem Hubschrauber eines Sondereinsatzkommandos getötet, dem er als letzte Geste seines Lebens in unschlagbarer Lässigkeit noch den ausgestreckten Mittelfinger entgegenhält. Mich euphorisierte diese coole Lässigkeit der Filmfiguren jedes Mal so sehr, dass ich unbedingt etwas zur Energieentladung tun musste, ein bisschen zappeln oder quieken oder mit den Fäusten aufs Sofapolster schlagen.

Als ich *They Live* mit Lotta schaute, war ich vom

Ende wieder auf dieselbe Art euphorisch aufgeladen und angespannt. Ich bemerkte, dass ich damit alleine war und Lotta schon im Begriff, ihre Kritik zu formulieren. War es aber, dachte ich, nicht besser und richtiger und ehrlicher, wenn am Ende alle tot waren, die sich den Film über am Töten und an den traumatischen Erweckungen aus der Täuschung beteiligt hatten, als wenn sie, wie sonst, mit der Unmöglichkeit, das gerade Erlebte in irgendeine Form von Alltag zu integrieren, in ihren Kleinfamilien und Kitschhäusern zurückgelassen wurden?

Der Fisch im Arm des Jungen der Brunnenfigur auf dem kleinen Vorplatz vor Letteraus Elektrofachgeschäft, aus dem der Wasserstrahl wie flüssiges Licht hervorquillt, sieht aus wie ein Märchenfisch oder wie eine Figur aus einem der Zeichentrickfilme, über die ich mit Lotta gesprochen habe. Und der nackte Körper des Jungen sieht auch nicht wirklich aus, als wäre er einem realistischen Vorbild nachempfunden. Eher erinnert er an die nackten Kinder- oder Engelsfiguren auf den Bildern in den Kirchen und den Gemäldegalerien der zu Museen umfunktionierten Schlösser der Region.

Ich denke, dass Lotta am Anblick dieses nackten Jungen mit dem Phantasiefisch im Arm sicher kein Interesse gehabt hat, obwohl er natürlich sehr viel schöner proportioniert ist, als ich es damals war. Weil ihr Interesse der körperlichen Realität gegolten hat. Der Brunnenjunge und sein Fisch, denke ich, sind von der Bildhauerin oder dem Bildhauer nicht echten atmenden lebenden und sterbenden Körpern nachempfunden worden. Sie sind Abbilder von Ideen und Idealen, von einer Tradition der phantastischen Überformung und Überschreibung der Welt.

Nichts, denke ich, während ich die Straßenseite wechsle, über die ruhig in der Hitze flirrenden Fahrspuren auf die andere Seite und auf den Brunnen vor Letteraus Laden zugehe, was ich in diesem Ort jemals geschaut habe, war der Wirklichkeit nachempfunden. Alles war immer schon Nachstellung und Abbildung von Erfundenem, von phantastischen oder wahnhaften Vorstellungen. Selbst in den Tennismatches, denke ich in der Mitte der Straße, die ich vom Spielfeldrand aus verfolgt habe, waren es die völlig irrationalen Professionalitäts- und Erfolgsvorstellungen meines Vaters, denen ein realer Körper so lange nur geliehen wurde, bis der Belastungsbruch im Arm meines Bruders dieses Repräsentationstheater beendete.

Der erste Arbeitsauftrag, den ich von Herrn Letterau im Rahmen meines berufsorientierenden Praktikums erhielt, war, in einer Pappkiste aufgestapelte Fernbedienungen, die von den Bewohnern der Kleinstadt als kaputt abgegeben worden waren, auseinanderzubauen und mit Wattestäbchen und Brennspiritus von einem innen dick angekrusteten, schorfigen Film aus Haut, Popeln, Staub, Nikotin, Hundespeichel und Pfefferminzlikör, der sich zwischen den Tasten der Kontaktmatte und der Leiterplatte gebildet hatte, zu befreien. In selteneren Fällen war die Säure der Batterien ausgelaufen und hatte die Kupferspangen und das Plastik des Batteriefachs verätzt. Hier musste mit einem kleinen Schraubenzieher alles einmal abgekratzt und dann noch mal mit Wattestäbchen nachpoliert werden. Neue Batterien wurden in alle Fernbedienungen eingesetzt und zusätzlich zur Arbeitszeit in Rechnung gestellt, auch wenn nur die Verschmutzung und nicht die verminderte Batterieleistung der Grund dafür war, dass die Kunden ihre Geräte nicht mehr vom Sofa aus ansteuern konnten. Anfangs wurde mir noch übel von den schorfigen Krusten in den Fernbedienungen, bis ich mir vorstellte, dass ich, wie bei einer Obduktion, mit der rein fachlichen Sachlichkeit eines Chirurgen an die Sache herangehen würde: feststellen, was der Grund für den Kontaktinfarkt war, die Ursache beseitigen, alles wieder schließen, ablegen, vergessen, anstatt mir zu überlegen, wer auf welche Weise unappetitlich monatelang den eigenen Grind, das Fett und den Schlabber einer faulen, vernachlässigten Existenz zwischen die Tasten massiert hatte.

Eine andere Arbeit, die Herr Letterau für mich fand, bestand im Entwirren, ordentlichen Aufrollen und Aufhängen von mehrfach umständlich ineinanderverwickelten Kabelknäulen, die sich in Plastikklappkörben, wie sie in meiner Familie zum Einkaufen verwendet wurden, in einem muffig dunklen Kellerraum unter der Werkstatt angesammelt hatten. Ich stand und hockte mehrere Stunden in diesem Raum, der von einer nackten Glühbirne an der Decke beleuchtet war und an dessen Rändern Stapel und Haufen von Kartons und Verpackungsmaterial der im Verkaufsraum ausgestellten Geräte von staubgrauen Spinnwebteppichen überzogen waren. Über dieser vom Tageslicht abgeschiedenen Arbeit des Verfolgens und Herausfieselns einzelner Kabelstränge aus den verschiedenen Knäulen verlor ich jedes Gefühl für die Zeit. Die Entstehung der Ordnung aus dem Verhau, die ich unter meinen arbeitenden Händen beobachten konnte, beruhigte mich auf eine tiefe, ungekannte Weise.

Die separierten, sauber aufgerollten Bündel waren gerade erst im Begriff, den größeren Teil der gesamten Kabelmasse einzunehmen, als Herr Letterau in den Keller kam, um mich aufzufordern, für heute Schluss zu machen und nach Hause zu gehen, ich könne ja am nächsten Tag die Arbeit fortsetzen, sehr schön sehe das aus, genau so habe er es sich vorgestellt.

Worin ich mich im Rahmen meines Berufspraktikums vor allem eingeübt habe, denke ich, als ich am Brunnen ankomme, an ihm vorbeigehe, wobei das Plätschern des Wasserstrahls aus dem Maul des Fisches ins Becken eine andere Eindringlichkeit bekommt, fast wie eine Warnung kommt es mir vor oder wie das aufgebrachte Durcheinanderreden auf einem belebten Marktplatz, auf dem gerade etwas Schreckliches passiert ist, war das tägliche Gehen zur Arbeit. Ich war zuvor ja immer nur zur Schule gegangen. Nun aber ging ich jeden Morgen zu Fuß zu Herrn Letteraus Elektrofachgeschäft und trat am späten Nachmittag daraus hervor auf den kleinen

Vorplatz, wobei die Brunnenfigur des nackten Jungen mit dem Fisch im Arm von ihrer Rückseite, der wohlgeformte Arsch des Jungen, seine Schenkel, die Haarsträhnen aus Beton, die Schwanzflosse des Fisches, der immer gleiche erste Anblick war.

Für meinen Bruder ist der Weg zum Tennisverein, den er, ebenso wie die Fahrten zu den überregionalen Turnieren, immer mit meinem Vater im Auto zurückgelegt hat, bestimmt auch eine Art Arbeitsweg gewesen. Er lud seine klobige, gesponserte Tennistasche von Sergio Tacchini, in der all seine Schläger und Sportsachen und matchritualrelevanten Kleinigkeiten verstaut waren, mit dem immer selben freudlosen Ausdruck im Gesicht in den Kofferraum zu den Ballkörben und Schlägern und dem anderen Trainingszubehör meines Vaters, setzte sich auf den Beifahrersitz und wirkte, als wäre der Aufbruch zum Training oder zum Match die größtmögliche ihm zuzufügende Niederlage. Als könne er alle Gegner schlagen, die man ihm vorsetzte, aber aus der alltäglichen, unendlichen Wiederholung des unbarmherzigen Leistungszwangs niemals ausbrechen und also auch niemals wirklich als Sieger hervorgehen.

Wenn ich meinen Vater und meinen Bruder auf diesen Fahrten begleitete, war ich als Zuschauer in Freizeit dabei. Und wenn ich meine Mutter in der Übergrößenboutique besuchte, hatte ich eher das Gefühl, mich auf einem Spielplatz zu befinden, auch wenn meine Mutter in dieser Zeit am Arbeiten war oder es zumindest sein sollte.

Ich gehe am Brunnen vorbei und auf das Haus mit Letteraus Elektrofachgeschäft im Erdgeschoss zu und sehe, dass keine Fernseher, HiFi-Geräte oder Parabolspiegel in den Schaufenstern ausgestellt sind und auch das weiße Klebebanner mit den Symbolen der im Laden geführten Marken, das am unteren Rand der Fensterscheiben angebracht war, rückstandsfrei entfernt worden ist.

Anstelle der Geräte sehe ich hinter dem Glas der Schaufenster, das vor allem meine Gestalt auf dem Brunnenplatz und die hell strahlende Promenadenstraße reflektiert, verschiedene Dekoartikel: geflochtene, silbergrau lackierte Kugeln aus Weidenzweigen an kunstseidenen Bändern, buntgefärbte Filzblüten, einen offensichtlich absichtsvoll wie umgestoßen hindrapierten Jutesack, auf den ein Rainforest-Alliance-Frosch gedruckt ist und aus dessen aufgekrempelter Öffnung sich Kaffeebohnen über die Auslage verteilt haben. Wo vorher der klare, serifenlose *Electronic Partner* Schriftzug an der Fassade angebracht war, steht jetzt, in lieblich geschwungenen Buchstaben: *Karin's.*

Dass er heute eine ganz besondere Überraschung für mich habe, sagte Herr Letterau gleich zu Beginn des ersten Arbeitstages der zweiten Woche meines Berufspraktikums in seinem Elektrofachgeschäft. Hinter mir lag mein erstes Wochenende als Berufspraktikant, das ich damit verbracht hatte, mich wie ein erholungsbedürftiger Arbeitnehmer zu verhalten und in Nachahmung anderer Werktätiger, die ich beobachtet hatte, schon nach dem Aufstehen am Sonntagmorgen in eine melancholische Zerknirschung über den nahenden Montag zu verfallen und den fortschreitenden Schwund der Stunden zu kommentieren, die mich vom nächsten Gang an den Arbeitsplatz trennten, obwohl ich diesen Gang sehr viel angenehmer fand als den in die Schule, die mir jetzt, im Vergleich, noch absurder und sinnloser erschien als ohnehin.

Ich wollte nicht von Herrn Letterau überrascht werden. Ich war grundsätzlich kein Freund von Überraschungen, deren implizierte Erwartung an eine deutlich sichtbare freudige Reaktion mich vor allem überforderte. Ich überlegte sofort, ob es möglich sein würde, Herrn Letterau das zu sagen, bevor er aussprechen konnte, worum es sich bei der Überraschung handelte. Ob das ginge, dass ich sagte: bitte nein, oder ob ich im Rahmen meines Praktikums auch eine Verantwortung einzuüben hatte dafür, die Freude des Vorgesetzten am Überraschen des Angestellten zu gewährleisten.

Ich hatte früher schon an Geburtstagen und Heiligen Abenden unter erwartungsvollen Blicken vor eingepackten Geschenken gesessen und jede Ahnung davon verloren, wie das ging, der Ausdruck wahrnehmbarer Freude und Dankbarkeit. Ich hatte mich beim Auspacken in eine Sorge um die Gefühle der Schenkenden so weit hineingesteigert, dass es mir vollkommen unmöglich war, irgendeine lesbare Gemütsäußerung über die immer größer werdende Schwelle nach außen aus mir herauszubekommen. Und genauso paralysiert stand ich vor dem von seiner eigenen mir zu eröffnenden Überraschung in ein Strahlen versetzten Letterau, konnte nicht sagen, was ich wollte: überraschen Sie mich bitte nicht, und schaute auf die bequem aussehenden Lederschuhe des Fernsehtechnikermeisters in Erwartung des schlechten Gewissens, das mich gleich befallen würde, weil ich nicht angemessen begeistert reagieren konnte.

Eine Kundenstopper-Klappkreidetafel ist auf dem Gehweg vor der Eingangstür zum ehemaligen Elektrofachgeschäft aufgestellt. Jemand hat darauf mit weißer, grüner und rosafarbener Kreide die Umrisse einer Kaffeetasse, aus der drei gewellte Dampflinien aufsteigen, eines Kuchenstücks auf einem Teller und dazwischen, mehrmals dick mit allen Farben nachgefahren, in Großbuchstaben das Wort »*LECKER*« aufgemalt. Der in mir noch immer heftig wühlende Hunger erlaubt gar keine andere Entscheidung, als der impliziten Aufforderung zu folgen, etwas Leckeres bei *Karin's* zu erwerben und endlich zu essen, damit zumindest im Magen eine Befriedung Einzug halten möge.

Beim Eintreten fällt mir als Erstes auf, dass der Signalgeber abmontiert wurde. Es entsteht kein Geräusch durch das Öffnen der Tür, vielmehr wird durch ihr Zufallen in meinem Rücken das Plätschern des Brunnens weggeschluckt, und es bleibt nur noch ein beständiges Brummeln an der Schwelle des Wahrnehmbaren, das ich erst nach einigen Sekunden dem Kühlaggregat einer kleinen, auf der Theke des Cafés stehenden Kuchenvitrine zuordnen kann.

Anstelle des graublauen Teppichs im Verkaufsraum meiner Erinnerung ist der Fußboden mit glänzendem, Kirschholz nachempfundenem Laminat ausgelegt. Es stehen einige Cafétische im Raum, auf denen lieblicher Dekokitsch arrangiert ist, daran hochlehnige, mit schwarzem Kunstleder bezogene Stühle. An den Wänden befinden sich keine Regale und Fernseher mehr, sondern Bilder von Kaffeebohnen, Sonnenuntergängen, einer uralten, zahnlos lächelnden, wahrscheinlich südamerikanischen Bäuerin vor grünem Dickicht, die etwas in ihren hornigen Handflächen der Kamera präsentiert, das von weitem aussieht wie eine frisch entfernte, entzündete Gaumenmandel, und ungerahmte Leinwände, auf die Schriftzüge wie *Coffee Break* oder *Relax* oder *Cappuccino* aufgedruckt sind. Hinter der Theke, die aus unbehandelten Holzlatten gefertigt ist, deren Schnittkanten für eine rustikale Anmutung braun angemalt wurden, befinden sich keine Haken für Batterien, Lade- und Anschlusskabel mehr, sondern eine große, edelstahlglänzende Siebträgermaschine und eine Frau (»du bist Karin«, denke ich), die extrem nervös und gestresst wirkt, obwohl außer mir keine Kundschaft im Laden ist.

Ich wisse ja, sagte Letterau, dass er und mein Vater über den Tennisverein eine gute Verbindung hätten. Was ich aber wahrscheinlich nicht wisse, sei, dass auch geschäftlich, also beruflich, über das Kunde-und-Verkäufer-Verhältnis hinaus, eine Verbindung zwischen ihm und meinem Vater in dessen Funktion als Gefängniswärter bestehe. Das klinge jetzt geheimnisvoller, als es vielleicht sei, sagte Letterau. Jedenfalls gebe es auch für einen Fernsehtechnikermeister und auch, hier machte er eine präsentierende Bewegung in meine Richtung, für einen Praktikanten des Fernsehtechnikerhandwerks, immer wieder einmal im Gefängnis etwas zu tun.

Ich hatte meinen Vater nie bei seiner Arbeit im Gefängnis besucht, wie ich meine Mutter bei der Arbeit in der Übergrößenboutique besuchte. Es war nie auch nur die Frage aufgekommen, ob das möglich wäre. Es war klar, dass er an einem mehrfach gesicherten, potenziell gefährlichen Ort arbeitete, von dem er zu Hause nie berichtete, eine Arbeit, auf die er darüber hinaus auch nicht stolz war, wie er sicherlich früher auf seine Ausbildertätigkeit in der Bundeswehr stolz gewesen ist oder auf die sichtbaren Fortschritte, die mein Bruder beim Tennis unter seiner Weisung machte. Meine Vorstellung von Gefängnissen entstammte ausschließlich den Filmen, die ich zu Hause schaute. Und da ich viele davon mit meinem Vater geschaut hatte und er die Darstellungen des Alltags in den Vollzugsanstalten nicht kommentierte, nicht als unrealistisch kritisierte, ging ich davon aus, dass es sich um eine adäquate Darstellung handelte.

Ich stellte mir die muskulösen Männer mit schlecht gestochenen Tattoos und freiem Oberkörper aus *Das*

Gesetz der Gewalt vor, die Bandanas um ihre Glatzen gebunden hatten und in einem schattenlosen Innenhof Gewichte stemmten. Und kleine Rasierspiegel, die mit Kaugummi an Zahnbürsten geklebt wurden und so zwischen die Gitterstäbe der Zelle nach draußen gehalten werden konnten, um zu sehen, was auf dem Zellengang vor sich ging und wo sich die Wärter befanden.

Herr Letterau sagte, mein Vater wisse Bescheid, dass ich heute in meiner Eigenschaft als elektrotechnischer Praktikant zu ihm geschickt würde. Meine Aufgabe sei einfach, aber nicht ohne Bedeutung für die Gewährleistung der Sicherheit im Vollzug. Ich habe zu überprüfen, ob alles, was sich im Innern der Fernseh- oder Radiogeräte befinde, die die Insassen von außen her geschenkt oder geliefert bekämen, auch tatsächlich dort hineingehöre. Er habe Vertrauen darin, dass mein Blick ausreichend geschult sei. Es gehe ja vor allem um Waffen oder Drogen, die sich sehr deutlich auch für das Laienauge von elektrotechnischen Bauteilen unterschieden.

Mein Vater hatte sich zu Hause nichts anmerken lassen, den Umstand nicht kommentiert, dass es offensichtlich eine Absprache mit dem *Electronic Partner* Letterau gegeben hatte. Ich erhielt einige Münzen aus der Kasse am Verkaufstresen des Elektrofachgeschäfts, um damit den Bus zu bezahlen, mit dem ich an den Stadtrand zur Justizvollzugsanstalt fahren sollte. Ich sollte mir außerdem einen der grauen Kittel mit dem eingestickten *E.P.-Letterau*-Logo von der Garderobe nehmen und dort tragen und nicht vergessen, ein paar Schraubenzieher mitzunehmen, das Gefängnis sei werkzeugtechnisch nur schlecht ausgestattet.

Karins erster Blick in meine Richtung wandert von der Brust runter bis zu dem Loch, das der Zaun zwischen dem *Videotime*-Parkplatz und der Hochhaussiedlung in mein Hemd gerissen hat. Ich lege eine Hand auf das Loch, und sofort springt Karins Blick nach oben und schaut mir ins Gesicht. Ich sage der Frau hinter der Theke, dass ich Hunger habe, und komme mir dabei seltsam roboterhaft und unmenschlich vor, als wäre ich einer der heißgelaufenen *Universal Soldier*, der nur in registrierenden Hauptsätzen spricht und keine sozialen Codes kennt, weil er zum Töten gedacht ist.

Und Karin antwortet mir, dass sie alleine sei. Sie spricht sehr stark den Dialekt der Region, der mir unter die Haut geht und dort zunächst das Missverständnis auslöst, sie meine das existenziell, bevor ich begreife, dass sie mir sagen will, dass außer ihr niemand im Café und also auch niemand in der Küche arbeitet, die ich dort vermute, wo sich früher Letteraus Werkstatt befunden hat. Es gebe gerade nur Kuchen. Die Auswahl in der Vitrine auf der Theke ist erschütternd: Raffaellotorte, Maulwurfkuchen, Schwarzwälder Kirsch, Bienenstich und Biskuitrolle mit pinkfarbener Erdbeersahne.

Ich bestelle je ein Stück Rolle, Bienenstich und Maulwurf, kann alles auf einen Teller, sage ich, und eine große Tasse schwarzen Kaffee, gern noch ein Leitungswasser dazu. Karin schreibt meine Bestellung auf einen Zettel, wobei mir auffällt, dass sie Linkshänderin ist und die Schreibhand so sehr nach innen krümmt, dass ihr Ellbogen in meine Richtung zeigt. Sie scheint außerdem jedes Wort meiner Bestellung ganz auszuschreiben, obwohl die Kuchen, wie ein kleines Schiefertäfelchen vor der Vitrine anzeigt, alle dasselbe kosten.

Mein Vater hat meinen Bruder immer vor linkshändigen Spielern gewarnt, die besonders schwer auszurechnen seien und etwas grundsätzlich Hinterhältiges an sich hätten. Er sagte, dass es nicht umsonst heiße, Schlawiner und andere Zwielichtige seien *link*, das komme daher, dass Linkshänder ihre geschickte Hand meistens frei hätten, zum Beispiel bei der Begrüßung, wenn man sich die Hände schüttelte. Er forderte meinen Bruder auf, ihm die Hand zu geben, als würden sie sich gerade erst einander vorstellen. Und dann stoßen sie dir, sagte er, wenn du es am wenigsten erwartest, das Messer rein – und rammte meinem Bruder seine zur Klinge geformten Zeige- und Mittelfinger der linken Hand so unter den rechten Rippenbogen, dass er zusammenfuhr und aufjauchzte.

Meine Wahrnehmung der wenigen Linkshänder, die ich in der Schule beobachtet hatte, war eher, dass sie sich, wie Karin an der Theke vor mir, umständlich verkrümmen mussten, um beim Schreiben nicht die Tinte mit dem Handballen zu verwischen, ihre eigenen Bastelscheren brauchten und nicht so recht mitgedacht wurden, wenn etwas Ergonomisches entwickelt wurde. Als Lotta mir erzählte, dass links und rechts auch im politischen Sinn einen gewichtigen Unterschied machte, dachte ich sowohl an die Warnungen meines Vaters als auch an die umständlich schreibenden Mitschüler. Ich nahm an, dass die Mehrheiten und das Misstrauen auch in diesem politischen Sinn links und rechts über die Menschen verteilt waren, wie das Geschick über ihre Hände.

Etwa eine Minute zu Fuß von Letteraus Elektrofachgeschäft entfernt, in der der Parkanlage, der Cantina und dem Tennisverein entgegengesetzten Richtung die Promenadenstraße hinunter, befand sich eine Bushaltestelle der Linie, die mich an den Stadtrand zur Justizvollzugsanstalt bringen würde.

Ich trat in einem der grauen Kittel, der am Kragen, an den Ärmelöffnungen und den Seitentaschen etwas speckig war, aus dem Laden auf den Vorplatz mit dem Brunnen, bog auf der Promenadenstraße links ab und stand in kürzester Zeit vor dem gläsernen Wartehäuschen mit dem Haltestellenschild davor, an dessen Pfahl ein gerahmter Fahrplan hinter einer transparenten, ewig von innen beschlagenen Plastikfolie hing. Wenn man die Folie mit dem Finger gegen das gewellte Papier des Fahrplans drückte, ließ sich ein kleiner Radius der Lesbarkeit erzeugen. Laut Plan hatte gerade erst ein Bus die Haltestelle bedient. Die Linie, die an den Stadtrand zur JVA führte, verkehrte im 45-Minuten-Takt.

Ich stand eine Weile unschlüssig im Schatten des Dachs des Wartehäuschens und schaute mir die Tags, Zeichnungen und Botschaften an, die in das Glas der Seitenwände geritzt worden waren. Der Lichteinfall von hinter dem Häuschen bewirkte, dass einem die Kratzer im Glas besonders prominent entgegenstrahlten, wenn man wartend unter dem Dach stand. Aus einem stilisierten Penis mit zwei U-förmigen Hoden sprühte eine übertriebene Menge Kratzerpisse über einen besonders hässlichen Tag.

Ich beschloss, zumindest bis zur nächsten Haltestelle zu Fuß zu gehen und dort auf den Bus zu warten.

Die Preisgelder, die mein Bruder auf überregionalen Turnieren gewann, waren in seiner Altersstufe noch so gering, dass sie von den Kosten für Trainingsmaterial, für Benzin und Unterkünfte an den Spielstätten vollständig aufgebraucht wurden. Sie wurden von meinem Vater treuhänderisch verwaltet. Mein Bruder musste sich nie überlegen, was er mit dem Geld, das er spielend verdiente, dem Lohn für seine Arbeit auf dem Platz, anstellen wollte. Er wurde aber bei den Siegerehrungen, Pokal- und Schecküberreichungen immer wieder von Veranstaltern oder Sponsorenvertretern danach gefragt, in einer gönnerhaften, aber dabei auch leicht beunruhigten Neugier, die wohl gern durch die Antwort einen Nachweis dafür erbracht bekommen wollte, dass am Ende doch ein menschliches Wesen, ein unreifer Teenager in diesem beängstigend perfekt und kompromisslos aufspielenden kindlichen Tennissoldaten vorhanden war.

Während ich mich in Letteraus grauem *Electronic Partner* Kittel mit einem Arbeitsauftrag auf dem Weg zur nächsten Bushaltestelle befand, meinem selbst in seinem Brotberuf arbeitenden Vater dabei räumlich langsam immer näherkam, saß mein Bruder verletzt zu Hause in einem abgedunkelten Zimmer, verbrachte die schulfreie Zeit am Computer und spielte Spiele, die fast ausschließlich militärische Inhalte hatten. Entweder ging es darum, strategisch klug Truppenverbände einzuteilen, Basislager zu errichten, Kraftwerke, Bahnhöfe, Brücken gegen feindliche Angriffe und Übernahmen abzusichern, Offensiven und Hinterhalte vorzubereiten und bislang unbekanntes Territorium mit Panzerdivisionen auszukundschaften, oder um das buchstäbliche Handwerk des Tötens der Feinde aus persönlicher Perspektive, mit automatischen Pistolen, Maschinengewehren, Macheten, Handgranaten und Flammenwerfern.

In gewisser Weise ist mein Bruder, dachte ich, glaube ich, auf dem Weg zwischen den Bushaltestellen, von einem Training ins nächste übergegangen. Vielleicht sogar von ihm selbst unbemerkt. Und wurde durch das Spiel auf dem virtuellen Kampfplatz, der Aneignung von strategischer Kriegsführung mitsamt dem dazugehörigen Spezialwissen über Waffensysteme der Vergangenheit, Gegenwart und Zukunft, ein gutes Stück weit auf seine spätere Bundeswehrkarriere vorbereitet.

Die zu dieser Zeit omnipräsente Warnung vor gesteigerter Gewaltbereitschaft und der Gefahr realweltlicher Nachahmung der Kampfhandlungen aus den Spielen und Filmen war im Fall meines Bruders durch das vorgelebte väterliche Beispiel eher in eine Einladung verkehrt: Es gab die ehrenvolle Institution der Armee, in der als tugendhaft gelten konnte, was im zivilen Leben gefährlicher Fetisch war.

Kam also wirklich ich, unterwegs in meinem Arbeitsauftrag, unserem Vater näher als bisher und holte damit ein wenig von dem massiven Vorsprung auf, den mein Bruder vor mir hatte, frage ich mich jetzt, in *Karin's* Café, wo der Kaffee noch zu heiß zum Trinken ist und wo ich das kleine, dickwandige Glas Leitungswasser in einem Zug ausgetrunken habe, wobei mir schlechte Bilder dafür durch den Kopf gingen, was diese Wassermenge im Vergleich zu meinem unheimlichen Durst, zur rauen Trockenheit meiner Kehle war (ein Hineinspucken in einen Waldbrand, ein Eiswürfel in einem Lavastrom, ein gekipptes Fenster während einer Kernschmelze im Atomkraftwerk), oder machte er vor dem Computer genau dort weiter, wo er beim Tennistraining verletzt hatte aufhören müssen, war auch beim Spielen auf den Schlachtfeldern für ihn kein Herauskommen aus dem Bannkreis der väterlichen Vorstellungen.

Die süßen Kuchen werden beim Kauen im Mund zu einer klebrigen Masse, neutralisieren den wenigen Speichel, den ich in meinem vertrockneten Zustand produzieren kann, der Zucker brennt fast auf der Zunge in übertriebener Intensität, ein rauer Film legt sich über meine Zähne, hoffentlich, denke ich, werden diese Bissen wenigstens den Magen füllen, verschließen, beruhigen, wobei kurze, schmerzhafte Spasmen aus der Bauchregion bereits ankündigen, dass es keine gute

Idee gewesen sein wird, all das Süße auf einen so verzweifelt leeren Magen zu essen. Die Haut in meinem Gesicht spannt und brennt, als hätte mir jemand eine glühende Totenmaske aufgesetzt.

Mein Bruder hätte, so hat er es mir später enthüllt, rein körperlich, vom Heilungsprozess seines Arms her, viel eher schon auf den Platz zurückkehren können, als er es unserem Vater eingestanden hat. Er habe dem Vater gegenüber behauptet, dass er noch etwas Ungewöhnliches im Arm spüre, eine Art vorauswarnendes Gefühl, wie er es auch vor dem Belastungsbruch gehabt habe, was damals vom Vater als Übersäuerung abgetan worden sei und den Bruch vielleicht hätte verhindern helfen können, wenn es rechtzeitig als Zeichen erkannt worden wäre und man Maßnahmen zur Schonung eingeleitet hätte. Es schien ihm eine gute Taktik, sich auf dieses ungewöhnliche Gefühl zu berufen, da es unseren Vater auf einen strategischen Trainerfehler verwies, den er sicherlich nicht noch ein zweites Mal begehen wollte.

Mein Bruder sagte zu mir, dass er damals nicht gelogen habe, wenngleich sich das vorauswarnende Gefühl nicht unbedingt im ausgeheilten Arm befunden hätte, sondern vielmehr irgendwo zwischen der Brust und dem Gehirn, im Herz oder in der Seele. Er hat wohl gespürt, dass er noch einer anderen Art Belastung ausgesetzt war, die ihn schwächte und unter der langfristig mehr zerbrechen konnte als nur ein Knochen im Arm. Und er hat das so nicht selbst gesagt, aber ich vermute, dass es sich bei diesem Gefühl um etwas Dunkles gehandelt hat, das der väterlichen Härte und boshaften Umnachtung auf beängstigende Weise ähnlich gewesen ist. Eine dämonische Kraft, die ihn auch unter Schmerzen hart und erbarmungslos durchschwingen ließ, sich aber vor allem an seiner Wut und Frustration nährte und langsam aber sehr bestimmt jede Freude aus dem Spiel verdrängte.

Ich schaue über meine Kuchenreste auf dem Tisch in *Karin's* Café hinweg in Richtung Tür. Karin ist seufzend im ehemaligen Werkstattraum verschwunden, und es ist wieder nichts weiter zu hören als das Brummeln der Kuchenvitrine. Ich weiß nicht, ob mir lieber wäre, wenn Musik liefe. Es wäre ja sehr wahrscheinlich Radiomusik oder eine Playlist, die der Innenausstattung entsprechen würde.

Ich denke, dass es eine Jukebox geben sollte, und bemerke, dass dieser Gedanke schon aus einer etwas unpassenden Assoziation herkommt, einer Erinnerung, die mit der Verletzung meines Bruders, meinem Arbeitsauftrag im Gefängnis als elektrotechnischer Praktikant und dem Bild, das ich mir damals auf Grundlage der Filme von Gefängnissen gemacht hatte, zusammenhängt.

In meinem Kopf senkt sich der Tonarm einer Jukebox in einem Diner in der Wüste New Mexicos auf die Single *The Way I Walk* von Jack Scott. Mallory Knox, die den Song ausgewählt hat, beginnt, dazu zu tanzen. Sie wird sogleich auf eine sehr unappetitliche Weise angetanzt von einem schnauzbärtigen Ortsansässigen, der ihre Bewegungen als Einladung und Aufforderung versteht, sich ihr zu nähern, sich in den Schritt zu fassen und mit der Zunge die Öffnung seiner Bierflasche entlangzufahren, wobei er immer wieder über die Schulter zu seinen Freunden schaut, die in einem der Separees am Tisch sitzen und dreckig lachen und ihn anfeuern, bis Mallory Knox und ihr Mann Mickey, der bis dahin ruhig am Tresen gesessen und einen glibberigen grünen Pudding gegessen hat, in der Eröffnungssequenz von *Natural Born Killers* in einen Tötungsrausch verfallen und alle Gäste und Angestellten des Diner ermorden, bis auf einen einzelnen Zeugen, der von ihrer Tat berichten soll.

Dass *Natural Born Killers*, der im Vorjahr in die Kinos gekommen war und sofort kontroverse Debatten über seine exzessive Gewaltdarstellung ausgelöst hatte (die BILD-Zeitung, die mein Vater täglich las und die danach auf dem Esstisch liegen blieb, wo auch ich sie durchblättern konnte, hatte getitelt: »*2 Stunden nur perverse Morde – Ein Film schockt Deutschland*« und »*Metzger Mickey liebt Freundin Mallory. Danach wird getötet – Eltern, Tankwart, Bedienung, Polizisten, einfach alle*«), nun auch auf VHS verfügbar sein würde, seinen Weg in den Erwachsenenbereich der *Videotime*-Verleihvideothek und damit in den Radius der Erreichbarkeit gefunden hatte, wurde mir durch das auch in der Familienabteilung aufgehängte Filmplakat angezeigt, auf dem Woody Harrelson mit rasiertem Kopf und runder Sonnenbrille abgebildet war, in deren blutroten Gläsern sich eine diabolisch aussehende Juliette Lewis spiegelte. Die Coolness des abgebildeten Harrison übte eine irrsinnige Anziehungskraft auf mich aus. Auf seiner Brust war unterhalb des Schriftzugs des Titels außerdem eine Tätowierung von zwei zu einem Symbol verschlungenen Schlangen zu sehen, die mich sofort an das Auryn aus der *Unendlichen Geschichte* erinnerte, das Amulett der kindlichen Kaiserin, auf dessen Rückseite die Aufforderung »Tu, was du willst« eingraviert ist.

Ich lief nach der nächsten auch noch zur übernächsten Haltestelle des Busses, der mich an den Stadtrand bringen sollte. Waren die ersten beiden Haltestellen noch relativ eng beieinander und verlief die Linie auf einfach nachvollziehbare Weise entlang einer Hauptverkehrsstraße, war die Distanz zum nächsten Halt unverhältnismäßig lang und folgte nicht mehr dem Straßenverlauf, so dass ich in Sorge geriet, dass ich es nicht rechtzeitig zur Ankunft des Busses schaffen könnte, davon in einen gehetzten Schritt verfiel, nur um dann an der Haltestelle doch noch eine knappe Viertelstunde warten zu müssen. Ich benutzte sonst nie den Bus, und ich fragte mich, ob sich die Leute, die regelmäßig auf ihn angewiesen waren, ebenso seltsam, unpassend und aus dem Takt gefallen fühlen mussten wie ich, ob das sozusagen integraler Bestandteil des öffentlichen Nahverkehrs war.

Mein Bruder und ich beknieten gemeinsam unseren Vater, *Natural Born Killers* aus der Erwachsenenvideothek für uns auszuleihen, obwohl die entsprechend aufgeheizte Presse schon seit Monaten davor warnte, dass der darin zur Darstellung gebrachte Gewaltexzess gerade minderjährige Zuschauer zu Nachahmungstaten animierte.

Unser Vater sagte, dass er mal schauen werde, ob der Film verfügbar sei, dass wir aber aufhören müssten, ihm auf die Nerven zu gehen und ständig nachzufragen, sonst werde er ihn niemals ausleihen. Und ganz bestimmt werde er ihn vor uns anschauen und entscheiden, ob wir ihn sehen dürften oder nicht. Wir waren also gezwungen zu warten, bis er sich bei uns meldete mit einem positiven oder negativen Bescheid.

Tatsächlich erwähnte er den Film nie wieder und wenn er ihn jemals ausgeliehen hat, dann hat er ihn sicher nicht überspielt. Jedenfalls bekam er nie eine Nummer und eine Spalte in dem Ordner, der all seine gesammelten Filme enthielt, und tauchte auch nie im uns verbotenen Bereich auf, was eine ganz besondere, höchst seltene Ablehnung bedeuten musste. Schließlich überspielte er sonst auch Filme, die ihm nicht gefallen hatten, allein aus dem Anspruch an Umfang und Vollständigkeit seiner privaten Videothek.

Die Eingangstür zu *Karin's* Café öffnet sich ohne akustisches Signal, und von draußen kommt mit dem Geräusch des plätschernden Brunnens eine Frau in den Gastraum, der früher die Bühne für Letteraus Verkaufsgespräche gewesen ist, die trotz der Hitze eine Daunenweste über einer gerüschten Bluse trägt und einen langen roten Wollrock und die ihre tiefschwarzen Haare streng nach hinten gebunden hat und an der Hand einen schmollenden Jungen hinter sich herzieht, der noch einen Moment den Griff der Eingangstür festzuhalten versucht, ihn aber nicht gut genug zu fassen bekommt, bevor er von einer kräftigen Armbewegung der Frau ins Innere des Cafés hineingerissen wird.

Ich habe *Natural Born Killers* schließlich zum ersten Mal mit Ozan bei mir zu Hause gesehen. Zum ersten Mal hatte er, hatte überhaupt jemand einen Film zum Schauen zu mir mitgebracht. Es handelte sich um eine überspielte Kassette unbekannter Herkunft (jemand hatte mit hellblauem Kugelschreiber auf das weiße Klebeetikett mit dem *BASF*-Logo den Titel und die Spieldauer in einer Handschrift geschrieben, die erwachsen und sehr gleichmäßig und nüchtern protokollarisch aussah). Ozan wollte mir nicht verraten, wer ihm den Film besorgt hatte, hatte ihn aber offensichtlich selbst schon mehrfach angeschaut und tat so, als sei das absolut selbstverständlich, dass man ihn kannte und gesehen hatte, und als wäre es nicht nachvollziehbar, dass ausgerechnet ich bislang versäumt hatte, mir eine Kopie zu besorgen. Als bräuchte man doch nur die richtigen Verbindungen in eine radikale, gesetzlose Parallelwelt, die cool und brutal und eigensinnig war und in der sich Figuren wie Mickey und Mallory Knox und Ozan Kovačevski ganz selbstverständlich bewegten und sich gegenseitig die neuesten Filme überspielten, was mich kränkte, weil es den einzigen Bereich berührte, in dem ich mich kompetent und überlegen hatte fühlen können.

Der Junge an der Hand der Frau ist unverständlich quengelnd mit sich selbst beschäftigt, und die Frau schaut nicht in den Gastraum, zu den Tischen in meine Richtung, sondern nur auf den Durchgang hinter der Theke, als wisse sie genau darüber Bescheid, dass sich dort keine Werkstatt mehr befindet und die Cafébetreiberin gerade darin verschwunden ist.

In meinem Kopf spult sich noch einmal Karins Aussage ab, dass sie allein sei und es gerade nur Kuchen gebe, aber ich denke auch, dass es nicht an mir ist, die Frau mit dem Jungen an der Hand darüber aufzuklären.

Ich war zu gleichen Teilen verstört und begeistert, als ich zum ersten Mal *Natural Born Killers* mit Ozan geschaut habe. Nach einer halben Stunde etwa konnte ich auch die Tatsache akzeptieren, dass Ozan im Bescheidwissermodus immer wieder besonders brutale Szenen ankündigte, bevor sie passierten. Tatsächlich passte dieser Metakommentar gut zu der im Film dargestellten medialen Faszination. Zu dem Hype, den das vordergründig sinnfreie und wahllose Töten des Serienmörderpärchens, vom Film-Fernsehen heuchlerisch und scheinheilig als moralisch verwerflicher Zivilisationsbruch, gleichzeitig aber auch als erotisierte

Befreiung von den Fesseln und fatale Liebesgeschichte inszeniert, in der Film-Bevölkerung auslöste.

Immer wieder musste ich beim Schauen an das Ehepaar aus *Hinter dem Horizont* denken, an das Totenreich, wie es dort dargestellt war, die traurige Hölle der Selbstmörderin und das vermeintlich gute und sehr bunte Ende, das das Sterben für die Kleinfamilie doch noch bedeutet. Ich stellte mir vor, dass all die Niedergeschossenen, Aufgeschlitzten und Erschlagenen aus *Natural Born Killers* in diese bunte Nachtodwelt einziehen würden, und dachte, dass sie, wenn man die Botschaft von *Hinter dem Horizont* ernst nahm, dort dann wieder auf die einander liebenden Mickey und Mallory treffen könnten, wenn die es schafften, beieinanderzubleiben und sich nicht im Verlauf ihrer mörderischen Orgie selbst umzubringen, sondern zum Beispiel bei einem Verkehrsunfall ums Leben zu kommen.

Ein babyblauer Bus der kleinstädtischen Verkehrsbetriebe tauchte schließlich am Ende der Straße auf. Der Busfahrer beschleunigte auf dem kurzen Stück bis zum Haltestellenhäuschen, in dem ich wartete, auf eine Geschwindigkeit, die mich vermuten ließ, dass hier sonst nie jemand zustieg und man also getrost vorbeiheizen und dabei ein bisschen verlorene Zeit gutmachen konnte. Ich trat einen Schritt aus dem Häuschen heraus an den Rand des Bürgersteigs, um auch wirklich ganz sicher gesehen zu werden. Der Bus wurde mit einer scharfen Bremsung nah an der Bordsteinkante zum Stehen gebracht, schaukelte nach und zischte hydraulisch, die Türen öffneten sich, ich stieg ein, gab einem komplett wortlos diese Transaktion abwickelnden Fahrer das Kleingeld, das ich von Letterau bekommen hatte, und bekam dafür einen kleinen blauen Einzelfahrschein von einer vorperforierten Rolle abgerissen, die in einem Täschchen steckte, das der Fahrer um den Bauch trug. In einer der hinteren Reihen saß eine alte Frau mit sehr dicken Brillengläsern, die aus dem Fenster schaute. Der Fahrer fuhr so ruckartig wieder an, dass ich in den nächsten Zweiersitz mit den Händen voran hineinstolperte und einen Moment dort eher lag als saß, als würde ich mich vor Schüssen in Deckung bringen, die von außen auf den Bus abgegeben wurden.

Ich beobachte das Gesicht der Frau mit dem Jungen an der Hand, als Karin wieder aus der Küche hervorkommt. Der neutrale, wartende, vielleicht latent genervte Gesichtsausdruck, mit dem sie hereingekommen ist und seither das Quengeln des Jungen ignoriert hat, verzieht sich zu einer leidenden Miene, von der ich gleich finde, dass sie etwas Maskenhaftes hat. Karin kommt ihrerseits mit gefurchter Stirn und zusammengezogenen Brauen aus der Küche, mit einem Blick, wie ihn die Blenden an den Scheinwerfern der getunten Kleinwagen der Stadtrandproleten auf dem Parkplatz der *Videotime* simulieren sollten. Die Frau streckt außerdem ihre freie Hand, die nicht die Hand des Jungen hält, wie ein Schälchen geformt der Cafébesitzerin entgegen, sehr ähnlich, denke ich, wie die uralte südamerikanische Bäuerin auf dem Bild an der Wand ihre Hände und, was auch immer darin liegt, der Kamera präsentiert. Ich sehe, dass die Frau ihre geöffnete Hand abwechselnd Karin entgegenstreckt und dann, indem sie den Unterarm zum Bauch führt, mit derselben Schälchenform auf den Jungen zeigt. Ihre Lippen bewegen sich, aber es kommt kein vernehmbarer Ton aus ihrem Mund.

Ich höre Karin in sehr hoher Geschwindigkeit die Worte »Na, mia hams dia etzt scho so oft gsagt, mia woinn des ned« sagen und sehe, wie sie ihrerseits eine Handbewegung macht, die mit dem hingehaltenen Schälchen der Frau auf der anderen Seite der Theke von meinem Platz aus merkwürdig korrespondiert, wie eine Choreographie. Karin führt ihre Hand mit dem Rücken zuerst nach vorne und streckt sie dann aus, wobei die Handfläche nach unten und die Finger zur Tür zeigen. Sie wiederholt diese Bewegung, die so aussieht, als würde sie Wespen von einem Kuchen verscheuchen wollen, mehrmals, während die zum Schälchen geformte Hand der anderen Frau mit jeder Wiederholung ein bisschen weiter nach unten sinkt, bis sie auf ihrem Oberschenkel ankommt und sich dort entspannt. Gleichzeitig bekommt der klagende Ausdruck im Gesicht der Frau etwas Nachdenkliches, weniger Maskenhaftes.

Ich muss plötzlich wieder an das schmerzverzerrte Gesicht des glatzköpfigen Jungen aus meinem Traum im Folterkeller von Bret Harts Vater Stu denken, das sich in der Spiegelung im Seitenfenster des Autos auf dem Parkplatz der Hochhaussiedlung über mein eigenes gelegt und mich so erschreckt hat.

Und dann denke ich, während ich sehe, wie sich die Frau mit dem Jungen an der Hand umdreht und mit einer weiteren kräftigen Armbewegung die Eingangstür so aufreißt, dass sie weit genug in den Raum schwingt, um durchgehen und den Jungen hinter sich herziehen zu können, was in Karins Gesicht aber keinen erleichterten Ausdruck bewirkt, sondern eher eine traurige Zerknirschung hinterlässt, ohne dass ich sagen könnte, woher er kommt oder was genau das bedeuten soll, den Satz: *Doch dann befiel mich eine Angst.*

Jede der Hauptfiguren in *Natural Born Killers* wird im Verlauf des Films in kurz für Sekundenbruchteile zwischen den Szenen der Handlung aufflackernden, nur am Rand des Bewusstseins wahrnehmbaren Bildern als blutüberströmte, diabolische Version ihrer selbst gezeigt. Nicht nur Mickey und Mallory, sondern auch der Polizist, der sie jagt, der Direktor des Gefängnisses, in das sie gesperrt werden, nachdem man sie gefasst hat, der Fernsehreporter, der ein Feature mit exklusiven Interviews über die beiden macht, sind, so wird es zumindest von diesen kurzen Flashes suggeriert, von einer todeshungrigen, dämonischen Macht eingenommen. Die Rollen, die die Figuren in der Gesellschaft spielen, sind verschieden, aber das Böse, scheint der Film sagen zu wollen, wohnt in allen Menschen, die am Ende nur Produkte einer gewaltgeilen, hyperbrutal sexualisierten Scheinwirklichkeit des Fernsehens und der Filme sind. Alle, dachte ich, als ich den Film zum ersten Mal mit Ozan bei mir zu Hause geschaut habe, erinnere ich mich, als ich in *Karin's* Café sitze und die Betreiberin beobachte, wie sie der Frau mit dem Jungen nachschaut, sind besessen.

Vielleicht lag es auch an der Darstellung der Vollzugsbeamten, deren Tölpelhaftigkeit und leichtgängige Überwältigung beim finalen Riot im Gefängnis und dem erfolgreichen Ausbruch von Mickey und Mallory meinen Vater sicher sehr geärgert hat, dass er den Film nicht überspielen und seinen Söhnen zugänglich machen wollte.

Mickey und Mallory Knox werden nach ihrer Verhaftung getrennt voneinander in Einzelzellen gesperrt. Das Gefängnis ist gefährlich überbelegt, der Direktor selbst bezeichnet es als eine Zeitbombe, und als der Polizist Jack Scagnetti, der die beiden wochenlang gejagt hat, bis sie schließlich festgenommen werden konnten, ein Jahr nach ihrer Inhaftierung den Zellenblock der Mörder und Gewaltverbrecher besucht, wird er mit den Worten »Willkommen in der Hölle« begrüßt.

Der Gefängnisdirektor unterbreitet dem Polizisten den Vorschlag, Mickey und Mallory Knox bei ihrer Überführung in eine psychiatrische Spezialklinik, wo sie einer Lobotomie unterzogen werden sollen, bewachend zu begleiten und dabei zu erschießen, indem er einen Fluchtversuch der beiden inszeniert, um sie ganz sicher, ohne Restrisiko, final aus dem Verkehr zu ziehen. Vor dieser Überführung hat der Direktor, aus Geltungsdrang und weil ihm ebenfalls Sendezeit im Feature versprochen wurde, was ich selbst ein bisschen unglaubwürdig fand, als ich den Film mit Ozan geschaut habe, dem Fernsehteam des reißerischen Truecrime-Formats *American Maniacs* Zugang zu Mickey Knox für ein exklusives Liveinterview genehmigt, das nach der Übertragung des Super Bowl landesweit auf Sendung gehen soll.

Der Bus fuhr an langen Reihen still und irgendwie unbewohnt wirkender Mehrparteienmietskasernen aus den 50er Jahren vorüber, von derselben Art wie die, in der sich inzwischen die Wohnung meines Vaters befindet. In den Lücken zwischen den Häuserblocks sah ich verwaiste Spielplätze und gepflegte Grünanlagen mit Parkbänken, öffentliche Aufenthaltsräume zwischen den Wohneinheiten, die niemand nutzte, die als ständiges Angebot instand gehalten wurden und dadurch nur noch mehr die Präferenz der Bewohnerinnen und Bewohner der Siedlung herausstellten, sich in ihre Wohnungen zurückzuziehen und ihre Ruhe von den anderen zu haben. Von diesen Freianlagen abgesehen schien es keine sozialen Orte der Zusammenkunft zu geben, keine Kneipen oder Restaurants oder Vereinsheime, Stadtteilbibliotheken, Schulen oder Kindergärten. Vielleicht bot dieser Bus, in dem ich saß und der durch die Siedlung hindurchfuhr, so dachte ich, glaube ich, als mobiler Raum der Öffentlichkeit das größte Ausmaß menschlicher Interaktion, das hier zu haben war.

Die nächste Station des Busses war ein weiteres Wartehäuschen mit zerkratzten Glaswänden am Rand des weitläufigen Parkplatzes eines neu gebauten Gewerbeparks, in einer Gegend, in der die Kleinstadt bereits überging in Felder und Wiesen und Forstgebiete. Man schaute von der erhöhten Position im Bus über verschiedenfarbige Autodächer, die in der Sonne glänzten, weiß auf dem frischen schwarzen Asphalt leuchtende Stellplatzmarkierungen, junge Bäumchen zwischen den Parkplatzreihen und bogenförmig mit gerilltem Plastik überdachte Sammelstellen für Einkaufswagen. Die Hauptstraße des Gewerbepark-Parkplatzes führte an einer SB-Tankstelle vorbei und auf ein Ensemble aus fensterlosen, bunkerartigen Markthallen zu. Auf einem schmalen Rasenstreifen am Straßenrand standen hohe Masten aufgereiht, an denen schlaff und unkenntlich die Fahnen mit den Logos der verschiedenen Gewerbe hingen, die in den Hallen untergebracht waren.

Der Fahrer stoppte den Bus an dieser Haltestelle und öffnete die Türen, weil offensichtlich Fahrgäste in dem Häuschen gewartet hatten, die von meinem Platz aus nicht zu sehen gewesen waren. Eine etwas kurzbeinige, übergewichtige Frau in einem buntgemusterten Sommerkleid und mit einem angestrengten Ausdruck im

Gesicht stieg durch die geöffnete Tür in den Bus ein. Sie hatte nackenlange, zu Cornrows geflochtene Haare und hielt dem Fahrer einen kreditkartengroßen Zettel in einer Plastikschutzfolie entgegen. In der Armbeuge unterhalb der Hand, die den Zettel vorzeigte, hingen Einkaufstüten mit den Markenlogos des Textildiscounters des Gewerbeparks und einer Supermarktkette. An der anderen Hand zog sie einen schmollenden Jungen hinter sich her, der noch einen Moment die Haltestange im Einstiegsbereich festzuhalten versuchte, sie aber nicht gut genug zu fassen bekam, bevor er von einer kräftigen Armbewegung der Frau ins Innere des Busses hineingerissen wurde.

Ich dachte, wenn der Fahrer jetzt noch mal so anfährt wie vorhin, als ich zugestiegen bin, dann werden sich die beiden bestimmt nicht auf ihren Beinen halten können. Aber ich sah auch, dass sie beim Einnehmen ihrer Sitzplätze von dem einen unbeteiligt aussehenden Auge des Fahrers beobachtet wurden, das von meinem Platz aus im breiten Rückspiegel über der Windschutzscheibe zu erkennen war.

Mickey Knox spricht im exklusiven Liveinterview mit dem Sensationsreporter Wayne Gayle, das auch in dem Gefängnis, in dem es geführt wird, im Anschluss an die Super-Bowl-Übertragung live an den Fernsehern in den Aufenthaltsräumen zu sehen und zu hören ist, vom Dämon, den er und den alle Menschen in sich trügen. Der Dämon nähre sich am Hass, nutze die Schwäche und die Angst. Nur die Liebe, sagt Mickey, kann den

Dämon besiegen. Er hat sich kurz vor dem Interview in seiner Zelle mit einer elektrischen Haarschneidemaschine den Kopf kahlrasiert und sieht nun so aus wie auf dem Filmplakat. Mein Vater muss auch das, dachte ich beim Schauen mit Ozan, als unglaubwürdig empfunden haben, da in der vorigen Szene noch gezeigt worden war, wie der Gefängnisdirektor den Raum des Interviews kontrolliert und sogar gespitzte Bleistifte als potenzielle Stichwaffen entfernen lässt. Man würde doch Mickey Knox, dachte ich, nicht mit einem elektrischen Haarschneider, aus dem sich sicherlich alle möglichen Waffen bauen ließen, in seiner Zelle alleine lassen.

Mickey Knox erklärt dem Sensationsreporter, dass er in gerader Linie von der Gewalt abstamme. Sein Vater sei gewalttätig gewesen und dessen Vater auch. Und dann spricht er von der Reinheit des Mordes als etwas ganz Natürlichem, das nur von den Medien und ihren Vertretern wie etwa Wayne Gayle, der ihn interviewt, verunreinigt würde, um mit der Angst ein Geschäft zu machen. Er selbst habe aber eine höhere Entwicklungsstufe erreicht. Für ihn sei das Töten Berufung, er sei dazu geboren und er verspüre keine Reue.

Ich muss die Frau im Bus, ohne dass mir das aufgefallen wäre, die ganze Zeit angeschaut haben, seit sie mit dem Jungen an der Hand zugestiegen war. Sie hatte den Jungen in den mir auf der anderen Seite des Gangs gegenüberliegenden Zweiersitz auf den Fensterplatz geschoben. Sich selbst hatte sie die Einkaufstüten, die so voll waren, dass sie gerade so von ihren beiden Armen umfasst und festgehalten werden konnten, auf den Schoß geladen. Sie trug goldene Kreolen an den Ohren und klimpernde Reife und Kettchen an den Handgelenken. Vom Jungen sah ich, da er, nachdem sie sich gesetzt hatten, durch die Frau und die Tüten auf ihrem Schoß verdeckt war, nur hin und wieder ein paar fein gekräuselte schwarze Haarspitzen hervorlugen. Er schien nicht, was ich mir als das übliche kindliche Verhalten in Linienbussen vorstellte, auf dem Sitz vor der Scheibe zu knien und das Gesicht gegen das Glas zu drücken. Vielmehr schien er ganz normal nach vorn ausgerichtet neben seiner Mutter zu sitzen und sich in einem jammernden Tonfall über etwas zu beklagen.

Ich konnte die Sprache, in der der Junge von der Seite an die Frau hinquengelte, nicht verstehen, dachte aber damals, daran kann ich mich noch gut erinnern, weil es auf peinliche Weise ahnungslos war, dass es *Afrikanisch* sei.

Mit dem zerknirschten Ausdruck, mit dem sie der Frau beim Verlassen des Cafés nachgesehen hat, noch immer im Gesicht, wendet sich Karin in meine Richtung und sieht mich an, was ich als Aufforderung werte, zu bezahlen und zu gehen. Die Kuchen sind aufgegessen, und auch der Kaffee ist leer getrunken. Es gibt für mich keine Berechtigung mehr, noch länger hier zu sitzen. Ich stehe auf und trete an die Theke heran und denke, dass es vielleicht angebracht wäre, sich mit Karin zu unterhalten, ihr ein Gespräch anzubieten, zu fragen, wie es ihr geht. Dann wickeln wir aber doch nur die Bezahlung des Betrags ab, den ich ihr schulde, und ich verlasse den ehemaligen Verkaufsraum von Bernd Letteraus Elektrofachgeschäft mit einer sehr knappen Abschiedsformel und einem schlechten Gewissen, weil ich meine, Karins Unglücklichsein zwar bemerkt, aber nicht angemessen darauf reagiert zu haben. Zumindest ein Ohr für ihre Klage, denke ich, hätte ich ihr anbieten sollen.

Auf dem kleinen Vorplatz mit dem Brunnen steht die Hitze unverändert. Die Sonne scheint erbarmungslos, und ich habe mit einem Mal das starke Bedürfnis, meine Mutter anzurufen.

Ich beobachtete das Profil der Frau im Bus, die von rechts in der mir unverständlichen Sprache angequengelt wurde. Sie sah angespannt aus. Ihre Lippen waren eingestülpt und zwischen die Zähne geklemmt, die Augen geschlossen, aber nicht auf eine abwesende Weise wie bei Schlafenden, sondern eher wie von jemandem, der gleich einen lauten Knall von irgendwo hinter sich erwartet. Ich weiß noch, dass ich dachte, dass die Frau und der Junge, wenn sie vom Gewerbepark aus mit ihren Einkäufen in dieselbe Richtung fuhren wie ich und nicht stadteinwärts, sehr wahrscheinlich ebenfalls zur Justizvollzugsanstalt unterwegs waren. Wahrscheinlich war die Frau, dachte ich, deshalb so angespannt, und wahrscheinlich befanden sich in den Tüten auf ihrem Schoß Dinge, die sie einem Inhaftierten mitbrachte und die ebenso wie die Geräte, die zu kontrollieren mein Arbeitsauftrag war, auf darin versteckte Drogen und Waffen durchsucht werden würden.

Mickey Knox' Aussagen im Liveinterview bei *American Maniacs*, das auf den Fernsehern in den Aufenthaltsräumen des Gefängnisses in Echtzeit übertragen wird, während es stattfindet, reichen als Funken aus, um unter den Inhaftierten das Pulverfass, das ihre eng in Überbelegung zusammengesperrte Situation ohnehin schon ist, zur Explosion zu bringen und einen Aufstand auszulösen.

Der Direktor bricht das Interview und die Liveübertragung aus dem Gefängnis ab, macht sich mit ein paar Wärtern auf in den Zellenblock, in dem die Gewalt ausgebrochen ist, und lässt Mickey Knox mit Wayne Gayle, dem Fernsehteam und fünf mit Schrotflinten bewaffneten Wärtern in dem Raum zurück, der sonst wohl für Besuche, Verhöre, Anwaltsbesprechungen oder die Kontrolle von außen hereingebrachter Gegenstände gedacht ist.

Schließlich reicht ein Witz, den Mickey den Wartenden erzählt, vermeintlich, um die Zeit totzuschlagen, bis der Aufstand unter Kontrolle ist und das Interview fortgesetzt werden kann, um die zu seiner Bewachung abgestellten Wärter zu überrumpeln.

Der Witz handelt von einem gehörlosen Jungen, der von seiner Mutter ausgefragt wird, nachdem er von der älteren Schwester und deren neuem Freund sozusagen als mütterliche Überwachungsinstanz ins Autokino mitgenommen werden musste. Der Junge antwortet seiner Mutter pantomimisch auf ihre Frage, was die beiden während des Films gemacht haben. Mickey Knox geht durch den Raum, während er den Witz erzählt, und spielt die Pantomimen des Jungen nach, der berichtet, seine Schwester und der neue Freund hätten sich geküsst und angefasst und ausgezogen und schließlich auf den vorderen Sitzen gevögelt. Er erzählt den Witz und gestikuliert dabei so lustig, dass die Wärter lachend ihre Körperspannung verlieren und nicht schnell genug reagieren können, als Mickey einem von ihnen das Gewehr entreißt und die anderen damit erschießt.

Die Frau fuhr den Jungen neben sich in der Sprache der beiden mit einer sehr knappen Zurechtweisung so plötzlich und scharf an, dass er tatsächlich verstummte. Ich zählte die Sekunden der Ruhe, in denen wahrscheinlich das Hochdrehen des Motors des Busses und das Schalten in den nächsten Gang zu hören waren, und wartete nur darauf, dass der Junge durch den harschen Ausbruch seiner Mutter vom Quengeln ins Heulen übergehen würde. Die Frau aber drehte auf einmal ihren Kopf und ihre Schultern in einer raschen Bewegung in meine Richtung und schaute mich so direkt an, als hätte sie die ganze Zeit über meinen Blick gespürt und wüsste daher sehr genau, wo sich meine Augen befanden. Es kam mir vor, als hätte sie noch denselben

Ausdruck der scharfen Zurechtweisung ihres Sohnes im Gesicht. Ihre Augen waren tiefdunkelbraun um die Pupillen, und im Weißen der Augäpfel war ein sich zu den Rändern hin intensivierender gelber Farbton. Sie sagte nichts zu mir. Nur ihre Augen sagten, dass sie genug davon hatte, von mir beobachtet zu werden. Ich weiß noch, dass ich zuallererst etwas sehr Dummes dachte. Ich dachte, dass ich von einer voodooartigen, telekinetischen Distanzbestrafungsmaßnahme über den Gang des Busses hinweg vom Blick der Frau verätzt oder verbrannt werden würde, bevor eine tatsächlich heiße Welle der Scham durch meinen Körper rollte und bewirkte, dass ich den Kopf senkte und auf meine Hände schaute, von denen eine als Übersprungshandlung einen Schraubenzieher aus der Manteltasche hervorholte, als hätte so ein Beweis dafür erbracht werden können, dass ich einem Arbeitsauftrag nachging und nicht einfach nur sinnlos dummglotzend im Bus saß.

Nachdem er seinen Todeswitz erzählt und die Wärter erschossen hat, versammelt Mickey Knox alle Überlebenden des Filmteams und den Sensationsreporter Gayle um sich herum als Geiseln und menschliche Schutzschilde für den Weg durchs Gefängnis zu Mallorys Zelle mit den Worten:

»Alle folgen mir jetzt hier raus wie eine große glückliche Familie«.

Ich habe mich beim Schauen mit Ozan sehr gewundert, dass Mickey und Mallory im selben Gefängnis untergebracht sind, zumal ansonsten nur männliche

Insassen gezeigt werden und es also kein gemischter Vollzug zu sein scheint, von dem ich mir eh unsicher war, ob es ihn im Hochsicherheitsbereich überhaupt gibt.

Die beiden schaffen es, sich aus dem Gefängnis, in dem der Aufstand der Gefangenen immer weiter außer Kontrolle gerät, freizuschießen, wobei alle ihre Geiseln und menschlichen Schilde in den umherfliegenden Kugeln umkommen, bis auf den Sensationsreporter Gayle, der sich, vom Adrenalin durchrauscht, noch während des Ausbruchs am Handy von seiner Frau trennt und selbst auf die Angestellten des Gefängnisses zu schießen beginnt, weil er sich endlich frei fühlt von den Fesseln des Alltags und der Konventionen, endlich am Leben auf eine ungekannte Weise. Mickey und Mallory erschießen auch ihn, in einem Wäldchen unweit des Gefängnisses, nachdem der Ausbruch geglückt ist. Sie hinterlassen nur die Fernsehkamera, die seit Beginn des Interviews das Geschehen begleitet und live ins Studio des Senders und von dort in die Fernseher der Zuschauer übertragen hat, als Zeugin, die von ihrer Tat berichten soll.

In der letzten Einstellung von *Natural Born Killers* sind Mickey und eine hochschwangere Mallory gemeinsam mit zwei Kleinkindern in einem Wohnmobil unterwegs. Sie durchfahren die weiten Landschaften der USA, aber auch die reißerischen Bilder der Fernsehsendungen und einige ausgewählte Szenen ihrer eigenen, eben vom Film erzählten Geschichte. Alles zieht gleichwertig vor der Windschutzscheibe vorüber, die dadurch zum Bildschirm wird für die Ikonographie einer Liebe, die zugleich durchdrungen und auf paradoxe Weise enthoben ist von medialer Inszenierung, Verwertung und Ausschlachtung.

Als ich den Film mit Ozan schaute und er die Rolle des Gönners genoss, der mir dieses Erlebnis überhaupt erst ermöglichte, hatte ich den Eindruck, als wären Mickey und Mallory mit ihrem Wohnmobil auch in meiner eigenen Erfahrungswelt unterwegs, die ja hauptsächlich aus Filmbildern bestand und durch die Neuerscheinungen aus der *Videotime* aktualisiert wurde.

Ozan konnte die Fassade des coolen Eingeweihten allerdings nicht über das Schauen hinaus aufrechterhalten. Hinterher kamen mir auch seine Ankündigungen der besonders brutalen Szenen wie nervöse Notlösungen vor, um mit der hektischen Aufgekratztheit umzugehen, in die ihn der Film versetzte, bis er endlich vorbei war und wir nach draußen gehen und dort besonders lässige und besonders krasse Momente nachspielen konnten wie sonst die Kämpfe der Wrestler auf dem Matratzenlager im Wohnzimmer der Kovačevskis. Ich hatte aber gar kein Bedürfnis danach, Szenen aus dem Film nachzustellen. Mich interessierte, weshalb mein Vater entschieden hatte, ihn nicht zu überspielen und nie wieder meinem Bruder und mir gegenüber zu erwähnen.

Ich dachte, die Botschaft des Films, von der die BILD-Zeitung in ihren Artikeln geschwiegen hatte, war, dass

Mickey und Mallory ungestraft davonkommen, weil ihre Liebe stärker ist als ihre Schuld. Und dass dadurch all ihren Morden auf eine Art Sinn gegeben wird. Sie versündigen sich maximal an der Menschheit oder an der Schöpfung, und es wird ihnen trotzdem am Ende, in der beweglichen Häuslichkeit des Wohnmobils, die den ewig Flüchtigen entspricht, das Erreichen des gleichen kleinfamiliären Endziels gestattet wie den Figuren aus den anderen Filmen, die an der Wiederherstellung der Ordnung nach dem Einbruch des Chaos beteiligt waren und ihre traumatischen Erfahrungen mitnehmen mussten in die Zeit danach.

Dadurch erhält das sinnlose Morden der beiden am Ende doch noch einen Sinn und einen Zweck, nämlich, ihre Liebe über alle moralischen Grenzen und Schranken erhaben zu machen, zu einer Sache, die höher und größer ist als die ausgelöschten Leben. Und wahrscheinlich, denke ich, als ich mich auf den Weg durch die Innenstadt zurück zum Haus meines Vaters mache, war das der größte Anstoß, den er an *Natural Born Killers* genommen hat. Dass der Film drohte, die Ordnung zu zersetzen, in die er seinen Glauben gelegt hatte, indem er ein Privileg berührte, das der militärischen Intervention vorbehalten war: das Töten für einen höheren Sinn und Zweck, die Subordination des Lebens und der Schuld unter eine Sache, die größer war als das Schicksal des Einzelnen.

Ich denke außerdem, dass in den Augen meines Vaters Liebe Schwäche war und nicht Macht.

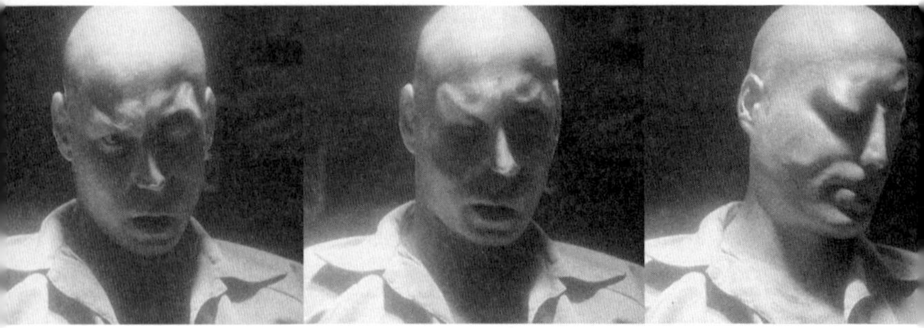

Ich schaute erst dann wieder in Richtung der Frau und des Jungen neben ihr, als sich der Bus der Haltestelle an der Justizvollzugsanstalt näherte. Ich dachte, glaube ich, dass es eine zuvorkommende Geste meinerseits wäre, wenn ich für uns eine der Haltewunschtasten drückte. Es könnte ihr ja peinlich sein, den Fahrer und alle anderen auf ihr Fahrtziel aufmerksam zu machen. Ich überlegte außerdem, ob ich ihr anbieten sollte, die Tüten bis kurz vor die Pforte des Gefängnisses für sie zu tragen, wo sie dann sicherlich von ihr selbst dem Pförtner zur Erfassung vorgezeigt werden mussten. Schließlich hatte ich beide Hände frei und kein Kind hinter mir herzuziehen.

Die Frau schaute aber nur noch geradeaus, auch als der Bus an der Haltestelle zum Stehen kam, und machte gar keine Anstalten, aufzustehen und den Jungen zum Aufstehen zu bewegen. Ich verpasste fast, selbst auszusteigen, und wurde schon von dem einen, im Rückspiegel sichtbaren Auge des Fahrers fixiert, weil ich so lange darauf wartete, der Frau und ihrem Sohn den Vortritt in den Gang und zur Tür lassen zu können.

Sie stiegen nicht aus, und nachdem sich die Tür des Busses hinter mir geschlossen und es noch einmal hydraulisch gezischt hatte, der Bus abgefahren war, stand ich allein in der Sonne an einer Haltestelle ohne Häuschen, die nur ein Schild mit einem am Pfahl befestigten Fahrplan war, und bemerkte, dass ich noch immer den Schraubenzieher in der Hand hielt, den ich unsinnigerweise aus der Tasche geholt hatte, um mich als Arbeiter auszuweisen.

Ich fragte mich, wohin die Frau und der Junge mit ihren vollen Tüten fuhren, wenn nicht zum Gefängnis. Ob sie in einem der umliegenden Dörfer lebten, die in meiner Vorstellung ausschließlich von Menschen bewohnt wurden, die über ihre eigenen Traumautos verfügten und die sicher nicht zurückhaltender waren als ich darin, offensichtlich Auswärtige, Fremde, anders als sie selbst Aussehende, den Bus der kleinstädtischen Verkehrsbetriebe Nutzende anzuschauen, zu beobachten und zu verfolgen mit ihren Blicken.

Es war dann wohl der Vater dieses quengelnden Jungen aus dem Bus nicht in der Justizvollzugsanstalt inhaftiert. Vielleicht war er abwesend wie Ozans Vater, dachte ich, als ich an der Haltestelle stand, meine ich heute, im ermüdenden Licht dieses unendlichen Tages, oder er wartete in einem dieser umliegenden Dörfer in einer kleinen Einliegerwohnung auf die Rückkehr der Frau und des Jungen, die die vollen Einkaufstüten nach

Hause bringen und damit die Kleinfamilie in dieser niemandslandhaften Peripherie komplettieren würden. Das gute Ende konnte sich unter schlechten Umständen wohl auch wie eine Bestrafung der Unschuldigen ausnehmen.

Dennoch mussten doch, dachte ich, als ich mich von der Haltestelle weg- und auf die Anstalt zubewegte, unter denen, die in den Zellen des Gefängnisses ihre Strafen absaßen, auch ganz viele Väter sein, die regelmäßig von ihren Frauen und Kindern besucht wurden und Geräte geliefert oder geschenkt bekamen, um sich unterhalten zu lassen, sich zu zerstreuen, die Geschichten aus der weiten Welt der Freiheit zu empfangen, die ich selbst aus dem Raumschiff bezog, das die *Videotime* für mich war. Und die eben nicht jeden Tag wie mein eigener Vater nach Hause kamen, um die Kinder zum Tennistraining oder in die Videothek zu bringen.

Meine Mutter wäre telefonisch zu erreichen, will und kann aber, wie mein Bruder, mit dem Schicksal meines Vaters nicht länger belastet werden. Sie hat sogar nach der Trennung und ihrem Wegzug noch versucht, ihm, der sich bereits dem eigenen Strafvollzug der Verdunkelung überantwortet hatte, zu helfen, wurde aber nur beleidigt und schließlich rausgeworfen.

Ihr Fernsehen, denke ich, während ich mich an meinen Außendienst als elektrotechnischer Praktikant im Gefängnis erinnere, war ein anderes als unseres, meines, das meines Bruders und meines Vaters. Meine Mutter hat immer sehr viel lieber das Programm der privaten Sender geschaut als Filme auf Video, was mein Vater, glaube ich, als weiteren Makel an ihr sah, als Ausweis ihrer Unzulänglichkeit. Dadurch aber, dass sie viel mehr Talkshows, Dokus, Reality-Soaps, True-crime- und Nachrichtenformate geschaut hat, hat sie der Fernseher, wie vielleicht auch, denke ich jetzt, die Insassen der Justizvollzugsanstalt, anders mit einer anderen Zivilgesellschaft außerhalb der Familie in Bezug und in Verbindung gesetzt.

Eine Zufahrtsstraße, an deren linker Seite ein schmaler Fußgängerweg verlief, führte ein Stück weit von der Haltestelle entfernt durch ordentlich gemähte Rasenflächen ohne Bäume auf das Eingangstor der Anstalt zu. Von außen sah man vom Gefängnis nur dieses Tor, das eine Durchfahrt mit Schranke und Pförtnerhäuschen war, und die hohen Waschbetonmauern, an denen Flutlichtmasten aufragten und die in regelmäßigen Abständen von achteckigen Wachtürmen mit orangeroter Spiegelfolie auf den Fensterscheiben unterbrochen wurden.

Als ich am Eingangstor ankam, trat ich vor die große Glasscheibe des Pförtnerhäuschens, die das Licht des hellen Tages reflektierte und in der sich meine graubekittelte Gestalt spiegelte. Auf Höhe meines Kopfes befand sich eine runde Anordnung kleiner Löcher im Glas der Scheibe, durch die man zum Pförtner im Inneren sprechen konnte. Ich war einige Sekunden vom durchlöcherten Kopf meiner Spiegelung irritiert, zumal mich der Pförtner auf der anderen Seite auf eine Weise anschaute, die in mir das Gefühl aufkommen ließ, als wäre ich tatsächlich unvollständig an sein Häuschen herangetreten. Anstatt eines Tisches saß der Pförtner an einer Art Armaturenbrett, einer Aluminiumkonsole mit gelb leuchtenden Knöpfen, in die auch die Halterung eines Telefonhörers eingepasst war. Er schaute mich an wie einen bereits Durchlöcherten und sagte nichts.

Ich erklärte dem Pförtner meinen Auftrag und überlegte währenddessen, ob ich erwähnen sollte, dass ich der Sohn eines seiner Kollegen war. Dann dachte ich aber, dass mein Vater ja noch nie gut über diesen Ort gesprochen hatte und dass er vielleicht nicht besonders beliebt war unter den anderen Angestellten, und während ich das dachte und vom Auftrag Letteraus redete, hielt mir der Pförtner seine rechte Handfläche entgegen, was ich als Aufforderung verstand, mit dem Sprechen aufzuhören, und also mit dem Sprechen aufhörte.

Der Pförtner nahm den Telefonhörer aus der Halterung in der Konsole, drückte einen der gelb leuchtenden Knöpfe und sprach ein paar kurze Sätze im Dialekt der Region, der mir damals vielleicht noch nicht so sehr unter die Haut ging wie heute, während er eng querformatig mit Listen bedruckte Papiere nach etwas durchsuchte, das dort anscheinend nicht zu finden war. Er legte den Hörer zurück in die Halterung, ohne sich von der Person am anderen Ende verabschiedet zu haben, und sagte zu mir, ich solle warten, man werde mich gleich abholen.

Der Vollzugsbeamte, der schließlich kam, um mich abzuholen und in den Raum zu führen, in dem ich die Geräte zu kontrollieren hatte, sah so minderjährig aus, dass ich mich fragen musste, ob es sich bei ihm vielleicht auch um einen Berufspraktikanten handelte. Er hatte ein ganz glattes, etwas speckiges Gesicht und behandelte mich auf sehr respektvolle Weise wie einen echten Techniker, entschuldigte sich, dass es nur sehr wenige Geräte seien, die es zu kontrollieren gebe, genau genommen sei es nur ein Gerät, aber je länger man warte, bis eine Anzahl zusammenkam, die sich lohne, umso länger müssten eben auch die Insassen warten, bis sie ihre Geräte bekämen, auf die sie schließlich ein Recht hätten und die man ihnen wirklich nur für die Dauer der sicherheitsrelevanten Überprüfungsmaßnahmen vorenthalten könne. Diese Maßnahmen allzu sehr aus logistischen Gründen hinauszuzögern käme einer Schikane gleich, die es im Sinne eines guten Sozialklimas im Vollzug wann immer möglich zu vermeiden gelte.

Wir passierten zwar einige sicherheitsschleusenartige Stahltüren, die vom jungen Vollzugsbeamten mit immer anderen Schlüsseln geöffnet wurden, die er zügig und zielstrebig von einem großen Schlüsselring aussuchte, der wie ein Skipass an einer sich automatisch in ein Plastikkästchen an seinem Gürtel einziehenden Nylonschnur hing, was mir eine sehr typische Ausrüstung für einen Gefängniswärter zu sein schien, das Innere des Gefängnisses sah sonst aber nirgendwo so aus, wie ich es mir auf Grundlage der Filme vorgestellt hatte. Es gab keine Galerien, die an Mehrbettzellen mit weißlackierten Gittertüren, aus denen die unsauber tätowierten Unterarme der Gefangenen heraushingen, entlangführten. Es gab überhaupt keine Gittertüren, und es waren auch überhaupt keine Gefangenen zu sehen. Wir begegneten auf dem Weg zu dem Raum, in dem ich das Gerät zu kontrollieren hatte, nur anderen Angestellten des Vollzugs, die der junge Wärter freundlich grüßte und die seinen Gruß erwiderten. Und einer Person, die vielleicht ein Gefangener war, vielleicht aber auch ein Hausmeister, die jedenfalls einen Rollwagen vor sich her schob, auf den Pappkartons aufgestapelt waren. Der Linoleumboden in den Fluren schimmerte frisch gewischt, alles war sauber und aufgeräumt und erinnerte mich eher an ein Krankenhaus als an die Gefängnisse aus den Filmen.

Der Raum, in den mich der kindliche Vollzugsbeamte führte, befand sich im Erdgeschoss und sah aus wie ein Klassenzimmer oder ein Aufenthaltsraum im Schullandheim. Die Fenster waren von außen vergittert, ansonsten deutete nichts auf die Tatsache hin, dass wir uns in einem Gefängnis befanden. In der Mitte des Raumes waren zwei Konferenztische mit weißen Kunststofftischplatten zu einem großen Rechteck zusammengeschoben wie für eine Gruppenarbeit in der Schule. Es stand aber nur ein einzelner Stuhl an diesem großen Tisch, und vor dem Stuhl auf der Tischplatte stand der kleine Fernseher, den ich zu kontrollieren hatte: eine Marke, die Letterau nicht in seinem Laden führte, mit einer Bildschirmdiagonalen, die vielleicht so lang war wie mein Unterarm.

An der Wand neben der Tür, und das sah ich erst, als ich mich noch mal zu ihr umdrehte, stand mein Vater mit vor der Brust verschränkten Armen und schaute mich, mit einem Ausdruck von professionellem Ernst im Gesicht, in mehrfacher Hinsicht unverwandt an.

Es war das erste Mal, dass ich meinen Vater in seiner Gefängniswärteruniform gesehen habe, die ihn sofort sichtbar veränderte, seine Haltung, seine Ausstrahlung, und die mir gleich wie eine Verkleidung oder ein Kostüm vorkam, für die Rolle, die er hier zu spielen hatte. Diese Rolle, das spürte ich deutlich, ohne dass er ein Wort darüber hätte verlieren müssen, sah keine vertraute Interaktion zwischen uns vor, überspielte die Tatsache, dass ich sein Sohn und er mein Vater war, machte ihn zum Aufseher und mich zum elektrotechnischen Praktikanten, tatsächlicher, faktischer noch als mein Kittel, die Schraubenzieher in meiner Tasche oder der Arbeitsauftrag von Herrn Letterau.

Er trug ein beigebraunes Hemd und eine schwarze Krawatte, dazu eine perfekt gebügelte dunkelbraune Anzughose und einen breiten Ledergürtel, an dem ein Handschellenholster hing und der gleiche Schlüsselring mit Nylonschnur wie bei seinem jüngeren Kollegen. Sogar sein Schnurrbart kam mir in dem Moment makellos und frisch gebürstet vor. Wahrscheinlich, dachte ich, gab es im Gefängnis eine Wäscherei, wo er seine Uniform reinigen und bügeln lassen konnte.

Jedenfalls habe ich nie gesehen, dass er auch nur ein Teil davon nach Hause gebracht hätte, wo er fast ausschließlich in den bequemen Trainingsanzügen auftrat, in denen er auch die Plätze des Tennisvereins instand hielt, bei den Matches meines Bruders am Spielfeldrand stand oder ihm im Training die Bälle zuspielte.

Mein Vater war, soweit ich das sehen konnte, unbewaffnet. Er trug keinen Taser und keine Pistole am Gürtel und hielt keine Schrotflinte in den Händen wie die Wärter aus *Natural Born Killers*. Neben ihm an der Wand stand ein breites Holzregal, dessen Fächer mit den bunten Pappschachteln verschiedener Brettspiele gefüllt waren, wodurch die autoritäre Ausstrahlung seiner Körperhaltung ein wenig gebrochen wurde. Gleichzeitig wurde aber auch das Lustige und Bunte der Schachteln und der Schriftzüge der Brettspiele vom strengen Ernst des danebenstehenden Justizvollzugsbeamten beschattet, bekam eine weniger spaßige Anmutung, als wäre die Aufgabe meines Vaters in diesem Raum nicht die Überwachung von Gefangenen oder elektrotechnischen Praktikanten, sondern die Durchsetzung der Regeln, sollte es dazu kommen, dass eines dieser Brettspiele aus dem Regal genommen wurde, um damit zu spielen.

Ich setzte mich auf den Stuhl vor den kleinen Fernseher, holte die Schraubenzieher aus meinen Manteltaschen und legte sie ordentlich nebeneinander auf den Tisch. Dann zog ich das Gerät etwas näher an mich heran und drehte es um, suchte nach den Schrauben in der

Rückwand, die zu lösen waren, um es zu öffnen. Ich war mir ziemlich sicher, dass der Fernseher, als ich ihn aufzuschrauben begann, für die Wärter, die nun beide in meinem Rücken neben der Tür standen, von meinem Körper verdeckt war. Dass sie also nicht direkt würden hineinschauen können, wenn ich die Rückwand abnahm, und nicht gleich sehen könnten, was ich sah. Sie mussten doch, dachte ich, selbst wissen, welche Teile in einen Fernseher gehörten und welche nicht. Dafür war kein tiefgreifendes Verständnis der Funktionsweise erforderlich.

Ich legte die schwarzlackierten Schrauben, nachdem ich sie aus der Rückwand gelöst hatte, nebeneinander auf den weißen Kunststoff der Tischplatte, wo sie ein paarmal noch auf den Seitenrändern ihrer Schraubenköpfe in sanften Halbkreisbewegungen hin- und herrollten und mich an die schwebende Bewegung der Taubenfedern über den Holzdielen auf dem Dachboden des Jagdschlösschens erinnerten, als ich mit Lotta durch die Luke stieg und den Ort gezeigt bekam. Ich fragte mich, glaube ich, ob mein ewiges Abgelenktsein durch bewegte Bilder eine gute Voraussetzung war, um Fernsehtechniker zu werden. Oder ob es vielleicht einen anderen Beruf gab, den ich probeweise ausführen könnte, wo das kein Nachteil für mich wäre.

Die schwarze Plastikabdeckung der Rückwand des Fernsehers klemmte fest in der schwarzen Plastikeinfassung der Bildröhre, mit der sie verschraubt gewesen war, und musste freigeruckelt werden, bevor ich sie abziehen konnte. Der ganze Fernseher wirkte sehr instabil und wacklig und billig verarbeitet auf mich, ganz anders als die hochwertigen Modelle, die Letterau in seinem Laden verkaufte und in seiner Werkstatt reparierte. Es war mir gleich ersichtlich, dass der Hersteller nur das absolut Notwendige für die Gewährleistung der Funktionalität des Fernsehers verbaut hatte, ohne auf Langlebigkeit oder gute Reparierbarkeit zu achten. Und ich fragte mich, während ich an der Rückwand rüttelte, sie schließlich frei bekam und es im Gerät auf eine Weise knackte, dass ich mich sorgte, ich könnte es dadurch schon kaputt gemacht haben, was denn da schon großartig versteckt sein soll auf diesem kleinstmöglichen, allernotwendigsten Raum.

Dann aber glaubte ich, einen magischen Augenblick lang, als ich die Rückwand vom Gehäuse abzog und das Innere, von meinem Körper vor den Blicken der beiden Wärter abgeschirmt, nur für mich sichtbar wurde, dass mir von dort, in einer Intensität, die noch heute einen Nachglanz davon meine geschlossenen Augenlider entlangtanzen lässt, der imposante Haufen abgebrochener Mercedessterne entgegenfunkelte, den ich zuletzt auf Ozans zerkratztem Kinderschreibtisch gesehen hatte.

Wenn hier tatsächlich etwas Eingeschmuggeltes zu finden sein sollte, dachte ich, als ich das Innere des Fernsehers vor mir hatte – die Rückseite der Bildröhre mit dem dünnwandigen Glasstutzen, der in einer Leiterplatte endete, die mit der größeren Platte am Boden des Geräts über dünne Kabelbäume verbunden war, die kleinen Bauteile, die wie eine futuristische Metropole auf dieser größeren Platte angeordnet waren und deren Namen mir Letterau teilweise verraten hatte (Elektrolytkondensatoren, Trimmpotentiometer, Relais, Widerstände), deren genaue Funktionen mir aber weiterhin unklar geblieben waren –, wäre ich dann nicht, wie schon bei den Sternen auf Ozans Schreibtisch, der fabelhaften Tat, dem Mut zur Aktion und der besseren Geschichte viel mehr verpflichtet als meinem Arbeitsauftrag oder der inneren Sicherheit des Strafvollzugs? Wäre ich nicht eigentlich angehalten, absichtlich zu übersehen, was ich im Gerät zu suchen hatte?

Kurz flackerte, für die Sekundenbruchteile des Blinzelns, statt des Dunkels der geschlossenen Lider eine blutüberströmte, diabolische Version meiner selbst im grauen Elektrotechnikerkittel vor meinen Augen auf. Ich schloss die Augen für einige Sekunden und sah mich, seltsamerweise, als so vom Blut überströmter Praktikant über die Schwelle des Fellhauerhauses auf die teuren Teppiche im Eingangsbereich treten, *The Devil in Miss Jones* unterm Arm, um ihn mit Markus zu schauen, im Glauben, durch das verbotene Filmmaterial selbst zum Verbotenen zu werden, zu einem verstörenden, beunruhigenden Anderen, der der Autohausbesitzerfamilie die Düsternis, das Nichts, das Böse und den Terror in ihre phantasielose Wohlstandswelt bringen würde und dadurch in der Lage wäre, selbst Furcht einzuflößen, Gmork zu sein statt Atréju.

Und ich sah mich die kleine Pistole, die mit Klebeband an der Unterseite der Bildröhre befestigt war, von den Wärtern unbemerkt hervorholen, das Herrliche, Leuchtende der Tat nicht mehr länger nur durch mein Schweigen und Dichthalten unterstützen, mich umdrehen in großer Sicherheit und Ruhe, sah die dunkelrot aufplatzenden Einschusslöcher in den beigebraunen Hemden der Wärter, des kindlichen Vollzugsbeamten und meines Vaters, ihr Zurückfallen und Hinabrutschen an der weißen Wand, die Blutschlieren, die wie mit dicken Quasten von den Körpern der Sterbenden neben das Regal mit den Brettspielen gemalt wurden, stellte mir vor, wie ich mich freischießen würde aus diesem und den anderen Gefängnissen, in die ich eingeschlossen war.

Der helle Blitz einer Sonnenlichtreflexion huscht über die weiße Hauswand einer Sparkassenfiliale, als jemand auf der anderen Straßenseite ein Fenster schließt. Auch die Innenstadt ist unbelebt. Niemand spaziert hier in der Hitze des frühen Nachmittags durch die schmalen Straßen und Gassen, um sich irgendwann einen Ruck zu geben und für einen Impulskauf über die Schwelle eines der verbliebenen Einzelhandelsgeschäfte zu treten.

Ich frage mich, ob es die Übergrößenboutique noch gibt, in der meine Mutter gearbeitet hat. Ob sie noch von derselben Eigentümerin geführt wird, die inzwischen sehr alt sein muss, und ob es noch immer ebenso viele verschiedene, unterschiedlich lange und dicke Menschen gibt, die sich in auf sie spezialisierten Geschäften einkleiden, oder ob sich die Körper vielleicht angeglichen haben über die Jahre, einheitlicher geworden sind, wobei mir kein Grund einfällt, warum das so sein sollte.

Ich drehte mich um, als ich ein Klimpern wie von nervösem Herumnesteln an einem großen Schlüsselbund hörte. Ich sah meinen Vater in seiner Gefängniswärteruniform unbewegt mit verschränkten Armen vor der weißen Wand stehen. Und ich hörte ihn sagen, ohne dass sich die Lippen unter seinem sauber gebürsteten Schnurrbart bewegten, dass wir doch sehr genau wüssten, dass das alles nicht echt sei. Und dann sagte er noch, zu mir, dem Realschüler und Berufspraktikanten, dass ich doch wohl ebenso genau wisse, dass es keine echte Arbeit sei, wenn man damit kein Geld verdiene.

Die Gegenposition meiner Mutter im Streit um die Altersfreigabe der Filme aus der Videothek war ja nicht, denke ich, als mir auf dem Kopfsteinpflaster einer verkehrsberuhigten Einkaufsstraße der Innenstadt ein Transporter langsam entgegenrollt, dessen Fahrer hinter der Spiegelung des Himmels auf der Windschutzscheibe völlig unsichtbar ist und der dadurch wie ein Geisterbus auf mich wirkt, eine besessene Maschine, dass mein Bruder und ich sehr genau *wussten*, dass das Dargestellte in den Filmen echt ist. Ihr Argument zielte vielmehr auf unsere kindliche Leichtgläubigkeit ab, den geringeren Aufwand, der betrieben werden musste, unsere unerfahrene Wahrnehmung zu täuschen und uns gegenüber Echtheit zu behaupten. Ihrer Ansicht nach *glaubten* wir, dass es echt sei.

Und während der Transporter an mir vorüberrollt und ich durchs Seitenfenster den abgekämpften, unrasierten Paketboten erkennen kann, der ihn steuert, erscheint es mir passend und ganz richtig, dass Wissen nur über die Künstlichkeit erlangt werden kann, über das Gemachte und Ausgedachte, und dass die Wirklichkeit, vor allem die vergangene, denke ich, eine Frage des Glaubens ist.

Das ganze Leben, das er bislang gelebt zu haben glaubt, beginnt sich von dem Moment an als mögliche

Fälschung herauszustellen, in dem der von Arnold Schwarzenegger gespielte Douglas Quaid in *Total Recall – Die totale Erinnerung* seinen Termin bei der auf die Implantation künstlicher Erinnerungen spezialisierten Agentur Rekall wahrnimmt. Bis dahin war Quaid davon ausgegangen, dass seine Existenz als überaus muskulöser Bauarbeiter, der tagsüber mit freien, schweißglänzenden Oberarmen einen Bohrhammer in einen Felsblock hineintreibt, was mir beim Schauen genau wie das Schaufeln von Roddy Pipers Wanderarbeiterfigur in *They Live* einzig den Zweck zu erfüllen schien, die Muskeln des Hauptdarstellers in Aktion zu zeigen, die echte Wirklichkeit und Normalität ist.

Quaid wird über ein Werbevideo auf einem Bildschirm in der U-Bahn auf das Angebot der Agentur Rekall aufmerksam, sich künstliche Erinnerungen implantieren zu lassen, an Erfahrungen, die man nicht selbst gemacht hat, die einem aber so wirklich vorkommen werden, dass sie von echten Erinnerungen an eigene Erfahrungen nicht unterschieden werden können. Er träumt schon seit einiger Zeit auf ihn verstörende Weise plastisch in unzusammenhängenden, dramatischen Szenen vom Mars und einer irgendwie heldenhaften Mission, in der er dort unterwegs ist.

In der Zukunft, in der *Die totale Erinnerung* spielt, ist der Mars zum Abbaugebiet seltener Mineralien geworden. Eine von Gewalt, Korruption und Ausbeutung dominierte menschliche Parallelgesellschaft hat sich auf ihm gebildet.

Ich gehe quer über den zentralen Marktplatz, auf dem heute keine Stände oder Buden aufgebaut sind, und sehe aus einiger Entfernung ein paar Leute vor dem Eiscafé unter aufgespannten Sonnenschirmen an beiden Seiten der Durchfahrtsstraße, durch die die Traumautobesitzer in Schrittgeschwindigkeit hindurchparadieren, an Cafétischen sitzen. Eine Person ist zu erkennen, die mit geradem Rücken und gefurchter Stirn, einen langstieligen Löffel in der Hand, versucht, einen günstigen Zugriffspunkt auf einen riesigen, mit Waffeln und Fähnchen, Obst und Schirmchen bestückten Eisbecher zu finden. Ein Aluminiumserviettenspender auf einem freien, unbeschatteten Tisch wirft mir blendendes Sonnenlicht entgegen. Ich denke an die nach oben gekehrten Bürotischlampen bei Verhörszenen in Kriminalfilmen. Ich habe noch nie jemanden von den dort drüben Kaffee trinkenden und Eisbecher essenden Gästen gekannt.

Mein Vater lieh *Die totale Erinnerung*, der ab 18 Jahren freigegeben war, für meinen Bruder und mich im Erwachsenenbereich der *Videotime* aus und fügte ihn auch recht bald dem Ordner und damit dem uns offiziell zugänglichen Teil der Piratenvideothek hinzu. Wir schauten den Film mehrmals und achteten auf alle noch so kleinen Details, die vielleicht doch eine klare Aussage darüber ermöglichen würden, ob das brutale, aufregend actionreiche Abenteuer, das Douglas Quaid im Handlungsverlauf erlebt, ihm tatsächlich widerfährt oder nur eine Implantation der Agentur Rekall ist.

Als ich am Ende des Platzes in einer schmalen, schattig kühlen Gasse ankomme, die man über ein paar uralte Steinstufen erreicht, für die zu beiden Seiten ebenso uralte, rostige, vom hunderttausendfachen Anfassen speckig schimmernde eiserne Handläufe an den hohen Hausmauern befestigt sind, zwischen die zu keiner Tageszeit die Sonne scheint, denke ich, dass für meinen Bruder das Militär wohl anfangs den großen Vorzug und die beruhigende Vertrautheit gehabt haben muss, eine Fortschreibung der väterlichen Tennisdrills insofern zu sein, als es bei beidem darauf ankam, sich in den entscheidenden Momenten keine eigenen Gedanken zu machen, das Eigene des Denkens vielmehr abzuwehren und sich einer höheren Zielvorstellung unterzuordnen und zu überlassen. Und ich habe dabei den Agenten der Rekall im Ohr, der Douglas Quaid versichert, er werde später nicht mehr in der Lage sein, die implantierten Erinnerungen von den eigenen zu unterscheiden.

Bob McClain, der Agent der speziellen Reiseagentur, fragt Douglas Quaid, als der noch am Hadern ist, ob er sich eine gewöhnliche, zweiwöchige Marsreise als Erinnerung implantieren lassen soll oder doch eines der teuren Zusatzpakete buchen, bei dem die erinnernde Person als reicher Playboy, Profisportler, wichtiger Wirtschaftsboss oder Geheimagent unterwegs ist, was denn das Immerselbe an allen Reisen sei, die Quaid in seinem Leben jemals unternommen habe. Und als der nicht draufkommt und aufgibt, nach Auflösung des Rätsels verlangt, sagt McClain: »Sie. Wo auch immer

Sie hingehen«, sagt er, »nehmen Sie sich mit«. Und ob er ihm nicht vorschlagen dürfe, ein einziges Mal zumindest auch von sich selbst einen Urlaub zu machen.

Quaid entscheidet sich dafür, als Geheimagent auf den Mars zu reisen, weil das am ehesten zu seinen verstörenden Träumen passt, von denen er McClain bei diesem Beratungsgespräch allerdings nichts erzählt. Der Angestellte der Rekall, der hinter seinem Schreibtisch hervorgekommen ist, scheint seinen initiatorischen Eigenanteil an der abenteuerlichen Dreingabe zum Leben des Bauarbeiters, der Ermöglichung einer Erfahrung, die aufregend und ganz anders ist als der tägliche Arbeitsalltag, genauso genussvoll auszukosten wie der Schwellenwächter zwischen Himmel und Hölle seine Rolle im Gespräch mit der Selbstmörderin in *The Devil in Miss Jones*. Er versichert seinem unsicheren Kunden, dass der am Ende alles bekommen werde, was das Abenteuer herzugeben habe: Wenn die Erfahrung in seinem Gedächtnis implantiert sei, werde er zum Held geworden sein, eine Frau erobert, die Bösen umgebracht und den gesamten Planeten gerettet haben. Diese Reise, und dafür spreche sein Unternehmen eine einhundertprozentige Geldrückgabegarantie aus, werde perfekt sein.

Ich gehe die schmale Gasse auf den vertikalen Lichtstreifen zu, in dem sie endet, würde gerne einen Moment hier stehen bleiben und warten, im Kühlen, das vielleicht andere Gedanken ermöglichen könnte, werde aber vom Transitorischen dieses Ortes, dem totalen Durchgangscharakter der Gasse, in der sich nie jemand aufhält, in der ein Sichaufhalten unweigerlich wie ein Lungern oder Lauern wirken würde, schattenhaft und hochverdächtig, weitergetrieben und vorangestoßen und trete an ihrem Ende zurück in die Helligkeit über dem Ort, über der Hauptstraße, auf deren Bürgersteig die Gasse mündet und auf der ein paar Autos unterwegs sind und im Moment meines Hervortretens sogar ein babyblauer Bus der kleinstädtischen Verkehrsbetriebe zischend von einer Haltestelle abfährt und meinen sich langsam wieder an diese Helligkeit gewöhnenden Augen den Blick freigibt auf den schwarzen Obelisken des Kriegerdenkmals, das auf der anderen Straßenseite in einem kleinen Parkstück zum Andenken an die heldenhaften Einwohner des Ortes errichtet wurde, die als Soldaten im Deutsch-Französischen Krieg gefallen sind, und auf dem ein Eisernes Kreuz so übertrieben feierlich im Sonnenlicht strahlt, dass ich meine, zusätzlich zur Erinnerung an die Toten auf einer Synchronspur auch noch den Jubel eingespielt zu bekommen, mit dem diese Soldaten ausgezogen sind, um sich umbringen zu lassen.

Das Fundament des Kriegerdenkmals ist ein quadratischer Sockel aus hellen Natursteinplatten. An jeder Seite führen drei Treppenstufen zu den Blumenbeeten hinunter, die das Denkmal umgeben. Auf diesen Stufen sitzen drei junge Punks, ein Mädchen und zwei Jungs, saßen da immer schon, seit ich mich erinnern kann, in

Klamotten, die so klischeehaft alle Anforderungen der Punkbekleidung erfüllen, dass sie wie Kostüme aus einem Lehrfilm über Jugendkulturen für die Polizeischule wirken.

Einen Moment lang meine ich, dass es dieselben drei Punks sind, die dort schon saßen, als ich als Kind regelmäßig diese Straße entlanggegangen bin und von ihrem Anblick fasziniert war. Dass sie den *no future*-Imperativ ihrer Jugendbewegung so konsequent ausgelegt haben, dass sie tatsächlich das Vergehen der Zeit negieren, nicht altern und so lange ewig jung bleiben können, wie sie in ihrer Kostümierung unter dem Denkmal für die gefallenen Helden sitzen und Bier trinken und laut und rasselnd lachen, wenn einer von ihnen etwas Ekliges oder Asoziales macht. Aber es sind neue Punks, die da sitzen, wieder zu dritt, und die alten abgelöst haben.

Zum ersten Mal begreife ich, dass das Sitzen dieser drei, gewissermaßen, denke ich, nicht nur Verkleideten, sondern tatsächlich Uniformierten, ausgerechnet dort, auf den Stufen des Denkmals, etwas bedeutet. Dass dieses Sitzen nicht nur sagt, dass es kein Zukunftsmodell gibt, das die Sitzenden ausreichend überzeugen könnte, um aufzustehen, sondern dass auch die Vergangenheit, das Andenken, das Gedenken und Erinnern, die Geschichte und ihre Lehren abzulehnen sind.

No past, denke ich, als einer dieser neuen Punks eine Flasche Pilsator mit einem Feuerzeug so geschickt öffnet, dass der Kronkorken in perfektem Bogen in das angrenzende Blumenbeet fliegt.

Schon im nächsten Beratungsgespräch und gerade dabei, eine hadernde Person vom Angebot der Agentur Rekall zu überzeugen, wird Bob McClain über den Videoschirm des Intercom auf seinem Schreibtisch von aufgebrachten Angestellten aufgefordert, unverzüglich in den Implantationsraum zu kommen, wo sich Douglas Quaid, auf einem Behandlungsstuhl fixiert, stöhnend windet. Quaid deliriert und faselt über den Mars und finstere Mächte, die hinter ihm her seien, man müsse ihn losmachen, er müsse fliehen, er bringe sonst alle in Gefahr. McClain versucht zuerst, die aufgebrachten Angestellten zu beruhigen, indem er ihnen erklärt, dass das schon Bestandteil der implantierten Erinnerung sei, des Ego-Trips als Geheimagent, den Quaid gebucht habe. Aber die Angestellten berichtigen ihn: Sie haben das Implantat noch gar nicht gesetzt. Vielmehr scheint es, als hätten die vorbereitenden Schritte, die Narkose und die nicht weiter im Detail beschriebene Prozedur der Implantation eine verschüttete, verdrängte oder absichtlich gelöschte Erinnerung in Quaids Unterbewusstsein angestochen, wie eine unterseeische Ölquelle, aus der es jetzt dunkel und undurchsichtig hervorsprudelt.

Die Sache mit den Substanzen, denke ich, während der Punk das Pilsator an die Lippen setzt und den Kopf in den Nacken legt, woraufhin sich sein deutlich hervortretender Kehlkopf auf- und abzubewegen beginnt, ist dort deprimierend, wo es um Betäubung geht und nicht um Rausch.

Nichts bleibt, wie es war, im Leben von Douglas Quaid nach seinem Besuch in der Agentur Rekall. Bob McClain weist die Angestellten an, Quaids Erinnerung an die Prozedur zu löschen, seine Akte zu vernichten und den nach seinem Anfall durch eine fast schon übermenschliche Dosis Betäubungsmittel gerade so noch narkotisierten Bauarbeiter oder Geheimagenten in ein Taxi zu setzen und nach Hause zu schicken.

Quaid erwacht auf der Fahrt nach Hause ohne eine Ahnung, wie er in das Taxi gekommen ist. Vor dem Apartmentkomplex, den er bewohnt, begegnet ihm sein Kollege Harry von der Baustelle, der ihn in einen Hinterhalt lockt, eine abseitige Gasse, wo er dem verwirrten Quaid eröffnet, dass es ein fataler Fehler gewesen sei, die Agentur aufzusuchen. Es kommt zu einem langen und übertrieben blutigen Kampf mit Harry und einigen anderen, hinzugekommenen Schlägern, die Quaid sämtlich mit seinen bloßen Händen umbringt und die ihm also keine Auskunft mehr darüber geben können, was genau das Problem ist, was es mit der Agentur Rekall auf sich hat und weshalb man sich wegen seines vermeintlichen Besuchs dort gegen ihn verschwört.

Ich erinnerte mich an den absurd langen Faustkampf zwischen dem namenlosen Wanderarbeiter und seinem Baustellenkollegen Frank in der abseitigen Gasse in *They Live*, als ich sah, wie Douglas Quaid Harry und den anderen Männern ihre Nasen und Arme und Genicke bricht. In diesem Kampf der Kollegen geht es zwar nicht darum, die anderen davon zu überzeugen, sich endlich eine der Brillen aufzusetzen und Einsicht in die wirkliche Verfasstheit der Welt zu erhalten –, dafür weiß Quaid an diesem Punkt der Handlung selbst noch viel zu wenig darüber, was wirklich Wirklichkeit ist und was nicht. Aber die Vehemenz, die brutale Unnachgiebigkeit, mit der Harry und die Schläger gegen den langsam aus der Täuschung erwachenden Kollegen vorgehen, ihre fundamentale Ablehnung dagegen, die Verhältnisse, in denen sie schuftende, schlecht bezahlte Tagelöhner sind, im Kern zu hinterfragen, schienen mir direkt verwandt zu sein.

Die eingravierten und mit Goldfarbe ausgemalten Namen der toten Soldaten auf dem Obelisken des Kriegerdenkmals sind von meiner Seite der Straße aus nicht zu entziffern. Ich weiß aber, weil ich, als ich hier noch gelebt habe und die Punks noch drei andere waren, mich einmal nah genug an das Denkmal herangetraut habe, um die Inschriften lesen zu können, wobei sich die Sitzenden sicher irgendwie lustig gemacht und die Tatsache ausgekostet haben, dass es unangenehm war, in ihrer Nähe zu sein, dass unsere Namen, der Name meines Vaters und der sogenannte Mädchenname meiner Mutter, nicht unter den aufgelisteten sind. Wir haben unter denen, denke ich, derer ehrenvoll gedacht wird, keine Verwandten.

Meine Eltern verbindet, dass ihre Väter zum Kriegsdienst in die Wehrmacht eingezogen und beim Überfall auf die Sowjetunion an der Ostfront eingesetzt wurden. Beide Väter kamen mehrfach verwundet aus dem Krieg zurück nach Hause und haben sich erst dort wirklich verweigert, blieben bis zur ihren Toden autoritäre, starrsinnige, enttäuschte Figuren, die den Übergang in eine entwaffnete, entnazifizierte, demokratisierte Gesellschaft im Kern ablehnten und tief gekränkt darüber waren, dass ihnen ihr Dienst am Vaterland nie gedankt, dass ihr Kampf und ihre Verletzungen niemals gewürdigt wurden.

Es gab keine nachvollziehbare Verbindung zwischen den Soldaten, die meine Großväter, mein Vater und mein Bruder im Verlauf ihres Lebens waren, und den Kriegern, für die im Ort Denkmäler errichtet worden waren. Krieger waren daher in meiner Vorstellung ebenso wie Adlige ein Ding der lange zurückliegenden Vergangenheit, auf die die Schlösser und Burgen und Kriegerdenkmäler verwiesen, die in der Gegenwart aber nur noch in Nachstellungen und Abbildungen existierten.

Jetzt denke ich, dass meine Eltern vielleicht anfangs, als sie sich begegnet sind, über dieses verbindende Element ihrer kriegerischen Väter zueinandergefunden haben. Schließlich stammen sie beide, wie Mickey und Mallory Knox, mit denen sie sich selbst ganz sicher nicht identifizieren würden, in direkter Linie von der Gewalt ab. Für meinen Vater blieb das Soldatische, die strenge Ordnung des Militärs, ein Ideal, gegen das er nie rebelliert, das er, im Gegenteil, in übertriebener Intensität inkorporiert und bis zum Belastungsbruch an seine Rekruten und meinen Bruder weitergereicht hat. Meine Mutter dagegen flüchtete vor der autoritären Strenge und Disziplin in den Zucker, ohne aber jemals davon überzeugt gewesen zu sein, sich das süße Leben auch verdient zu haben. Ihr Zusammenkommen mit meinem Vater mag dem Bedürfnis geschuldet sein, das schlechte Gewissen zu kompensieren, das ihr die Naschattacken bereiteten.

Vielleicht war die Trennung meiner Eltern ebenfalls ein Zusammenbrechen unter ständiger Belastung. Die Folge entgegengesetzt wirkender Kräfte auf die Schwachstelle ihrer Liebe – einem phantastischen Wesen, das ganz aus Vorstellung bestanden hat und das man ständig spielend, erzählend, bekennend und glaubend beatmen und mit frischer Lebensenergie versorgen hätte müssen. Dieser Liebe und liebevollen Zuwendung kann nach ihrem Zerbrechen, ihrem Fall und Verschwinden, denke ich, kein Denkmal errichtet werden.

Ein entscheidender Aspekt, den der Werwolf Gmork im Gespräch mit dem Kinderkrieger Atréju verschwiegen hat: Es kann kein Andenken geben an etwas, das vom Nichts verschlungen wurde.

Das Kriegerdenkmal vor mir, auf der anderen Straßenseite, hat ebenso wenig mit den verstorbenen Kriegern zu tun wie die Brunnenfigur auf dem Vorplatz vor Letteraus Laden mit einem echten, der Wirklichkeit nachempfundenen nackten Jungen oder einem realexistierenden Fisch. Die Toten wären auch aus einer Nähe, aus der die Goldschrift entziffert werden kann, nicht ablesbar, ihre Namen sind unter dem leuchtenden Eisernen Kreuz zu Stellvertretern des heldenhaften Ideals geworden.

Der Idealsoldat, denke ich, und habe dabei die Ohrenkette um den Hals von Sergeant Andrew Scott in *Universal Soldier* vor Augen, ist ein Zombie, der schon ausziehend in die Schlacht durch sein Sterben die Sache beglaubigt, den übergeordneten Sinn und Zweck des Krieges.

Die von Sharon Stone gespielte Ehefrau des Bauarbeiters oder Geheimagenten, Lori, steht im Wohnzimmer und übt mit einer Hologrammtrainerin den Tennisaufschlag, wobei ihre Technik meinen Bruder, wenn wir *Die totale Erinnerung* zusammen schauten, auf der Suche nach versteckten Hinweisen darauf, welche Aspekte im Leben Douglas Quaids echt sind und was der verunglückten Implantation durch die Agentur zuzuschreiben ist, jedes Mal die Augen rollen ließ, als ihr verstörter Mann in die Wohnung stürmt, alle Jalousien an den Fenstern runterlässt und alle Lichter löscht.

In der so entstandenen Dunkelheit, die nur von dünnen, fahlgrauen Lichtschlitzen an den Fenstern durchbrochen ist, erzählt Douglas Quaid seiner Frau von seinem Besuch in der Agentur Rekall, an den er sich nun doch bruchstückhaft erinnert, da er ihm von den Angestellten offenbar nicht gründlich genug aus dem Gedächtnis gelöscht wurde, und dem Kampf mit den Kollegen von der Baustelle.

Lori ist wütend. Sie bezeichnet die Agentur Rekall und ihre Angestellten als Hirnmetzger, findet es eine Dummheit, dass Quaid dorthingegangen ist, wegen einer diffusen Sehnsucht nach dem Mars und ein paar verwirrenden Träumen in der Nacht. Sie glaubt nicht, dass Harry von der Baustelle ihren Mann tatsächlich in einen Hinterhalt locken würde, ist vielmehr davon überzeugt, dass es sich um paranoide Wahnvorstellungen handelt, die vom gescheiterten Implantationsversuch der künstlichen Erinnerung herrühren.

Quaid zeigt Lori seine vom Blut der Baustellenkollegen beschmierten Hände und fragt sie, ob sie das für paranoide Wahnvorstellungen halte. Dann geht er ins Bad, wäscht sich dort Hände und Gesicht und schaut sich auf eine Weise selbst im Spiegel an, die eine tiefe Verunsicherung darüber erkennen lässt, wer ihm da entgegenblickt.

Douglas Quaid wird beschossen, als er zurück ins Wohnzimmer kommt. Eine nur als Schemen im Halbdunkel zu erkennende Person, mit einer Taschenlampe, deren Lichtkegel ihn verfolgt, und einer Pistole, an der immer wieder das Mündungsfeuer aufblitzt, schießt ein ganzes Magazin leer, ohne den Bauarbeiter-Geheimagenten zu erwischen, der seiner Frau zuruft, sie solle fliehen, und der mit einem Mal wirklich sehr geheimagentenhafte Bewegungsabläufe abrufbar zur Verfügung hat, eine im Körpergedächtnis abgelegte Erfahrung im Beschossenwerden, In-Deckung-Springen und Angreifer-Überwältigen. Als die Person mit der Pistole das Magazin wechseln muss, bewirft Quaid sie über die Küchentheke hinweg mit einem Stuhl und wirft dann sich selbst auf sie, schlägt ihr die Pistole aus der Hand, bekommt sie in einen Schwitzkasten in einen seiner muskulösen Arme eingeklemmt, ertastet mit der freien Hand den Lichtschalter und muss, als es hell wird im Wohnzimmer, erkennen, dass es seine Frau Lori ist, die er da hält und die auf ihn geschossen hat.

Überrascht und überrumpelt lockert Quaid den Schwitzkasten, wird dann sofort von Lori, deren Nahkampfskills vermuten lassen, dass sie selbst keine nur friedliche, zivile Erwerbsbiographie hat, geschlagen und getreten, die beiden kämpfen sich eine Weile durchs Wohnzimmer und die offene Küche, wo Lori ein langes Küchenmesser greift und Quaid damit am Bauch und am Arm verletzt, bevor er sie schließlich überwältigen kann, die Pistole vom Boden gegriffen bekommt und sie seiner Ehefrau gegen den Kopf hält mit der Aufforderung, zu erzählen.

»Ich bin nicht deine Frau«, sagt Lori mit dem Lauf der Pistole an der Schläfe. Und: »Ich schwöre, dass ich dich bis vor sechs Wochen nie zuvor gesehen habe. Unsere Ehe ist ein Gedächtnisimplantat. Ich wurde eingesetzt, damit ich dich beobachten kann und sie dich unter Kontrolle kriegen können. Es tut mir leid, Quaid, dein ganzes Leben ist nur ein Traum.«

Die Erinnerung an die Aussage Loris, Quaids Erinnerungen seien nur ein Traum, ein falscher Traum noch dazu, lässt mich ein Seufzen aus der Vergangenheit ganz deutlich hören, zwischen den Geräuschen des Verkehrs auf der Hauptstraße vor mir, das nicht mein Seufzen ist, nicht das meines Bruders und auch nicht das von Douglas Quaid.

Und dieses Seufzen erinnert mich daran, dass ich *Die totale Erinnerung* einmal auch an einem anderen Ort geschaut habe als zu Hause, in anderer Gesellschaft als der meines Bruders. Und ich merke, als ich mich vom Kriegerdenkmal auf der anderen Straßenseite abwende und weitergehe, dass mich diese Erinnerung auf einen weiteren, einen letzten, denke ich, Umweg führt, auf dem Gang zurück zur Wohnung meines Vaters.

Ich hatte den Film ja schon oft mit meinem Bruder gesehen und wusste, wie es weitergeht, während ich zwischen anderen jungen Jungs, die noch keine Ahnung hatten, was passieren würde, auf dem Sofa von German

Czornack, den wir alle nur Gerri nannten, vor seinem Fernseher saß und er laut aufseufzte.

Ich wusste, dass Douglas Quaid verwirrt und unzufrieden mit dem Ausmaß der Erklärungen, die Pistole noch immer auf die Frau gerichtet, die die Rolle seiner Ehefrau gespielt hat, fragen wird, ob er denn erfahren dürfe, wer er sei, wenn nicht er selbst. Und dass Lori antworten wird, dass sie keine Ahnung habe, sie arbeite hier nur.

Gerri sprach nach seinem Seufzen die letzten Worte der von Sharon Stone gespielten Ehefraudarstellerin mit einem sich langsam wie in großer Enttäuschung hin- und herbewegenden Kopf leise nach: »... arbeite hier nur«.

Ich war mit den anderen jungen Jungs auf dem Sofa (Mädchen waren grundsätzlich nicht zugelassen, was ich als groben Irrtum empfand, weil ich glaubte, dass zum Beispiel Lotta diese Gesellschaft sehr bereichern würde) zuvor in der städtischen Turnhalle beim Kinderboxen gewesen und hinterher bei Gerri in der Wohnung zur Hausaufgaben- und Nachmittagsbetreuung, die er sehr frei interpretierte, uns die wenigen Male, die diese Betreuung tatsächlich stattfand, bevor unsere Eltern sie besorgt beendeten, vor allem fernsehen ließ und dabei selbst nahezu unablässig Zigaretten rauchte, die die Luft in seinem ohnehin sehr dunklen Wohnzimmer verunklarten und den Effekt einer diffusen, nebligen Tiefe erzeugten, wie über einem nächtlichen See, über den ich mir uns auf dem Sofa treibend vorstellte, mit

Gerri als Gondoliere daneben, der vor den Filmen, währenddessen und danach aus seinem Leben erzählte, das er die längste Zeit in einem Landstrich verbracht hatte, der Lausitz hieß und in der ehemaligen DDR lag, die kurz vor seinem Wegzug in unsere Kleinstadt in sich zusammengebrochen war und von der wir alle auf dem Sofa keine eigene Anschauung oder Vorstellung hatten.

Gerris Angebot an unsere Eltern war es, uns, gegen Bezahlung, wie ich vermute, nach der Schule etwas Bewegung und körperliche Auslastung beim Kinderboxen zu verschaffen und uns hinterher bei ihm zu Hause noch so lange zu betreuen und zu beaufsichtigen, bis wir unsere Hausaufgaben gemacht hatten, abgeholt werden oder zu unseren von der Arbeit nach Hause zurückgekehrten Eltern selbst zu Fuß gehen konnten.

Markus Fellhauers Eltern war diese Betreuungsform von Anfang an suspekt, weshalb sie ihrem Sohn die Teilnahme verboten. Und Ozan Kovačevski hatte das Boxen unter Gerri Czornack früh schon als uninteressant abgetan, was mich wunderte, da ich in Gerri, zumindest zu Beginn, eine ähnliche Figur vermutete wie den von Ozan verehrten Stu Hart.

Ozan hatte das nachmittägliche Boxen abfällig als Kindergeburtstag bezeichnet und damit suggeriert, dass er in seinem eigenen Training, im Nachstellen der Wrestlingmatches und der Kämpfe aus den Filmen schon weit über alles hinausgewachsen war, was Gerri uns Kindern anzubieten hatte. Erst später kam mir der Gedanke, dass es sich hierbei vielleicht nur um ein

Manöver Ozans gehandelt haben könnte, um die Tatsache zu verschleiern, dass er sehr wohl gerne mit uns trainiert und Filme geschaut hätte, seine Mutter sich aber keine zusätzlichen Ausgaben für eine Betreuung nach der Schule leisten konnte.

Mein Vater wollte, dass ich zu Gerris Boxbetreuung ging. Nicht so sehr, weil ich Aufsicht oder Nachhilfe bei den Hausaufgaben gebraucht hätte oder mich nicht selbst zu Hause gut beschäftigen konnte, sondern weil er wohl hoffte, dass ich, der ich beim Tennis keine erkennbaren Fortschritte machte, im körperbetonten Boxtraining ein wenig von meinem überschüssigen Fett verbrennen würde.

Die Vorstellungen, die sich mein Vater und die ich mir selbst vom Boxtraining machte, waren einzig informiert durch die Trainingssequenzen aus *Rocky – Die Chance seines Lebens*, in denen Sylvester Stallone als Prolet und Underdog seinen ohnehin schon fabelhaften Körper durch Disziplin, Härte und unbedingten Willen stählt und sich für den großen, aussichtslosen Fight vorbereitet.

Dass diese Assoziation nicht ganz verkehrt war, zeigte sich nicht etwa in der Turnhalle beim Training, sondern beim ersten Mal, als ich in Gerris Wohnung kam und er seinen Goldfisch fütterte, der *Moby Dick* hieß und den er fragte, ob er seinen Freunden Hallo sagen wolle, also uns Kindern, die wir in dieser nachgespielten Heimkehrszene aus der Eröffnungssequenz des Films dann wohl die Schildkröten des Boxers sein mussten, was, vermute ich, eine Selbstbespaßung Gerris war, von der er nicht annehmen konnte, dass eines der Kinder sie je verstanden hat.

Mein Vater wusste, ich habe keine Ahnung woher, dass German Czornack in seiner Zeit als aktiver Boxer den Spitznamen *Der Sorbische Schmiedehammer* bekommen hatte. Gerri erzählte uns mehrfach, dass er in seiner gesamten Karriere mehr Kämpfe gewonnen als verloren habe und dass er niemals k.o. geschlagen worden sei, was er als noch bedeutsamer hervorhob, da es vor allem und in erster Linie darauf ankam, was man einstecken konnte.

Das Kinderboxen mit Gerri Czornack in der städtischen Turnhalle, an der vorbeizugehen auf einem Umweg zurück zur Wohnung meines Vaters eine Art vorbewusste Instanz in mir, die zu Entscheidungen noch in der Lage ist, längst beschlossen hat, war sehr viel weniger systematisch und diszipliniert, als ich es mir auf Grundlage der Trainingssequenzen aus *Rocky* vorgestellt hatte. Eigentlich sprangen und rannten wir nur in der Halle herum und warfen uns auf den Boden und gegen die schweren Sandsäcke oder versuchten, diese Säcke einem rennenden anderen so in den Weg zu stoßen, dass der dadurch von den Füßen geholt wurde. Wir spielten Schlägereien aus Filmen nach, für die wir selbst spuckespritzend die Geräusche aufklatschender Fäuste nachmachten, und obwohl nie mehr als sechs oder sieben Jungs gleichzeitig in der Nachmittagsbetreuung waren, war die Halle angefüllt mit aufgekratztem Gekreisch und Gebrüll, gegen das Gerri niemals seine eigene Stimme erhoben hat.

Tatsächlich ausgewählt, um von Gerri im Boxen trainiert und unterwiesen zu werden, war eigentlich nur der junge Benny Fleißer, der in der Schule keine Freunde hatte, neben dem niemand sitzen wollte und mit dem sich so gut wie nie jemand unterhielt, der sehr schlecht roch, dessen kindlicher Charakter schon die seltsamen Blüten der Einsamkeit ausgetrieben hatte und von dessen Eltern gesagt wurde, sie seien beide arbeitslos und schwere Alkoholiker, was ich nicht gut zusammenbringen konnte mit der Tatsache, dass sie offensichtlich sehr wenig Zeit für ihren Sohn hatten, ihn grundsätzlich erst aus der Betreuung in Gerris Wohnung abholten, wenn wir anderen schon weg waren, oder ihn vielleicht sogar komplett vergaßen. Ich habe mir wohl vorgestellt, dass zwei arbeitslose Eltern sehr viel Freizeit haben müssten. Und die betrunkenen Tennismänner aus der Cantina hatten bei mir den Eindruck hinterlassen, dass man auch nach sehr vielen Bieren noch gesellig sein und ganz selbstverständlich mit dem Auto durch den Ort fahren konnte. Meine eigenen Eltern habe ich kein einziges Mal während meiner Kindheit und Jugend, an das ich mich erinnern könnte, betrunken erlebt und konnte mich also nur auf die Beobachtung anderer Erwachsener beziehen.

Entweder, denke ich, war Benny Fleißer der Einzige, der ein nennenswertes Boxtraining erhielt, weil er der Einzige war, der ein nennenswertes Talent zum Boxen erkennen ließ, oder weil Gerri in ihm einen Wiedergänger seiner selbst gesehen hatte, eine neue Version des

Kindes, das er selbst gewesen und das unter ähnlichen Bedingungen aufgewachsen war. Einige Aussagen Gerris ließen sich jedenfalls in diese Richtung interpretieren.

Wir anderen Kinder wurden Benny Fleißer beim nachmittäglichen Kinderboxen abwechselnd als Sparringspartner zugeführt, was eine aufregende Sache insofern war, als man dann an all den materialgebundenen Ritualen der Vorbereitung des Boxens beteiligt war. Vor dem ersten Kampf wurde für jedes Kind ein individueller Mundschutz angefertigt, wofür man die Zähne des Oberkiefers in ein transparentes Gelee presste, das in eine Gummischiene gegeben war, und wartete, bis es so weit aushärtete, dass es für immer das Negativ der eigenen oberen Zahnreihe enthielt. Man umwickelte sich die Handgelenke und die Daumenwurzel mit einer dichten Bandage, bevor man sich den gepolsterten Kopfschutz aufsetzte und von Gerri ein paar uralte, tiefdunkelbraune Lederboxhandschuhe angezogen und geschnürt bekam, deren Innenfutter ewig feucht war vom Handschweiß der Generationen, die vor einem da hineingeschwitzt hatten. Der von der Wärme der eigenen Hände reaktivierte Geruch, der aus diesen Handschuhen aufstieg, wenn man sie wieder auszog, der sich schon nach einem einzigen Sparringskampf auch in den Bandagen festgesetzt hatte, hätte, dachte ich damals, Lotta in helle Aufregung versetzt.

Ich meine fast, diesen Geruch aus den Handschuhen wieder in der Nase zu haben, auf meinem Weg die

Hauptstraße entlang in Richtung der städtischen Turnhalle. In einer erschütternden Plötzlichkeit fährt mir dann aber ein sagenhafter, alles andere, alle sinnlichen Wahrnehmungen, alle Erinnerung und jedes Denken für Sekunden übergleißender Schmerz in den Magen, den ich eigentlich von den Kuchen in *Karin's* Café beruhigt gehofft hatte. Ich muss stehen bleiben, mir die Hand auf den Bauch pressen und mich vornüberbeugen. Wartend auf einen scharf ätzenden Schwall aus Magensäure, Kaffee, Sahne und Zucker, der aber nicht kommt, erbreche ich mich nicht, gehe stattdessen gekrümmt weiter auf der Hauptstraße, die Hand auf dem Bauch, und bin ganz froh, dass außer mir niemand auf dem Bürgersteig unterwegs ist.

Wer gegen Benny Fleißer boxte, wurde von Benny Fleißer ohne Chance verprügelt. Es war aber in seiner Art und Weise, uns zu schlagen, kein offensichtlicher Drang nach Vergeltung oder Rache erkennbar, für die Vernachlässigungen, die er in allen anderen Lebenslagen erfahren hatte. Benny setzte seine Geraden und Haken gezielt und konzentriert, wie jemand, dessen Hände von der Wiederholung der immerselben Tätigkeit fast schon eigenständig, geschmeidig schnell und ohne Anstrengung ihre Arbeit verrichten. Er schien sich auch keine Geschichte vorzustellen, keine Fehde oder Actionfilmhandlung, die zu diesem Faustkampf geführt hatte, wie wir anderen das machten, wenn wir außerhalb des Rings Schlägereien nachspielten. Vielmehr waren wir für Benny Fleißer das, was für Rocky

Balboa die Rinderhälften waren, an denen er im Kühlhaus der Schlachterei seine Jabs trainierte.

Ich stand selbst zweimal als Sparringspartner für Benny im Ring, in den drei oder vier Wochen, die es nur dauerte, bis die Nachmittagsbetreuung durch German Czornack in einer seltenen Einstimmigkeit von unseren Eltern beendet wurde. Einzig Bennys Eltern traten auch in diesem Zusammenhang nicht als sichtbar sich ihrer Verantwortung bewusste Erziehungsbeauftragte auf. Wer in der Folgezeit mit Benny boxte, dessen Training und Betreuung ja wahrscheinlich einfach weitergingen, habe ich nie erfahren. Ich hätte ihn natürlich in der Schule danach fragen können, aber das Kinderboxen und die Sparringskämpfe hatten nichts an seinem absoluten Außenseiterstatus geändert – es gab sich während der Schulzeit auch weiterhin niemand mit ihm ab oder kam ihm absichtlich so nah, dass man ihn riechen würde.

Ich erinnere mich, während mir der Schmerz in meinem Bauch noch immer verbietet, mich aufzurichten, wie ich nach einem Kampf mit Benny in der Umkleidekabine der städtischen Turnhalle auf einer der uralten langen Holzbänke saß, die Ellbogen auf die Oberschenkel gestützt und den Blick geradeaus auf die mir gegenüberliegende Wand gerichtet, wo jemand einen marmeladigen Blutpopel gegen die stumpf schmutzigweißen Fliesen geschmiert hatte, und die noch nachpulsierenden Schmerzen im ganzen Körper spürte, das Geschlagenwordensein, das eine seltsame

Gleichzeitigkeit von Klarheit und Entrückung bewirkte.

Ich war beim Tennis nie so weit gekommen, dass ich wirkliche Matches hätte spielen und dabei von echten Gegnern hätte geschlagen werden können. Die wenigen Male aber, die ich mitbekommen habe, dass mein Bruder eine Niederlage einzustecken hatte, schienen ihn sehr verwirrt zu haben. Er zog dann mit gefurchter Stirn äußerst perplex den Platz ab, rekapitulierte wohl gedanklich das Spiel und die Fehler, die er gemacht hatte, in diesem Fehlersport, als der das Tennis von meinem Vater bezeichnet wurde, wo es ganz simpel darauf ankam, davon weniger zu machen als der Gegner. Im Tennis, das ja unter ständiger Einhaltung einer großen Distanz zum Gegner, allein an der eigenen Grundlinie gespielt wurde, wurde man sozusagen durch die Fehler, die man machte, aktiv von sich selbst besiegt, während die Person auf der anderen Seite des Netzes für sich selbst gewann. Das Boxen, das Zusammentreffen der gepolsterten Faust des anderen mit dem eigenen gepolsterten Kopf, bei erfolgreichem gegnerischen Schlag und fehlerhafter eigener Deckung, war im Vergleich dazu eine direkt physisch erfahrbare, unmittelbare Gleichzeitigkeit des Seins von Schläger und Geschlagenem, eine Einheit aus Benny und mir.

Ich hörte meinen eigenen Atem, als würde mir von einem anderen direkt in die Ohren geschnauft, während ich auf der Bank in der Umkleidekabine der städtischen Turnhalle saß. Und ich empfand eine seltsame

Befriedigung, die tief unter den Fettschichten meines Körpers sich ausbreitete, eine Richtigkeit, die vielleicht nur noch mit der Verzückung verglichen werden könnte, in die der Zucker meine Seele sonst versetzte.

Das Boxtraining von Gerri Czornack, das keines war, zumindest nicht für alle anderen außer Benny, würde, das war sehr schnell klar, mich nicht schlanker machen. Und die nachmittägliche Hausaufgabenbetreuung war eigentlich keine, weil wir hauptsächlich in Gerris verrauchtem Wohnzimmer Filme auf seinem Fernseher schauten, die für unser Alter nicht freigegeben waren, und Gerri dabei zuhörten, wie er von seinem Leben erzählte und dem, was er in diesem Leben alles hatte einstecken müssen. Die Schläge von Benny in unseren beiden Sparringskämpfen selbst abzubekommen öffnete aber etwas in mir oder befriedigte einen Wunsch, den überhaupt zu haben mir vorher nicht bewusst war. Ich spürte, hinterher in der Umkleidekabine, eine ungekannte Deutlichkeit im Dasein, im Vorhandensein, wo sonst eher ein Träumen in einen anderen Körper und in eine andere Zeit an einem anderen Ort war.

Douglas Quaid beginnt zu begreifen, dass die unzusammenhängenden, dramatischen Szenen der heldenhaften Mission auf dem Mars, die er zuvor nur geträumt hat, mit einer albtraumhaften Wirklichkeit verbunden sind, die er noch nicht verstehen kann und in der alle ständig bestrebt sind, ihn zu täuschen, zu hintergehen oder gleich komplett aus dem Weg zu räumen. Sein

Atem geht nach dem anstrengenden Ringen mit Lori weiter schwer, während ihrer sich schon wieder beruhigt hat. Es scheint, als müsse er diesen schmerzhaften Erkenntnisprozess mit viel Sauerstoff versorgen wie zuvor die Muskeln in Aktion, damit das Feuer oder die Glut nicht erlöschen mögen, die ihm gerade erst den eigenen Innenraum erhellt haben.

Lori bemerkt ihre ungleiche Ruhe im Gegensatz zum verwirrt schnaufenden Getäuschten, der ihr noch immer die Pistole an den Kopf hält. Sie spricht auf diese Weise ruhig, in ihrem eigenen Interesse: »Du würdest mich doch nicht erschießen, oder, Doug? Nach allem, was gewesen ist?« Und Douglas Quaid senkt den Kopf, versucht, auseinanderdividiert zu bekommen, welche Erinnerungen an seine Ehe von der Rekall implantiert sind und welche vielleicht aus der Wirklichkeit der letzten Wochen stammen, in denen seine falsche Frau ihn für ihre Auftraggeber beobachtet und unter Kontrolle gehalten hat. Einiges davon, sagt er dann in sichtbarer Hilflosigkeit, sei schön gewesen. Dann nimmt er die Pistole runter und schlägt der Ehefrau-Darstellerin so fest mit der Faust ins Gesicht, dass sie das Bewusstsein verliert.

Im Rausgehen dreht Quaid sich noch mal halb zu der bewusstlos am Boden liegenden Lori um und sagt: »War schön, dich kennengelernt zu haben«, in einer Lässigkeit, die mich die ersten Male, als ich den Film mit meinem Bruder geschaut habe, auf dieselbe Weise euphorisierte wie die finale Geste des Wanderarbeiters aus *They Live*, der dem Sondereinsatzkommando, von dem er eben niedergeschossen wurde, seinen Mittelfinger entgegenstreckt.

Immer wieder hebe ich meinen Blick, um die Hauptstraße entlangzuschauen, zugleich in der Hoffnung, dass mir niemand begegnen möge, dem meine gekrümmte Haltung auffallen würde, und dem Wunsch nach heilender Handauflegung, nach Reparatur, Zusammenfügung und Beruhigung. Ich sehe, auf der anderen Straßenseite, auf einem leuchtenden Schild, das an einer Hausmauer angebracht ist, das Symbol der Veterinärmedizin: der schlangenumwundene Äskulapstab über einem weißen V in einem roten Kreis. Und ich versuche, möglichst schnell daran vorüberzugehen und nicht mehr aufzuschauen, weil ich befürchte, dass das Lottas Praxis sein könnte, dass sie jeden Moment daraus hervorkommen und mich sehen könnte in meiner gekrümmten Haltung, in meiner absurden Deplatziertheit hier auf dem Bürgersteig, im Ort generell, auf meinem unsinnigen Umweg in feiger Vermeidung der Konfrontation mit dem Vater.

Als ich zwischen den anderen jungen Jungs auf Gerris Sofa saß und die Szene, die ich schon sehr gut kannte, wieder sah, in der die Figur Arnold Schwarzeneggers die Figur Sharon Stones niederschlägt und sich dann mit dem coolen Spruch verabschiedet, spürte ich statt der üblichen Euphorie eine seltsame Beklemmung. Ich schaute rüber zu Gerri, der kurz zuvor noch laut geseufzt und Loris Worte auf vielleicht am besten als verächtlich zu bezeichnende Weise nachgesprochen hatte. Seine Stirn war tief gefurcht, das ganze Gesicht kam mir wie eine geballte Faust vor. In dieser Anspannung waren seine gelben Schneidezähne mit den freiliegenden, schwärzlich eingedunkelten Zahnhälsen von der schmalen Sichel der Oberlippe nicht mehr bedeckt. Ich dachte: »atme«, weil es mir so vorkam, als habe er seit seinem Seufzer keine Luft mehr in diesen verspannten Körper eingeholt.

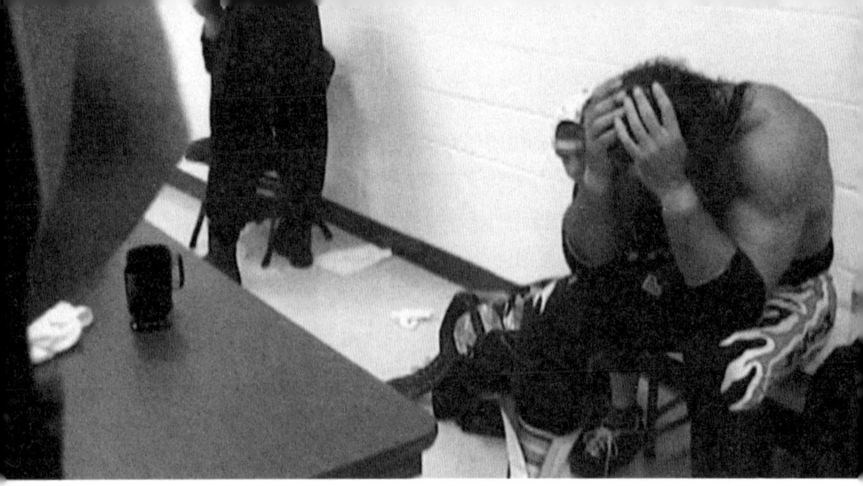

Gerri benutzte in den Geschichten über seine Herkunft selbstverständlich die Begriffe *Wir* und *Ihr*, was ich zuerst ganz automatisch als die Gegenüberstellung von *wir Erwachsenen* und *ihr Kinder* verstand, bis das aber sehr schnell keinen Sinn mehr ergab im Kontext der Erzählungen.

Er beschrieb die Landschaft der Lausitz, aus der er stammte, auf eine Weise, die eine treue Liebe zu ihr erkennen ließ und gleichzeitig ein Bewusstsein davon, dass es einer besonderen biographischen Verbundenheit mit dem zerrissenen, zerfurchten, von riesigen Förderbaggern aufgewühlten Boden bedurfte, um diese Liebe zu empfinden. Gerri erzählte uns, wobei er einen Zeigefinger hob, dessen langer Nagel und oberstes Glied vom Nikotin und der Glut der bis auf den Filter hinabgerauchten Zigaretten einen unbestimmbaren Farbton angenommen hatten, dass sein Nachname, Czornack, »schwarz wie die Kohle« bedeute, in der besonderen Sprache, die man dort neben Deutsch noch sprach, und deutete damit wohl an, dass er selbst im Innern auf eine ebensolche Weise zerwühlt und aufgerissen und verkohlt war wie der Landstrich seiner Herkunft und dass es auch bei ihm einer besonderen Verbindung und Verbindlichkeit bedurfte, um echte, ehrliche Liebe zu empfinden, die nicht nur Täuschung und listiges Spiel war, wie im Fall von Douglas Quaids falscher Frau Lori.

In der Zeit, in der er noch aktiv boxte, *Der Sorbische Schmiedehammer* genannt wurde, niemals k.o. ging und in der Lausitz lebte, war Gerri, wie er uns Kindern während der Hausaufgabenbetreuung, also während der Filme, die wir auf seinem Sofa schauten, erzählte, verheiratet mit einer Frau, die ihm zum größten Verhängnis seines Lebens wurde. Diese Erzählung war gleichzeitig auf eine dem Publikum völlig unangemessene Weise explizit und voll raunender Anspielungen, die unsere Phantasien – reich an Geschichten und arm an Erfahrung – mit dem auszufüllen hatten, was ihnen zur Verfügung stand. Ich glaubte, glaube ich, den anderen jungen Jungs auf dem Sofa hier ein gutes Stück voraus zu sein. Schließlich hatte ich ja nicht nur bei German Czornack Filme jenseits der für mich zulässigen Altersfreigabe geschaut und also ein sehr viel umfassenderes phantastisches Inventar zu meiner Verfügung.

Ich wusste vom mehrfachen Schauen des Films mit meinem Bruder, dass Douglas Quaid auf komplizierten Umwegen, auf denen ihm mehr und mehr enthüllt wird, wer er ist und worin sein geheimagentenhafter Auftrag besteht, tatsächlich auf den Mars reisen wird, da sich in seinem Kopf, genauer in seiner künstlich verschütteten Erinnerung, Informationen befinden, die dem bewaffneten Untergrund dort zum Aufstand verhelfen können gegen die ausbeuterische, faschistische Obrigkeit, die bislang den Planeten und den Abbau der seltenen Mineralien kontrolliert hat.

Und ich wusste außerdem, dass Quaids von ihm bewusstlos geschlagene, falsche Frau Lori an einem späteren Punkt der Handlung nochmals zu seiner Überforderung und Verwirrung eingesetzt werden wird, um ihm erklären zu helfen, was es mit der Wirklichkeit auf sich hat und was er fälschlicherweise für wirklich hält, obwohl es nur ein implantierter Traum ist.

Gerris Exfrau, der in seinen Erzählungen nie ein Name, aber alle möglichen Attribute zugewiesen wurden, war, so viel vermittelten diese Erzählungen zweifelsfrei, für weit tiefer greifende Verletzungen verantwortlich, als sie durch bloße Schläge mit der Faust je zugefügt werden könnten. Sie war, wie uns in der Nachmittagsbetreuung nahegelegt wurde, nicht nur von Grund auf niederträchtig, gemein und despotisch, sondern darüber hinaus mit finsteren Mächten verbunden, die im Verborgenen die Fäden gezogen hatten, an denen Gerri wie eine Marionette aufgehängt gewesen war und die ihn schließlich, ohne sein eigenes Zutun, wie er uns versicherte, über den Abgrund geführt und dort dann fallen gelassen hatten.

»Aber so schön«, sagte Gerri meistens irgendwann zwischen diesen Ausführungen, in noch immer frischer Verzweiflung, und ballte dabei die Faust so fest vor dem Gesicht, dass die Knöchel ganz weiß wurden und dass es mir vorkam, als versuchte er, etwas darin Verborgenes unter maximalmöglichem Druck so zusammenzupressen, dass es als Diamant von vergleichbarer Schönheit auf seinem Handteller übrig bleiben würde.

Worin genau die Verletzung bestand, die ihm von seiner Exfrau zugefügt wurde, wobei mindestens Untreue, wahrscheinlicher noch Verrat im Spiel gewesen sein müssen, ließ sich bis zum abrupten Ende der Nachmittagsbetreuung nicht zweifelsfrei bestimmen. Die Verbitterung, die Wut und der angespannte, böse Blick, mit dem er die verräterische Filmfigur Lori auf seinem Fernsehbildschirm anschaute, machten aber ganz klar, dass sie noch nicht verheilt war und Gerri, selbst wenn der Staat, aus dem er zu uns in die bayerische Kleinstadt gekommen war, noch existieren würde, ihretwegen nie mehr zurückkehren konnte in sein altes Leben in diesem Landstrich der Lausitz, mit dem ihn so viel verband.

Als ich sehr viel später in einem Informationszentrum darüber informiert wurde, dass es in dieser DDR, aus der Gerri stammte, ein klandestines Netz der Überwachung und Bespitzelung einzelner Personen gegeben hat, die noch nicht mal einem bewaffneten Untergrund angehört haben mussten, um ins Visier der sogenannten Staatssicherheit zu geraten, und dass es zum Teil sogar eigene Angehörige oder Angetraute gewesen sind, die die Menschen systematisch ausspioniert und die Erkenntnisse an den Staatsapparat weitergeleitet haben, dachte ich, dass es das vielleicht gewesen sein könnte, worauf Gerri in seinen Erzählungen angespielt und was ihn so verletzt hatte wie nichts zuvor.

Solange ich nicht versuche, mich voll aufzurichten, ist der Schmerz in meinem Bauch beim Gehen entlang der Hauptstraße gerade noch erträglich.

Die auch hier etwas über Augenhöhe angebrachten Wahlplakate an den Straßenlaternen tauchen so für mich nur am Rand meines Gesichtsfelds auf. Ihre Botschaften und Bilder sind nicht klar zu erkennen. Die Partei, die auf diesem Stück Hauptstraße plakatiert hat, das ich noch entlangmuss, bis die Nebenstraße abgeht, an der die städtische Turnhalle liegt, hat sich aber offensichtlich gegen Kandidatenportraits entschieden und stattdessen auf Illustrationen ihrer Forderungen und Versprechen gesetzt.

Ich meine, aus dem Augenwinkel eine alte Frau mit silbrig violetter Dauerwelle zu erkennen, die ein blutrotes Portemonnaie geöffnet vor ihr Gesicht hält und mit hinabgezogenen Mundwinkeln hineinschaut. Außerdem einen Traktor, der die sehr geraden Linien frisch umgepflügter Ackerfurchen entlangfährt und der aus einer rückseitig an ihn angehängten Vorrichtung in einem breiten Fächer Odel oder Dünger oder Pestizid verspritzt. Ich meine auch einen Jungen zu erkennen, der einen grauen Filzhut mit weißblauer Borte auf dem

Kopf trägt und über dessen kariertem Hemd die Träger und der hirschhornbesetzte Latz einer Lederhose zu sehen sind, der einem neben sich stehenden Jungen mit schwarzen Locken und sehr viel dunklerer Hautfarbe einen Bleistift in die Stelle der Stirn sticht, an der das Dritte Auge seinen Sitz hat, was den anderen Jungen aber nicht zu stören scheint, zumindest meine ich, dass er einen fröhlichen Ausdruck auf dem Gesicht hat. Und schließlich sehe ich noch, oder meine ich zu sehen, bevor ich an der Hausecke ankomme, an der ich in die Seitenstraße einbiegen werde, einen Mann mit hochgezogenen Schultern, der an einer Tankstelle an einer der Säulen steht und einen Zapfhahn in der Hand hält. Neben dem Mann steht ein flacher Sportwagen, und es ist für mich nicht ersichtlich, ob der Mann mit den Schultern zuckt, weil die Zapfsäule leer ist, das Benzin teuer oder weil sein Wagen einen so hohen Verbrauch hat, er ihn aber trotzdem, denn was sollte er denn sonst machen, gleich betanken wird.

Ich wusste, als ich auf dem Sofa in Gerris Wohnung saß und wir *Die totale Erinnerung* schauten, dass Douglas Quaid später auf dem Bett in seiner Suite im Hilton Hotel auf dem Mars liegt, in das marstypische orangerote Licht getaucht, und dass er hochschreckt, als jemand an seine Tür klopft. Und noch bevor sich diese Szenen wirklich abspielten, fragte ich mich, wie Gerri wohl darauf reagieren wird, dass Quaid vor seiner Hotelzimmertür, als er sie mit vorgehaltener Pistole öffnet, einen etwas dicklichen älteren Herrn vorfindet, der sich als Doktor Edgemar von der Rekall vorstellt und sagt, er müsse sich dringend mit ihm unterhalten.

Der Bauarbeiter-Geheimagent zieht Doktor Edgemar am Kragen seines Jacketts ins Zimmer und schließt die Tür, sichtlich in Sorge vor weiteren Hinterhalten und Überfällen, die es auf ihn und die wichtigen Informationen in seinem Kopf abgesehen haben könnten. Doktor Edgemar entschuldigt sich bei Douglas Quaid, allerdings nicht für seinen unangekündigten Besuch, sondern dafür, dass er gar nicht da sei. Und als Quaid nicht begreift, sich von dem älteren Herrn hinters Licht geführt fühlt, setzt der ihm auseinander, dass sie sich beide nicht wirklich dort in der Suite im Hilton Hotel auf dem Mars befänden, sondern Quaid vielmehr auf der Erde im Implantationsraum der Agentur Rekall auf einem Behandlungsstuhl fixiert sei und er, Edgemar, ihn von einem Psychoerforschungssteuerpult aus überwache. Er habe sich nun sozusagen als Notfallmaßnahme in Quaids Traumsequenz implantiert, um ihm zu helfen, wieder aufzuwachen und in sein altes Leben zurückzufinden.

Doktor Edgemar erklärt Douglas Quaid, der nicht recht glauben will, dass es sich hier nicht um eine weitere Volte im Täuschungstheater handelt, das für oder vielmehr gegen ihn aufgeführt wird, dass er gerade eine freigestaltete Wahnvorstellung erlebe, die zwar auf den Gedächtnisbändern der Rekall basiere, auf dem Urlaub, den Quaid ursprünglich bei der Agentur gebucht habe, die nun aber aufgrund einer schizoiden Embolie während des Implantationsprozesses außer Kontrolle geraten sei und vom träumenden Bauarbeiter immer weiterphantasiert werde, je länger sie dauere.

Quaid fasst sich selbst an die Brust und kneift Doktor Edgemar in die Schulter, wie um zu argumentieren, dass, was sich so wirklich anfühlt, doch nur wirklich sein kann. Und erstaunlicherweise kann ich mich nicht erinnern, ob Gerri während der folgenden Szenen geseufzt, geredet oder seine gelben Zähne gefletscht hat, vielleicht war er auch gerade auf dem Klo oder in der Küche, um sich eines der isotonischen Sportgetränke aus dem Kühlschrank zu holen, die er in rauen Mengen trank.

Doktor Edgemar bittet Douglas Quaid darum, die Tür zu seinem Hotelzimmer ein weiteres Mal zu öffnen, macht es dann, aufgefordert unter vorgehaltener Pistole, selbst und lädt die davor stehende Sharon Stone, die er Misses Quaid nennt, mit einer servierenden Handbewegung dazu ein hereinzukommen.

Mister Quaid reagiert sehr misstrauisch auf den Anblick der Frau, die er zuletzt bewusstlos auf dem Fußboden der gemeinsamen Wohnung gesehen hat:

»Ich nehme an, du bist auch nicht hier?«

»Doch«, entgegnet Lori, »ich bin hier, hier bei Rekall. Und ich liebe dich.«

»Genau. Deshalb hast du auch versucht, mich umzubringen.«

»Nein. Ich würde niemals etwas tun, um dich zu verletzen. Ich möchte, dass du zu mir zurückkommst.«

Die Nebenstraße, an der die städtische Turnhalle liegt und die von der Kreuzung mit der Hauptstraße aus leicht abfällt, wodurch ich sie auch in gekrümmter Haltung gut hinabschauen kann, ist an ihren Rändern vollständig zugeparkt. Ich kann mich nicht daran erinnern, dass hier früher schon so viele Fahrzeuge am Straßenrand gestanden haben, als ich den Weg von der Schule zur Turnhalle, von der Turnhalle zu Gerris Wohnung und von dort nach Hause zu Fuß zurückgelegt habe. Vielleicht waren aber ebenso viele, nur eben andere, zu der Zeit als die neuesten technischen Errungenschaften angepriesene Traumautos in der Nebenstraße geparkt.

Auch der Auftritt seiner vermeintlichen Frau im Hotelzimmer auf dem Mars kann Douglas Quaid nicht wirklich überzeugen. Doktor Edgemar wird etwas ungeduldig mit diesem bewaffneten Kunden der Rekall. Er fragt ihn, was er denn nun selbst für wahrscheinlicher halte, dass er eine paranoide Episode durchlebe, die durch ein neurochemisches Trauma während der Implantationsprozedur seines Traumurlaubs ausgelöst wurde, oder dass er ein unbesiegbarer Geheimagent vom Mars sei, Opfer einer interplanetarischen Verschwörung, die ihn glauben machen will, er sei nur ein gewöhnlicher Bauarbeiter.

Doktor Edgemar fordert Douglas Quaid auf, mit der Selbstbestrafung aufzuhören. Im richtigen Leben sei er doch ein feiner, aufrechter Mann, der eine wunderschöne Frau habe, die ihn liebe. Sein ganzes Leben liege noch vor ihm, aber nur, wenn er bereit sei, in die Realität zurückzukehren. Und das müsse er aus freien Stücken tun, er müsse es wollen.

Unter bestätigendem Nicken Loris holt Doktor Edgemar eine rote Pille aus seiner Jacketttasche hervor und hält sie Douglas Quaid vors Gesicht. Dies hier, sagt er, wäre ein mögliches Symbol für Quaids Wunsch, in die Realität zurückzukehren. Wenn er diese Pille schlucke, werde er in seinem außer Kontrolle geratenen Traum einschlafen, und man könne ihn gefahrlos im Behandlungsraum der Rekall in die Wirklichkeit hinein aufwecken.

Wenn er nur einmal versuchsweise annehme, erwidert Douglas Quaid nach ein paar Sekunden angestrengten Überlegens, dass das alles stimme, wovon Doktor Edgemar und Lori ihn hier überzeugen wollten, wenn alles nur ein Traum sei, der sich in seinem Kopf abspiele, dann wäre es doch, und während er das sagt, zielt er mit seiner Pistole auf die Stirn des Doktors, ohne Folgen, wenn er jetzt den Abzug drücke und Edgemar erschieße.

Der Gesandte der Rekall schielt auf die Mündung des auf ihn gerichteten Pistolenlaufs und spricht, aufgebrachter, ungeduldiger, zornig fast, weiter, dass es für ihn selbst überhaupt keinen Unterschied machen würde, für Quaid aber wären die Konsequenzen vernichtend. Wenn er sich dazu entschließen sollte, ihn, den Boten zwischen der wirklichen Welt und dem Wahn Quaids, zu erschießen, würde er sich damit die letzte Verbindung zurück in die Realität verschütten. Seine Traumwelt bliebe konstant, er wäre weiterhin auf seiner Geheimagentenmission unterwegs und würde vielleicht sogar erfolgreich den Aufstand der Rebellen anführen, tatsächlich aber wäre er auf der Erde in permanenter Psychose gefangen, unrettbar, für immer.

Quaid scheint fast überzeugt, vielleicht hat er auch Angst vor dem Szenario, das ihm gerade ausgemalt wurde, jedenfalls lässt er die Pistole langsam sinken, sieht erst zu Lori, die ihn bezaubernd anlächelt, dann auf den Teppichboden vor sich und dann in Doktor Edgemars Gesicht, wo ihm allerdings ein Angstschweißtropfen auffällt, der von der Stirn des Angestellten der Rekall seine Schläfe und die Wange hinabrollt.

Für meinen Bruder und mich war das bei jedem Schauen der entscheidende Moment des Films. Der Schweißtropfen Edgemars ist für Douglas Quaid der abschließende Beweis, dass er nicht träumt, dass sich der Doktor, der ihn zu überzeugen versucht, in wirklicher, gegenwärtig realer Todesangst befindet. Der Bauarbeiter-Geheimagent benötigt von dem Moment, in dem er den verräterischen Tropfen entdeckt, nur eine Sekunde, um sich seiner selbst im Hotelzimmer auf dem Mars zweifellos sicher zu sein. Er schießt Doktor Edgemar eine Kugel in die Stirn, der davon augenblicklich tot nach hinten wegkippt, mit einem erstaunten Ausdruck auf dem Gesicht.

Lori, die über den Schuss zunächst unheimlich erschrickt, schreit, wutverzerrt und als wäre sie bereits in einer albtraumhaften Endlosschleife gefangen, immer wieder denselben Satz: »Jetzt hast du's geschafft!«

Ich sehe meine gekrümmte Gestalt mit dem Sonnenbrand im Gesicht und dem Loch im Hemd in den Seitenfenstern und dem überwiegend grau und schwarz glänzenden Lack der am Straßenrand geparkten Autos gespiegelt. Mir ist erst nicht klar, ob es an der Ablenkung durch mein neben mir hergehendes Spiegelbild liegt, meinen etwas verzerrten, ebenso krummen Begleiter, der zuverlässig zu den Kotflügeln hin zusammengestaucht wird, verschwindet und im nächsten Wagen wiederauftaucht, dass ich das Gebäude der städtischen Turnhalle übersehe, obwohl ich doch weiß, wo es zu finden ist. Ich drehe mich ein paarmal hin und her, und meine Augen rollen von der einen Seite auf die andere, ich sehe, denke ich, jetzt wirklich so aus, als hätte ich den Verstand und damit meinen Platz in der Welt verloren.

Dann begreife ich, dass der alte Turnhallenbau, der zur Zeit unseres nachmittäglichen Kinderboxens schon etwa einhundert Jahre zwischen den Wohnhäusern auf der anderen Straßenseite gestanden hatte, fehlt und also gar nicht gefunden werden kann. Einige Sekunden blicke ich auf diese Lücke, diese entsetzliche Baulücke, gehe dann über die Fahrbahn auf die andere Seite und sehe die säuberlich verputzten Brandmauern der angrenzenden Häuser, dazwischen ein geschottertes, freies Feld, das sich über die ganze Tiefe des Grundstücks erstreckt. Vor diesem Schotterfeld, an seinem Übergang zum Bürgersteig, steht ein merkwürdig niedriger Bauzaun, der etwas spielzeughaft auf mich wirkt, wie die Straßenschilder und Ampeln auf den Fahrradparcours, auf denen Schulkindern die Verkehrstauglichkeitsprüfung abgenommen wird.

Mein Bruder und ich konnten, egal, wie oft wir *Die totale Erinnerung* schauten, am Ende nie sicher sagen, ob Douglas Quaid, nachdem er Doktor Edgemar erschossen hat, wirklich zum Held wird, den Mars und seine Bevölkerung rettet, die Bösen umbringt und das Herz der schönen Rebellin erobert, die ihn in der letzten Einstellung auffordert, sie zu küssen, oder ob er von da an ein unwiederbringlich in seiner psychotischen Wahnvorstellung gefangener Pflegefall ist.

Kurz nach der entscheidenden Hotelzimmerszene schießt Quaid auch Lori eine Kugel in den Kopf, als sie sich in dem voltenreichen Verschwörungsplot abermals gegen ihn gewendet zu haben scheint. Und wieder mündet der aus Verwirrung geborene, gewaltvolle Übersprung in einen coolen Spruch, wenn Quaid zur erschossenen Lori, der es aus einem Loch in der Stirn blutet, sagt: »Betrachte das hier als Scheidung«.

Ich bin mir ziemlich sicher, dass Gerri über diesen Satz auf eine freudlose Weise gelacht hat, als wir den Film in seiner Wohnung geschaut haben. Zumindest glaube ich jetzt, wo ich vor der Lücke stehe, die die abgerissene städtische Turnhalle hinterlassen hat, dieses Lachen zu hören – zwei kurze, hechelnde Luftstöße, die direkt in einen schleimigen Raucherhusten übergehen.

Ich spüre einen Luftzug, der von der Baulücke herkommt. Wie von einer Riesenlunge, die am Ende des Grundstücks einatmet. Oder von einer geöffneten Luftschleuse, durch die das All alles, was beweglich ist, aus dem Raumschiff nach draußen zerrt. Oder wie vom sturmfauchenden Nichts aus der *Unendlichen Geschichte*, das den zerbröckelnden Palast der Kindlichen Kaiserin in sein aufwallendes Schwarz hineinsaugt.

Ich meine, im Schotter, der über den Boden verteilt wurde, eine Bewegung zu erkennen, ein langsames Umgewendetwerden und Vorwärtsrollen in jedem einzelnen Stein. Und ich meine, dass dadurch ein Wispern entsteht, ganz fein und kaum hörbar, das aber von den Brandmauern zurückgeworfen wird. Wie ein Zwiegespräch in einem Versteck. Und ich bemerke, dass ich mich aufgerichtet habe ohne Schmerzen. Und ohne zu wissen wann.

Nimmt nicht eigentlich Lori, denke ich, und habe ich das denn nicht damals schon auf Gerris Sofa gedacht, beim Schauen in dieser Wohnung, das mir jetzt, wo ich vor dem Loch in der Häuserzeile stehe, hochgradig unwahrscheinlich erscheint, wie die ganze kurzlebige Nachmittagsbetreuung, die diffuse, neblig verqualmte Luft, *Der Sorbische Schmiedehammer*, die Schläge von Benny Fleißer, die anderen jungen Jungs und die uralten, stinkenden Handschuhe, geleitet vom Glauben an die unverbrüchliche liebevolle Verbindung auf ihrem gefahrvollen Weg hinein in die wahnhaften, psychotischen Tiefen der Seele ihres Mannes, unendlich geduldig und ewig hoffend, ihn davon überzeugen zu können, dass sie seine Frau ist und er durch seine Liebe zu ihr herausfinden kann aus dem Albtraum, in den er sich aus freien Stücken begeben hat, dieselbe Rolle ein wie die Robin Williams-Figur in *Hinter dem Horizont*, als sie zu ihrer Frau in die Hölle der Selbstmörderinnen hinabsteigt?

Und ist nicht die Kugel, die Quaid ihr in den Kopf schießt, anstatt sich überzeugen zu lassen, dass es eine andere Welt gibt, die wirklich ist und in der die beiden ein echtes Liebespaar sind, ein finales, unauslöschliches Zeichen der Abkehr vom Licht, wie der Rauswurf meiner Mutter durch ihren immer tiefer in die eigene Umnachtung hinabsinkenden Exmann?

Das Gebäude der städtischen Turnhalle hätte doch, denke ich, allein aufgrund seines Alters unter Denkmalschutz stehen müssen. Warum es abgerissen wurde, wenn danach nichts Neues an seiner Stelle aufgebaut wird, und warum man keine Plakette oder Stele oder Bodenplatte zum Andenken an all den Schweiß und das Geschrei, die Siege und die Niederlagen hier angebracht hat, leuchtet mir überhaupt nicht ein. Es kommt mir vor, als wäre hier ein Zerstörungswunsch am Werk gewesen, dem das knarzige, staubige, abgewetzte, übelriechende Alte vor allem deshalb zuwider ist, weil es ein Vergessen behindert, das den meisten Menschen, nicht nur hier in der Kleinstadt, denke ich, eine Befreiung bedeutet.

Ich beginne mich zu fragen, ob es die städtische Turnhalle je wirklich gegeben hat und auf welche Gebäude meiner Erinnerung ich mich überhaupt noch verlassen kann. Vielleicht konnte Gerri, denke ich, deshalb nicht ablassen von der Verletzung, die ihm durch seine Exfrau zugefügt worden war, musste sie selbst frisch und offen halten und am Verheilen hindern, weil sie ihm die letzte Rückversicherung bedeutete, dass sein vergangenes Leben in diesem gefallenen und verschwundenen Staat wirklich stattgefunden hat. Er konnte jedenfalls nicht mehr zurück an den Ort, an dem sie ihm zugefügt worden war, und die Sache für sich in Ordnung bringen, was immer das in seinem Fall auch bedeutet hätte.

Jetzt, vor dem verschwundenen, phantastischen Raum des Kinderboxens unter seiner Aufsicht, kommt mir zum ersten Mal der Gedanke, dass es auch ein gewaltvoller Übergriff Gerris auf seine Exfrau gewesen sein könnte, der seinen Wegzug notwendig gemacht hat. Ein verwirrter, verzweifelter Übersprung des Boxers, auf den kein cooler Spruch mehr folgte und der niemals eine ausreichende Rechtfertigung finden würde, in keinem noch so perfiden Verschwörungsplot, nach der er deshalb aber umso unermüdlicher suchen musste, an den absurdesten Orten und in völlig unpassender Gesellschaft.

Und ich befürchte schon, dass ich bereits aufhöre, an ihn zu glauben, als mir der Benny Fleißer aus meiner Erinnerung, neben mir auf Gerris Sofa sitzend, seinen Handrücken vors Gesicht hält, der noch etwas ungeheuerlicher als das Innenfutter der Boxhandschuhe riecht und auf dem eine längliche, hellrosafarbene Narbe zu sehen ist.

Benny erklärte mir, dass er ein Verfahren entwickelt habe, um sich ohne Hilfsmittel, größere Schmerzen oder Gefahr selbst Narben zuzufügen. Vor Rasierklingen, wie ich sie zuvor schon Miss Jones zum Öffnen ihrer Pulsadern in der Badewanne habe verwenden sehen, hatte er, glaube ich, großen Respekt, wenn nicht sogar Angst. Seine Technik bestand jedenfalls darin, wie er mir erklärte, mit dem Fingernagel an der betreffenden Stelle so lange hin- und herzureiben, bis die Haut sich schließlich öffnete. Wenn man so bis in die unteren Schichten vordringe, sagte er, bleibe für immer eine Narbe zurück wie diese hier auf seinem Handrücken.

Ich hatte dem Stolz, mit dem Benny mir sein Werk präsentierte, nichts entgegenzusetzen. Ich wusste, dass ich irgendwie, auf eine nicht in Worte zu fassende Weise, dankbar war für die Erfahrung, die mir diese Hand ermöglicht hatte, als sie mich schlug. Außerhalb des Rings jedoch wollte ich mich mit ihr und ihrem Träger und Verunstalter nicht befassen müssen. Ich wollte, denke ich, vor der Lücke, die die städtische Turnhalle hinterlassen hat, nicht belangt werden von Bennys Schicksal und den verqueren Maßnahmen, die er offensichtlich ergriff, um die Sache der Verletzungsspuren buchstäblich selbst in die Hand zu nehmen.

Als ich meinen Blick von Bennys Handrücken und der Narbe, die in meinem Kopf vor allem als madiges, sich aus sich selbst hervorstülpendes, wucherndes Wortwesen fortbestand – Fleißers Narbe, Fleißernarbe, Fleißnarbe, dachte ich –, ab und dem Fernsehbildschirm zuwandte, stand dort gerade die Schauspielerin Isabelle Adjani in einer Küche in Berlin und versuchte, die Augen weit aufgerissen, sich mit einem elektrischen Filetiermesser selbst den Kopf abzuschneiden.

Wir schauten die Filme in Gerris dunkler Wohnung an den Nachmittagen nach dem Kinderboxen hauptsächlich von originalen Kaufkassetten, die er in einer der Schubladen unter dem Fernseher in seiner Wohnzimmerschrankwand sammelte, wo sie, weil Gerri keine eigenen Kinder hatte, die bei ihm lebten, nicht in einen erlaubten und einen verbotenen Bereich getrennt werden mussten.

Er lieh sich auch Filme aus der Videothek aus, die dann in den typischen neutralschwarzen Plastikhüllen auf dem Teppichboden vor der Schrankwand aufgestapelt waren. Allerdings bin ich Gerri nie begegnet, wenn ich mit meinem Vater in der *Videotime* war. Er muss entweder zu einer anderen Videothek gegangen sein oder sich ausschließlich in der Erwachsenenabteilung aufgehalten haben.

Gerri war kein Pirat, er kopierte die Filme aus der Videothek nicht auf Leerkassetten. Vielleicht hatte er einfach nur nicht die entsprechenden Geräte von Herrn Letterau in die Wohnzimmerschrankwand eingebaut bekommen, vielleicht gefiel es ihm aber auch grundsätzlich besser, die gekauften Originalkassetten mit den individuell gestalteten Hüllen zu sammeln.

Den Film *Possession*, der auf dem Fernseher lief, während mir Benny seine Fleißnarbe zeigte, und in dem sich Isabelle Adjani mit dem Filetiermesser in den Hals schneidet, habe ich bei Gerri zum ersten Mal geschaut. Er war, wie ich später nachkontrolliert habe, nicht im Bestand der *Videotime* und auch nicht in der Piratenvideothek meines Vaters zu finden. Gerri hatte den Film als etwas Besonderes anmoderiert und ausnahmsweise, das fiel mir sofort auf, weil es sonst nicht vorgekommen ist, keine Originalkassette in den Videorekorder geschoben, sondern eine überspielte, auf deren weißem Klebeetikett mit dem *BASF*-Logo ich meinte, in dem kurzen Augenblick, den es brauchte, bis sie nach dem Einstecken vollständig im Rekorder verschwand, den Titel und die Spieldauer in derselben gleichmäßig nüchtern protokollarischen Handschrift mit hellblauem Kugelschreiber geschrieben stehen zu sehen wie auf der mysteriösen Kopie von *Natural Born Killers*, über deren Herkunft Ozan sich so hartnäckig ausgeschwiegen hatte.

Als der Film begann, erkannte ich in der männlichen Hauptrolle den neuseeländischen Schauspieler Sam Neill, mit dem ich vor allem die Figur des amerikanischen Paläontologen Doktor Alan Grant aus *Jurassic Park* (der erste Film, für den ich mehrmals und ohne elterliche Begleitung, gemeinsam mit Markus Fellhauer im Kino gewesen war) verband, der, anders als die amerikanischen Forscher in der Arktis in *The Thing*, die gefährliche Lebensform gar nicht selbst aus dem Eis oder dem Boden extrahieren musste, sondern sie gleich schon lebendig und hungrig auf einer eigens für sie reservierten Insel vorfand.

Der Sam Neill in *Possession* war auffallend viel jünger als der in *Jurassic Park*. Und während sich die Handlung des Films vor uns Sitzenden auf Gerris Sofa entfaltete, fand ich ihn auch ganz offensichtlich weniger reif und verantwortungsbewusst als in seinen späteren Abenteuern mit den Dinosauriern. Doktor Alan Grants Umgang mit den Ungeheuern, die ihn faszinieren, mit seiner Kollegin und Freundin Doktor Ellie Sattler und mit den Kindern Lex und Tim, die zu beschützen er sein Leben aufs Spiel setzt, obwohl er Kinder eigentlich hasst, wirkte sehr viel erwachsener auf mich als alles, was ich von Neills Figur in *Possession* zu sehen bekam.

Die Figuren von Sam Neill und Isabelle Adjani sind ein Paar, das mit ihrem gemeinsamen Sohn Bob in Westberlin in einer Wohnung mit Blick auf die Mauer und die nebelverhangenen, grauschwarzen Fassaden Ostberlins leben. Die geteilte Stadt Berlin, die ich so ausführlich und in bewegtem Bild zum ersten Mal in *Possession* gesehen habe, hat im Film etwas ungeheuer Ruinöses an sich. Der Verfall, der bis in die riesigen leeren Wohnungen hineingedrungen schien, die die Filmfiguren behausten, das Rissige und Abgeblätterte, Schimmlige, Verkohlte und Muffige dieses Ortes zogen mich unmittelbar an.

Es gab in der Kleinstadt, mit der einzigen Ausnahme der alten städtischen Turnhalle, die wohl aus diesem Grund, denke ich, abgerissen wurde inzwischen, keine Orte, die auf eine vergleichbare Weise heruntergekommen waren. Und es war die Kleinstadt auch nicht auf dieselbe Weise leer und indifferent wie das Berlin aus *Possession*, in dem man auf offener Straße laut schreien und schießen und blutüberströmt herumtorkeln und notdürftig in Duschvorhänge eingewickelte Leichen in einen Kofferraum hieven konnte, ohne dass es jemand mitbekam oder sich dafür interessierte.

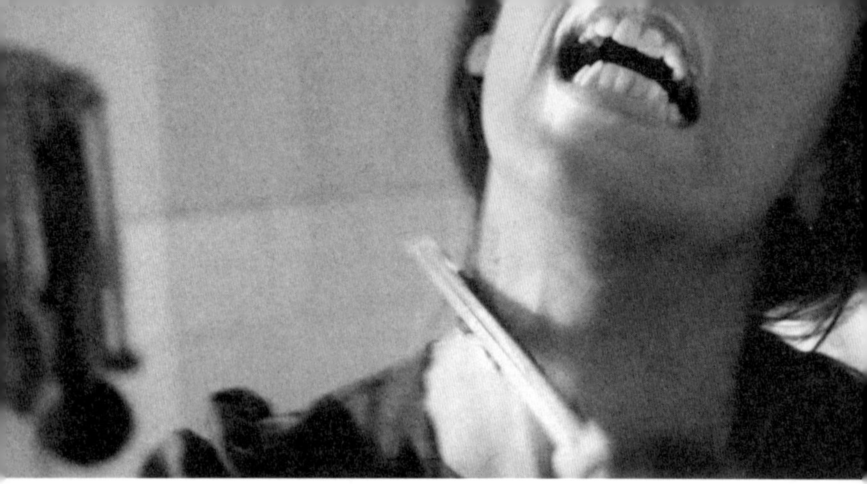

Das Paar in *Possession* befindet sich in einer Krise. Isabelle Adjanis Figur Anna hat verschiedene Affären und vernachlässigt das gemeinsame Kind. Sam Neills Figur Mark ist immer wieder für längere Zeit in geheimagentenhaften Missionen unterwegs, die der Film nicht näher erläutert. Als er nach dem letzten Auftrag nach Hause kommt, findet er seinen Sohn ungewaschen und seine Frau seltsam verstört und abweisend vor. Sie bejaht seine aufgebrachte Frage, ob sie mit anderen Männern schlafe. Im Verlauf der Handlung wird klar und wurde uns Schauenden auf dem Sofa auch explizit gezeigt, dass Anna außerdem regelmäßig mit einem dämonischen, tentakelbewehrten, schleimig schmatzenden Wesen in einer riesigen Kreuzberger Altbauwohnung, deren einziges Möbelstück ein Bett ist, Sex hat, wodurch dieses Wesen mehr und mehr von ihr Besitz ergreift.

In einem langen, schummrig beleuchteten Fußgängertunnel mit schmutzigen Kacheln an den Wänden, im

Westberliner U-Bahnhof *Platz der Luftbrücke*, erleidet Anna einen Anfall, als sie dort allein auf dem Heimweg vom Einkaufen ist. Sie wird von wilden Spasmen geschüttelt und hin- und hergeworfen, klatscht ihren Einkaufsbeutel wie von einer fremden Macht gesteuert gegen eine der gekachelten Wände, reibt sich gegen diese Wand in einem glitschigen Gemisch aus Milch und rohen Eiern, wird zu Boden geworfen und wieder hochgerissen und erinnerte mich, als ich auf Gerris Sofa zwischen den anderen jungen Jungs saß, sofort an die Szenen aus *Der Exorzist*, die ich zuerst allein und dann noch mal mit Markus Fellhauer gesehen hatte, in denen das besessene Mädchen Regan auf eine ganz ähnliche Weise wild sich schüttelt, herumgeschleudert und verdreht und verrenkt wird.

Wir schauen hier also, dachte ich, der ich, glaube ich, gar nicht wusste, was das Wort *Possession* bedeutet, einen weiteren Teil aus einer langen Reihe, die von Mädchen und Frauen handelt, in die der Teufel eingezogen ist. Und obwohl ich ursprünglich dachte, dass es den maximalen Anspruch bedeutete, diese Filme allein, ohne meinen Bruder und später ohne den Rahmen unserer Mutproben zu schauen, empfand ich die Besessenheit, die Brutalität und den Monstersex in *Possession*, eingeklemmt auf der Couch zwischen anderen jungen Jungs, von denen ich sicher annehmen konnte, dass sie noch sehr viel weniger vom Dunklen geschaut hatten in ihrem Leben, maximal verstörend und beängstigend. Sehr wahrscheinlich, wie ich heute denke, weil ich in Gerris Wohnung, als eine seiner

Schildkröten, den Film, ohne das zu wollen, auch durch seine Augen sehen musste, die die Augen eines verletzten Mannes waren, der aus einer gescheiterten Ehe als ein ebenso Verstörter, in aggressiver Hilflosigkeit Gefangener hervorgegangen war wie Douglas Quaid oder Sam Neills Figur Mark.

In meinen Ohren beginnt es zu klacken. Zuerst meine ich, wie wenn man sie nach einem Flug oder dem Tauchen durch Gähnen vom Überdruck befreit. Dann aber merke ich, dass es ein rhythmisches, mechanisches Klacken ist, das sich in gleichbleibendem Takt wiederholt. Wie ein vergeblicher Blinker, gesetzt für einen Abbiegevorgang, der niemals stattfinden wird.

Mark sagt zu Anna, zwischen hasserfüllt zusammengepressten Zähnen hervor, als sie wild und planlos Sachen in der Wohnung herumwirft, manches in ihre Manteltaschen stopft, offensichtlich entschlossen, ihren Mann, das Kind und die gemeinsame Wohnung zu verlassen, um in dem leeren Kreuzberger Altbau mit dem Ungeheuer zu schlafen, dass die Liebe nichts sei, was man einfach so umschalten könne wie das Fernsehprogramm. Sie erwidert ihm, dass sie mit allen ficke, an jeder Straßenecke, und dass er sie gehen lassen solle.

Ich traute mich gar nicht, zu Gerri rüberzuschauen und zu sehen, was er wohl für ein Gesicht machte, als Anna versucht, an Mark, der sich ihr vor der Wohnungstür in den Weg stellt, vorbeizustürmen, um dann mit mehreren Hieben, die sie erst nicht so recht zu Fall bringen, von ihm niedergeschlagen zu werden. Mark schreit unter Tränen, dies sei die Strafe für ihre Lügen, obwohl sie doch, dachte ich auf dem Sofa, die ganze Zeit über nicht gelogen, sondern sehr klar gesagt hatte, was sie machte und wollte.

Das Paar stirbt gemeinsam. Anna schießt sich am Ende von *Possession* auf eine umständliche Weise mit einer kleinen Pistole selbst in den Rücken, als sie auf dem schon sterbenden Mark liegt, den mehrere Kugeln eines Sondereinsatzkommandos der Berliner Polizei in einem heruntergekommenen Treppenhaus beim Versuch, Anna zur Flucht vor ihrer Verhaftung zu verhelfen, niedergestreckt haben.

Das Monster hat sich zu diesem Zeitpunkt mit Annas Hilfe fortgepflanzt und eine täuschend echte menschliche Tarnung angenommen (es sieht haargenau so aus wie Mark, als wäre es sein Zwilling), in der es mit dem Leben davonkommt. Zum Schutz des Monsters und ihrer intimen Beziehung zu ihm hat Anna im Filmverlauf zwei Privatdetektive, die sie in Marks Auftrag in der leeren Altbauwohnung aufgespürt haben, sowie ihre beste Freundin Margit getötet und zersägt und die Leichenteile im Kühlschrank verstaut.

Mark wird auch selbst zum Mörder, als er einem von Annas menschlichen Liebhabern, dem Esoteriker Heinrich, auf der Herrentoilette der Altberliner Eckkneipe *Stiege* den schweren Keramikdeckel eines Spülkastens gegen den Kopf schlägt und den Bewusstlosen dann in einer mit Socken verstopften Kloschüssel im überlaufenden Abwasser ertränkt.

Ich habe mich, ohnehin durch das Klebeetikett auf der Kassette an den Film erinnert, gefragt, ob Anna und Mark wie Mallory und Mickey in *Natural Born Killers*, wenn sie es geschafft hätten, etwas länger am Leben zu bleiben, mehr Leute zu töten und vielleicht auch gemeinsam aus einem Gefängnis auszubrechen, ihre Beziehung und damit auch ihre Liebe nicht nur retten, sondern zu etwas Erhabenem hätten machen können. Oder ob es dafür einer gleichwertig über beide verteilten Besessenheit bedurft hätte, Mark nicht nur ein eifersüchtig seiner mit dem Dämon sich vereinigenden Ehefrau Nachstellender hätte sein dürfen, dem es nicht gelingt, sie mit Gewalt in diejenige Wirklichkeit zurückzuholen, die nach seinem Verständnis die echte ist.

Anna wird jedenfalls, dachte ich auf Gerris Sofa und wusste, dass ich das mit niemandem würde besprechen können, weil sie sich selbst umbringt, zunächst in die Hölle hinabfahren müssen. Und der Schwellenwächter an seinem Schreibtisch würde ihr, dachte ich, keine lustvolle Dreingabe mehr einräumen können, da sie ja schon zu Lebzeiten all das ausgekostet hat, wofür man Miss Jones noch eine Gnadenfrist gewährt.

Daran, dass Mark schließlich genug Kraft und Mut aufbringen könnte, Anna in die Hölle der Selbstmörderinnen hinterherzusteigen wie die Robin Williams-Figur aus *Hinter dem Horizont*, habe ich damals nicht glauben können. Der anderen Sam Neill-Figur aus *Jurassic Park*, Doktor Allan Grant, hätte ich diese Kraft und diesen Mut sofort zugetraut, Mark aber kam mir von Anfang an so fundamental schwach und ängstlich vor, dass ich mir sicher war, er würde auf dem Weg verzweifeln.

Vielleicht habe ich ein wenig getrödelt auf meinem Heimweg von Gerris Wohnung an diesem frühen Abend, nachdem wir *Possession* geschaut hatten. Verstört von den Bildern und dem Verlauf der Handlung wollte ich wohl noch ein wenig länger durch die konkreten Straßen der Kleinstadt gehen, die mir vertraut waren, an den Häusern mit den ordentlich instand gehaltenen Fassaden entlang, in denen, wie man durch die zum Teil beleuchteten Fenster sehen konnte, mehr Möbel waren als nur ein Bett, auf dem ein schleimiges Monster darauf wartete, sich in eine neue Wirtin einnisten zu können.

Während das Klacken in meinem Kopf mich nervös zu machen beginnt, glaube ich aber nicht, dass die Kleinstadt und die fenstergroßen Ausschnitte der Häuslichkeit ihrer Bewohner, ihre Lebensweise, die offensichtlich sehr verschieden war von der der Menschen in der geteilten Stadt Berlin, mich damals beruhigen konnten oder mir das Gefühl einer Wirklichkeit zurückgeben, in der ich wissen könnte, wie eine Familie richtigerweise zusammenlebte.

Vielleicht hoffte ich, dass eines der Fenster geöffnet sein würde und dass dort Frau Kovačevski säße,

Schwaden von Rauch ausatmend, und mir sagte, dass das nicht schlimm sei, dass hier überall falsch geträumt wird.

Als ich an diesem frühen Abend zu Hause ankam, kommentierte mein Vater meiner Mutter gegenüber in vorwurfsvollem Tonfall, wie ich roch.

»Der Bub riecht, wie wenn er aus dem Wirtshaus kommt«.

Ich wusste, dass man die Kleider, nachdem man in Gerris Wohnung gewesen war, am nächsten Tag nicht noch mal anziehen konnte und dass meine Mutter das dadurch erhöhte Wäscheaufkommen lästig fand. Aber sie hatte, dachte ich, doch noch gar keine Gelegenheit gehabt, meine Sachen zu waschen, schließlich trug ich sie noch und war gerade erst nach Hause gekommen.

Meine Mutter schwieg und schaute vor sich auf den Fußboden, während mein Vater mir, ernst und fast ein wenig gekränkt, als wäre sein Vertrauen missbraucht worden, was mich an die Befragungen und die Sanktionsverkündung nach dem aufgeflogenen Betrachten ohne Sachen mit Lotta erinnerte, auseinandersetzte, dass sie sich mit den Eltern der anderen Jungs verständigt hätten und gemeinsam den Beschluss gefasst, dass wir nicht mehr zu German Czornack gehen werden. Nicht zum Boxen und erst recht nicht zur Nachmittagsbetreuung.

Einer der anderen Jungs vom Sofa hatte seinen Eltern zu Hause wohl ausführlich von den Filmen erzählt, die wir bei Gerri zu sehen bekamen, woraufhin diese sich sorgenvoll an all die anderen Väter und Mütter gewendet hatten. Mir kam das irgendwie schwächlich, feige und läppisch vor, so wie mir Markus Fellhauer immer vorgekommen war, wenn er eine Regelübertretung nicht vor seinem herrischen Autohausbesitzervater geheim halten konnte.

Es ließ sich nicht ganz genau festmachen, welcher Aspekt dieses Schauens eigentlich den Anstoß erregt hatte. Ob es die Tatsache war, dass Gerri uns fernsehen ließ, anstatt uns bei unseren Hausaufgaben zu helfen, oder der Umstand, dass wir dabei ausschließlich Filme geschaut haben, die nicht für unser Alter freigegeben waren (wobei ich nach dem Schauen von *Possession* zum ersten Mal das Gefühl hatte, diese Altersbeschränkungen könnten doch auch manchmal ihre Berechtigung haben), was aber zumindest meinen Vater nicht besonders beeindruckt haben dürfte (weshalb ich mich fragte, ob er vielleicht im Zuge dieser aufwallenden elterlichen Entrüstung, ähnlich wie Gabriele Continua am Tag unseres Erwischtwerdens, erst durch das autoritäre Auftreten anderer an seine eigene Autorität erinnert wurde). Oder ob die Aushöhlung des kleinfamiliären Ideals, die in diesen Filmen betrieben wurde, in denen die Familien nicht zusammenbleiben und gemeinsam die Schrecknisse überstehen und den Tod überwinden, sondern im Gestus der Befreiung zerrissen und zerstört und dem Nichts überantwortet werden, unsere Eltern gegen Gerris Nachmittagsbetreuung aufbrachte.

Ich beginne, in der Hoffnung, dass es mich dadurch vielleicht nicht wahnsinnig machen wird, im Rhythmus des Klackens in meinem Kopf zu laufen, setze für jedes Klack einen Schritt auf, was aber kein normales Gehen und auch kein wirkliches Rennen bewirkt. Eher ein sehr zügiges, getriebenes Marschieren.

Oder wäre vielmehr der Grund für den einhelligen Abbruch der Nachmittagsbetreuung, denke ich, während ich fremdgetaktet losmarschiere, in der Verstörung, der Verwirrung und dem gewaltvollen Übersprung der männlichen Filmfiguren zu suchen, von denen sich Gerri offensichtlich repräsentiert gefühlt hat und die auch von unseren Vätern nicht völlig verschieden gewesen sind. Schließlich hatte sich in mir auf meinem Weg nach Hause nach dem Schauen von *Possession* mehr und mehr der Eindruck verfestigt, dass es in den Filmen zumeist die Frauen waren, in die die Teufel und Dämonen einzogen, und die Männer diejenigen, die ihre Wirklichkeit, oder was sie dafür hielten, mit aller Gewalt verteidigen mussten.

Nicht die Tatsache, dass die Filme, die wir bei Gerri geschaut haben, nicht für Kinder geeignet waren, denke ich, war das inakzeptable Problem, sondern dass sich diese Filme und die in ihnen dargestellten Figuren nur allzu gut dazu eigneten, eine dunkle Dynamik, die in den Verhältnissen unserer Eltern am Werk war, zu veranschaulichen.

Ich erinnere mich wieder an meinen Weg die Treppe hoch ins Wohnzimmer der Fellhauers, nachdem mir Markus' Mutter die Tür geöffnet hatte. Und ich frage mich, ob Gerri, Ernst Fellhauer, Ozans abwesender Vater, meine Großväter und mein eigener Vater allesamt an ihrer Unfähigkeit verzweifelten zu verstehen, was in den Frauen vorging, die sie sich doch einmal ausgesucht hatten, in die sie verliebt gewesen waren, die sie geheiratet und mit denen sie Kinder gezeugt hatten. Ob sie die Sehnsucht, die Lust, den Lebenswunsch und das Begeistertsein dieser Frauen aus Angst, sich selbst nie einen angemessenen Begriff davon machen zu können, als dämonische Besessenheit empfanden, die unterdrückt werden musste, durch Schläge oder Gemeinheiten oder eine Lebensweise, in der nicht die Entfaltung dieser Energien vorgesehen war, sondern ihre Verschüttung. Und dann sehe ich wieder meine Mutter der aufrecht durchs Sumpfgras gehenden Gitti gegenüberstehen, mit diesem Ausdruck der Erschöpfung auf dem Gesicht, dieser Müdigkeit, die über ein einzelnes Menschenleben weit hinausgeht.

Auf den Fahrten mit meinen Eltern, an spielfreien Wochenenden, zum Besucherzentrum am Ausgrabungsort der Knochenreste des Menschenaffenweibchens Gitti oder zu den anderen Ausflugszielen im Umland, wenn ich auf der Rückbank saß und aus dem Fenster schaute, während mein Bruder neben mir ein Gameboyspiel spielte, tippte ich oft, mit meinen Zehen in den Schuhen, in die Zwischenräume zwischen den

Begrenzungspfosten hinein, in dem Rhythmus, in dem sie, entsprechend der unterschiedlichen Geschwindigkeiten, am Seitenfenster vorüberzogen.

Ich denke an dieses Tippen meiner Zehen in den Schuhen, während es klackt in meinem Kopf und während ich die Seitenstraße, in der sich die städtische Turnhalle bis zu ihrem Abriss befunden hat, hinabgehe in Richtung der Mehrparteienmietskaserne, in der mein Vater lebt. Und ich versuche, meine Schritte in den stillen Zwischenraum vor dem nächsten Klack zu setzen wie damals in die Zwischenräume zwischen den vorbeiwischenden Begrenzungspfosten, vielleicht sogar zwei Schritte, denke ich, wodurch ich noch schneller zu gehen anfange, wie bei meinem hastigen Laufen zur nächsten Bushaltestelle, als ich im Auftrag Bernd Letteraus als elektrotechnischer Praktikant zum Gefängnis unterwegs war.

Und wieder stellt sich mit dieser Erinnerung die nun absurd gewordene Befürchtung ein, ich könnte es nicht rechtzeitig schaffen. Zur Abfahrt am nächsten Halt. Als würde mein Vater nicht den ganzen Tag und den ganzen nächsten in seiner Wohnung sitzen. Als würde er nicht auf mich warten, was er, denke ich dann, wohl tatsächlich nicht macht.

Ich finde, jetzt, beim nächsten Klack, jetzt beim nächsten Schritt, dem nächsten, dass ich mich ausreichend erinnert habe und dass auf diese Weise nichts zurückzuholen sein wird.

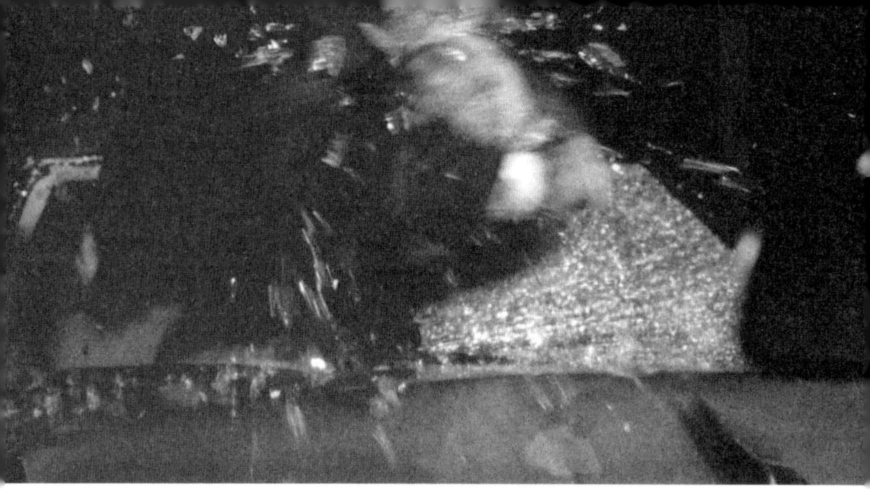

Schon als erwachsener Mensch, lange nach meinem eigenen Wegzug aus der Kleinstadt, habe ich dem kanadischen Schauspieler Elias Koteas, dem einige Narben ins Gesicht und auf den ganzen Körper geschminkt waren, dabei zugesehen, wie er in einem alten, verbeulten Lincoln-Cabriolet durch das nächtliche Toronto fährt und dem neben ihm auf dem Beifahrersitz sitzenden US-amerikanischen Schauspieler James Spader das Projekt erklärt, das, im Rahmen der Handlung von *Crash,* wohl durchaus als sein Lebenswerk bezeichnet werden kann.

Koteas' Figur Vaughan spricht von der Anziehungskraft der Verletzung. Und er meint damit sowohl die konkret körperliche als auch eine metaphysische, eine Versehrtheit der Seele, einen Wahn, der wohltuend und einladend sei.

Der Autounfall, meint Vaughan in diesem Monolog, von dem ich jetzt finde, dass ich ihn gern mit Markus Fellhauers Vater Ernst geschaut hätte, meinetwegen auch ohne Hosen auf seinem Sofa im Dachgeschoss, sei vielmehr ein befruchtendes als ein destruktives Ereignis. Eine Entfesselung aller möglichen Kräfte und Energien. In einer Intensität wie durch nichts sonst könnten durch den Unfall, den man noch einmal durchlebe, in dem man ihn so authentisch wie möglich nachstelle (denn das ist das Projekt Vaughans und die Ursache all der Narben: dass er bei illegalen nächtlichen Zusammenkünften auf verlassenen Parkplätzen und an unbefahrenen Straßen heruntergekommener Industriegebiete die Unfälle berühmter Autototer wie James Dean oder Jayne Mansfield in originalgetreuen Fahrzeugen re-inszeniert), die Leben, die Lust und die Körperlichkeit der in ihren Wagen Getöteten ganz gegenwärtig gespürt und erfahren werden.

Vaughan und James Spaders Figur James Ballard, dessen Frau Catherine und die anderen Figuren aus *Crash*, die vielfach verunfallen, freiwillig und unfreiwillig, überantworten sich im Verlauf des Films ganz der erotischen Anziehung der Deformation ihrer Autos und Körper, lecken und küssen sich gegenseitig ihre Narben und frischen Wunden und haben auf den begrünten Seitenstreifen von Autobahnauffahrten, in zerdrückten Autowracks, auf der Rückbank in der Waschstraße, in Parkhäusern oder beim Fahren durchs nächtliche Toronto in wechselnden Konstellationen Sex, wobei es jedes Mal so wirkt, als ginge es vor allem darum, die Erschütterung, das Trauma des Aufpralls, das Herumgeschleudertwerden des Körpers durch externe Kräfte und Mächte für eine orgastische Gegenwärtigkeitserfahrung zu nutzen und in sexueller Vereinigung miteinander zu teilen.

Die Gruppe um Vaughan sitzt im Filmverlauf einmal eng beisammen auf einem Sofa und schaut sich auf einem alten Fernseher Videokassetten an, die sämtlich mit den Superzeitlupenaufnahmen von Crashtests bespielt sind. Während die Karosserien der Fahrzeuge auf dem Fernsehbildschirm extrem verlangsamt zusammengestaucht und zerdrückt werden, die Motorhauben sich aufwerfen, das Glas der Fensterscheiben zerspringt, wobei die Splitter noch lange durch die Luft schweben wie Federn, die Köpfe der Testpuppen auf eine fast zärtliche Weise in die aus den Lenkrädern hervorwölkenden Airbags sinken, greifen sich die nebeneinander auf dem Sofa Sitzenden, erotisiert durch das Dargestellte, gegenseitig in den Schritt.

Rosanna Arquettes Figur Gabrielle, die mit auf diesem Sofa saß, als die Crashtestvideos geschaut wurden, und die sich nicht mehr ohne Gehstock und eine Art Ganzkörperkorsage fortbewegen kann, seit ihr in einem Autounfall nahezu alle Knochen im Körper zertrümmert wurden, geht später gemeinsam mit James Ballard in ein Mercedes-Autohaus wie das der Fellhauers, sieht sich dort um, reibt sich an den ausgestellten unversehrten Neuwagen und fragt den Verkäufer, der nicht so recht entscheiden zu können scheint, ob er diesen Auftritt erregend oder abstoßend finden soll, ob dies denn sichere Autos seien. »Natürlich«, sagt der Verkäufer, »sehr sicher«, wobei aus seinem Blick ein Bewusstsein davon abzulesen ist, dass sich hier nicht Gabrielles eigentliches Interesse als Frage formuliert hat.

Der Verkäufer muss, um Gabrielle hinter das Steuer eines besonders noblen Neuwagens zu helfen, in die Hocke gehen und eine ihrer aus Leder und Metall gefertigten Beinschienen anfassen, die sich am Polster des Fahrersitzes verhakt hat. Er zerrt ein bisschen an dem beschienten Bein herum, verliert schnell die Geduld und das Feingefühl und reißt schließlich mit dem verhakten Teil der Schiene ein Loch in den hochwertigen Lederbezug des Fahrersitzes. Gabrielles Lider flackern lustvoll, während der Verkäufer vor sich hin murmelt, dass das jetzt wirklich sehr schlimm sei.

Ich glaube, dass es Lotta war, wenngleich ich mich überhaupt nicht an die Situation erinnern kann, den Kontext oder das Gespräch, das dahin führte, die einmal zu mir gesagt hat:

»Wer ein Traumauto hat, ist jemand, der von Autos träumt«.

Jedenfalls höre ich ihre Stimme diesen Satz sagen, wenn ich an ihn denke. Und ich war, wenn sie es wirklich gewesen ist, sicher erst ein wenig überrumpelt, ängstlich auch, es könnte sie stören, dass ich nicht sofort verstand, dass ich grundsätzlich langsamer war als sie im Denken, im Erkennen der Gesetzmäßigkeiten, die zwischen uns und den anderen Menschen in der Kleinstadt am Werk waren. Und im Finden der richtigen Worte, um sie auszusprechen.

In Vaughans Vision wird erst das versehrte, zerdrückte, verunfallte Auto zum Vehikel, die Toten aus ihrer Unterwelt zu uns in die Gegenwart zurückzubringen. Sie ziehen, für diesen magischen Moment, der in den Crashtestvideos hyperverlangsamt dargestellt ist, in der Erschütterung des Aufpralls, dem Trauma der Wirklichkeit, in die Körper derjenigen ein, die ihre Unfälle nochmals durchleben mit den eigenen zerbrechenden Knochen. Im Vergleich zu diesen, für einen lustvollen, höhepunkthaften Moment von der lebendigen, sexuellen Energie der Toten Besessenen, denke ich, erscheinen die in ihren heilen Traumautos am Eiscafé in Schrittgeschwindigkeit vorbeiparadierenden Unversehrten auf paradoxe Weise leblos.

Ich weiß nicht, welches der Autos auf dem Parkplatz der Mehrparteienmietskaserne meinem Vater gehört. Für einen Augenblick meine ich, als ich von der Straße aus in die Einfahrt zu diesem Parkplatz hineingehe, an allen da auf ihren markierten Stellplätzen abgestellten Fahrzeugen wären die Warnblinker an, synchron zum Klacken in meinem Kopf. Aber es muss sich um eine Lichtspiegelung gehandelt haben.

Das Auto, mit dem wir als Familie zu unseren Ausflügen gefahren sind, ich mit meinem Vater zur *Videotime* und er mit meinem Bruder zu den auswärtigen Turnieren, in dessen Kofferraum sich ständig die Ballkörbe und Schläger und das andere Zubehör fürs Tennistraining befanden, ist natürlich nirgends mehr auf diesem Parkplatz zu finden. Es ist sicherlich längst verschrottet und in der Zwischenzeit mehrfach durch neue Autos ersetzt worden.

Müsste man denn nicht, dachte ich beim Schauen der Szenen der nachgestellten Unfälle in *Crash*, als zerdrückter, enthaupteter, durchbohrter, verbrannter Autototer in Ruhe gelassen werden von den Überlebenden und ihrem Fetisch, ihrem Bedürfnis, sich der eigenen Lebendigkeit zu versichern? Ist die Instrumentalisierung dieser verunfallten Seelen nicht ebenso verwerflich wie die Reanimation gefallener Elitesoldaten für weitere Kampfeinsätze in *Universal Soldier*?

Vaughan stirbt selbst einen Unfalltod in seinem Lincoln-Cabriolet, mit dem er die Leitplanke einer Autobahnbrücke durchbricht und in einen Bus der städtischen Verkehrsbetriebe hineinstürzt. Das Cabriolet, Vaughan, der Bus und einige der Fahrgäste gehen in Flammen auf. Die hinterbliebenen Anhänger seiner Vision, James, Catherine, Gabrielle und die anderen, die sich auf dem Sofa gegenseitig in den Schritt gefasst haben, besuchen am Ende von *Crash* den zerquetschten, ausgebrannten Lincoln Vaughans auf einem düsteren Autofriedhof, um ein letztes Mal auf der verkohlten Rückbank miteinander zu schlafen.

Die deformierte Vorderseite dieses Albtraumautos, das am Ende tatsächlich, dem Wunsch seines Fahrers entsprechend, die Grenze zum Totenreich durchbrochen und damit den Fahrer und einige Fahrgäste des Stadtbusses ums Leben gebracht hat (wobei unklar bleibt, ob dieser Übertritt nicht doch, wie der ins Nichts, ein unwiederbringliches Verschwinden bedeutet), mit seinen schräg herabhängenden Frontscheinwerfern, dem zerbrochenen Kühlergrill und der zerknickten Stoßstange sieht bei diesem letzten Besuch der Anhänger aus wie ein trauriges Ungeheuer, müde wie der sterbende Gmork aus der *Unendlichen Geschichte*, dessen böser Blick kraftlos geworden und bereits am Erlöschen ist.

Das Treppenhaus ist noch immer so kühl, wie es am Vormittag war. Wie unendlich lange das her ist, denke ich. Was für ein wahnsinnig langer Tag. Was für eine sagenhafte Deformation der Zeit.

Erst in dieser kühlen Luft des Treppenhauses fällt mir auf, dass ich von dem schnellen Gehen im unnatürlichen Rhythmus sehr geschwitzt habe. Unter meinen Armen haben sich weit ausladende Schweißflecken auf dem Hemd gebildet. Ich sehe auch wieder das Loch auf Höhe des linken Beckenknochens und denke, dass ich dieses Hemd wegwerfen werde, sobald ich es ausgezogen habe. Außerdem spüre ich, dass mir ein einzelner Schweißtropfen von der Stirn die Schläfe und dann die Wange hinabrollt, wie Doktor Edgemar im Hotelzimmer auf dem Mars. Und ich frage mich, ob mein Vater, wenn er mir die Tür geöffnet hat, sich an *Die totale Erinnerung* erinnern und diesen Tropfen, wie

Douglas Quaid, als Indiz dafür nehmen wird, dass ich tatsächlich als reale Person hier aufgekreuzt bin und nicht als eine weitere Vorstellung aus der Unterwelt des Wahns.

Aus manchen der Einwurfschlitze der weißlackierten Aluminiumbriefkästen ragen jetzt die bunten Werbeprospekte eines Discountsupermarktes heraus, die jemand in der Zwischenzeit hier verteilt haben muss. Bläulich-rosafarbene Schweinefilets, die auf Wundauflagen in Plastikschalen fotografiert wurden, können diese Woche zu Hammerpreisen in den Filialen des Supermarktes gekauft werden.

Vor mir ist wieder das eng um den schmalen Spalt im Treppenhauszentrum gewundene Metallgeländer, mit den hellen Stirnseiten der Steinstufen nach oben auf der linken Seite und der Kante zum Abgang in die Dunkelheit des Kellers auf der rechten. Noch mal rauszugehen durch die Haustür und in den Ort oder zurück auf den Parkplatz der *Videotime* kommt nicht in Frage. Und während mir das klarwird, dass es jetzt keinen Umweg mehr für mich zu gehen gibt, bemerke ich, höre ich ganz deutlich, dass das Klacken, das sich die ganze Zeit in meinem Kopf befunden hat, von außen an mein Ohr dringt. Es klackt nicht in meinem Gehirn, nicht zwischen oder in meinen Ohren, es klackt im Treppenhaus. Und ein leichtes Echo von jedem Klack wandert die Treppenhauswände hoch und verliert sich irgendwo in einem der oberen Stockwerke.

Ich sehe, an der Wand vor dem Treppenabsatz in den Keller, neben einem runden Druckknopf mit Glühbirnensymbol, einen kleinen weißen Plastikkasten, der teilweise mit sehr kleinen schwarzen Buchstaben und Zahlenfolgen bedruckt ist. Im Innern des Kastens tickt und klickert die Zeitschaltuhr der Treppenhausbeleuchtung und klackt es im selben Rhythmus, wie ich ihn den ganzen Weg von der abgerissenen städtischen Turnhalle hierher im Kopf gehabt habe. Es ist noch sehr hell draußen, und das Sonnenlicht fällt durch die Treppenhausfenster. Das Leuchten der Deckenlampe über mir ist in diesem Licht ganz sinnlos, eher nur ein kaltweißes Schimmern des Lampenschirms.

Der Kasten ist kaputt, denke ich und bin sehr froh, dass der Schaden offenbar doch nicht zwischen meinen Ohren zu suchen ist. Ich kann mich zwar nicht daran erinnern, dass es heute Vormittag hier im Treppenhaus schon auf diese Weise geklackt hat, halte es aber für möglich, dass ich das Geräusch nur unterbewusst wahrgenommen habe und dass es aus diesem Unterbewussten vorhin, vor der Turnhallenlücke, hochgespült wurde wie ein Ortungssignal oder eine akustische Bake, um mich heimzuholen, denke ich, aber das hier ist ja gar nicht mein Heim.

Der Auszug des Klackens aus meinem Kopf in den Kasten der Zeitschaltuhr ermutigt mich. Ich fasse mir ein Herz, fasse mir tatsächlich ans Herz dabei, das seinen eigenen, spürbar aufgeregten Rhythmus schlägt, und setze die ersten Schritte auf die Stufen nach oben. Das

Tappen meiner Schuhsohlen auf dem kühlen Stein der Stufen, das Klacken im Treppenhaus und das Klopfen des Herzens gehen durcheinander, das alles ist jetzt nicht mehr zu synchronisieren, denke ich, und unwillkürlich wandert meine Hand von der Brust hinab auf den Bauch, der so verdächtig friedlich geblieben ist, seit ich die Lücke in der Häuserzeile der Nebenstraße entdeckt habe, wo früher die städtische Turnhalle gestanden hat.

Die vielen Einstellungen des in maskenbildnerischer Perfektion liebevoll ausgearbeiteten Bauchspalts des Präsidenten des sensationalistischen Unterhaltungssenders *CIVIC-TV*, Max Renn, aus dem Film *Videodrome* kommen mir in den Sinn. Dieser sich ein- und ausstülpende, feucht fleischige Schlitz, der dem Senderchef vom Brustbein bis über den Bauchnabel reicht und eine ähnliche Farbe hat wie die Schweinefilets in den Werbeprospekten des Discountsupermarktes, taucht schließlich, wie ich mich jetzt auf der Treppe erinnere, auf einmal aus dem Nichts auf und verschließt sich und verschwindet ebenso plötzlich wieder, nachdem sich Renn, einer wahnhaften Eingebung folgend, die kleine Pistole dort hineingesteckt hat, die er sonst in einer Küchenschublade seiner Wohnung aufbewahrt.

Ich habe *Videodrome* alleine bei uns zu Hause geschaut, als mein Bruder unsere Mutproben schon einseitig für beendet erklärt hatte. Viele der prominent ins Bild gesetzten, liebevoll angefertigten Körperdeformationen aus dem Film, wie eben dieser Bauchspalt Max Renns, der im Verlauf der Handlung noch mehrmals erscheint, aufklafft und sich wieder schließt, in den verschiedene Dinge hineingesteckt und daraus hervorgeholt werden und der einmal sogar, als wäre Renn infiziert von der außerirdischen Existenz aus *The Thing* und sein Bauch zur Selbstverteidigung des Unwesens in einen Schlund verwandelt worden, über dem Unterarm des jungen Fernsehtechnikers Harlan zuschnappt und ihm die Hand abbeißt, haben mich lange noch bis in meine Träume hinein verfolgt.

Die Leerkassette, auf die *Videodrome* aufgezeichnet wurde und die dann im verbotenen Bereich der Piratenvideothek meines Vaters gelandet ist, erinnere ich mich jetzt, meine es ganz deutlich vor mir zu sehen, während ich die Stufen im Treppenhaus hochsteige, als wäre dieses Schauen nicht schon dreißig Jahre her, unterschied sich wesentlich von den anderen: Die Schrift, in der auf dem weißen Klebeetikett Filmtitel und Spieldauer mit hellblauem Kugelschreiber notiert waren, war eine andere als die meines Vaters, wenngleich sie ähnlich ordentlich, erwachsen und gleichmäßig aussah. Die Kopie des Films begann außerdem, was meinem Vater niemals passiert wäre, einige Sekunden zu spät und ohne Vorspann mitten in der Handlung mit einem Einspieler der Eigenwerbung von Max Renns Fernsehsender *CIVIC-TV* (»*Der Sender, den Sie mit ins Bett nehmen*«), was den verstörenden Effekt auf mich damals nur noch verstärkte, da ich das Gefühl bekam, hier wäre eine Art Piratensendersignal aufgefangen und aufgezeichnet worden und kein kompletter Spielfilm mit Anfang und Ende – ganz so, wie es im Verlauf der Handlung von *Videodrome* mit der titelgebenden Foltershow geschieht, deren Signal Max Renn vom jungen Fernsehtechniker Harlan auffangen und aufzeichnen lässt und die ihn durch ihre explizite Gewalttätigkeit und Perversion fasziniert wie keine Show zuvor.

Ich muss mich damals schon gewundert haben, ob meinem Vater, der sonst immer alles selbst aufnahm, etikettierte und einsortierte, dieser Film von einem anderen zum Schauen überspielt worden war. Und ich muss mich schließlich damit abgefunden haben, dass ich meinen Vater selbst nicht danach fragen konnte.

Natürlich könnte ich jetzt, denke ich und bleibe stehen für ein paar Sekunden, noch mal runtergehen in den Keller und in seinem Abteil die dahin abgewanderte Piratenvideothek nach dieser einen besonderen, anderen Kassette absuchen. Könnte es mich aber, frage ich mich dann, wäre sie nicht da, davon überzeugen, dass ich mir das alles nur ausgedacht oder es völlig falsch erinnert habe? Ein Fehlen allein wäre doch ein völlig unzureichender Hinweis, denke ich, entscheide mich dagegen, noch mal umzudrehen, und gehe stattdessen weiter die Stufen hoch nach oben.

Schon kurz vor dem ersten Treppenabsatz bekomme ich das Gefühl rapide abnehmender Helligkeit. Der Lampenschirm der Treppenhausbeleuchtung schimmert auch an der Decke vor den Wohnungstüren des ersten Obergeschosses in einem kalten Weiß, kann aber den Raum unter sich, die Türen, die Klingelschilder und Fußmatten überhaupt nicht ausreichend beleuchten. Ich halte mich am Treppengeländer fest, das in wiederkehrenden Stößen vibriert, als würde jemand im Keller oder einem der oberen Stockwerke dagegentreten. So ein Treten müsste man eigentlich auch hören können, denke ich, hier verhallt aber nur das Klacken aus dem defekten Kasten neben dem Kellerabgang.

Es ist auch spürbar noch kühler geworden im Treppenhaus. Ich meine, dass ich in einem besseren Licht bei diesen Temperaturen vielleicht schon meinen Atem vor dem Gesicht sehen könnte, wie bei den erfrierenden Arktisforschern in *The Thing* oder den Priestern, die für den Exorzismus des Mädchens Regan in ihr höllisch kaltes Zimmer treten.

Wie *They Live* handelt auch *Videodrome* von einer finsteren Macht, die aus dem Verborgenen heraus operiert und sich die Menschen mit Hilfe hypnotischer Hirnwäschestrahlen aus den Fernsehgeräten unterwirft. Im Gegensatz zu dem Bannstrahl, der die reptilienartigen Aliens und die ideologischen Botschaften unter der Maske der Normalität tarnt und verkleidet und dem man sich nur entziehen kann, indem man eine der speziellen Sonnenbrillen aufsetzt, die einen die Wirklichkeit unter den Täuschungen sehen lässt, handelt es sich bei dem Signal in *Videodrome* um eines, das nicht Blindheit für die realen Verhältnisse bewirkt, sondern übersteigertes Sehen, einen Zustand ständiger Halluzinationen, wahnhafter Eingebungen und einer damit einhergehenden albtraumhaften Unsicherheit, was echt ist und was nicht.

Das über die sadistische Foltershow *Videodrome* ausgesendete Signal bewirkt in Max Renn verschiedene, sein Selbst- und Weltbild erschütternde Wahnvorstellungen und macht ihn schließlich zum willfährigen Auftragsmörder der finsteren Macht, die über verschiedene Erfüllungsgehilfen wie den jungen Fernsehtechniker Harlan monströs animierte, organisch wabbelige Videokassetten in Renns Bauchspalt einführen lässt, wonach die Figuren aus dem Fernsehen zu ihm zu sprechen beginnen und er ihre Stimmen, die ihm eingeben, wer als Nächstes zu töten ist, auch dann noch hört, hören muss, wenn er sich vom Bildschirm abwendet und die Hände auf die Ohren presst.

Hat mein Bruder, frage ich mich, während ich kein Geräusch und keine Stimmen hinter den Wohnungstüren des ersten Obergeschosses höre, *Videodrome* auch geschaut – vielleicht sogar unmittelbar vor seiner abgeklärten Verkündung, die Mutproben mit den Filmen aus dem verbotenen Bereich würden nicht fortgesetzt – und haben ihn die Stimmen, die Renn zum Töten auffordern, ebenfalls an die Anweisungen erinnert, die den Zombiesoldaten in *Universal Soldier* aus der Basisstation ihrer Spezialeinheit über die Headsets in ihre bereinigten Gehirne gefunkt werden?

Und hat er vielleicht unsere Mutproben aufgrund der besonderen Beunruhigung beendet, die es für ihn beim Schauen bedeutet haben muss, dass es im Gegensatz zur staatlich organisierten Institution des Militärs in *Universal Soldier* im Fall von *Videodrome* die Fernsehfiguren sind, die sich plötzlich vom Bildschirm aus direkt an den Schauenden wenden, ihn mit Namen ansprechen und ihre Befehle und Anweisungen aus einer chaotischen, dunklen, unergründlichen Traumwelt her erteilen, die man nicht begreifen oder verstehen kann und in der keine Karrieren zu machen sind, die im Rahmen von Sportlerförderungsprogrammen eine relativ gute Vereinbarkeit mit Profisport- und Höchstleistungsambitionen versprechen?

Ich erinnere mich, dass ich selbst beim Schauen von *Videodrome* eine große Angst davor und gleichzeitig eine große Sehnsucht danach hatte, dass die Figuren aus dem Fernseher direkt an mich sich wenden, mich mit Namen ansprechen würden, mich meinen, mich auswählen trotz meiner offensichtlichen Unzulänglichkeiten, meiner körperlichen Überfülle und meiner Minderjährigkeit. Ich dachte, glaube ich, dass sie mir einen Auftrag geben könnten und dass ich diesen Auftrag ausführen würde, so gut ich konnte. Dass, so gut ich konnte, durchaus gut sein konnte, wenn nur einmal der richtige Auftrag erteilt würde, der nicht den Vorzügen und den Talenten der anderen entsprach.

Ich hätte meinen Kopf, ebenso wie Max Renn, in den ballonartig ausgeblähten Fernsehschirm hineingedrückt, auf dem nur noch ein sprechender Mund zu sehen war, der immer wieder dieselbe Aufforderung wiederholte: »komm zu mir, jetzt gleich, lass mich nicht warten«, hätte mich diesem Mund gerne ebenfalls überantwortet, auch wenn die Bewegungen der Lippen einmal mehr nicht die Worte formten, die zu hören waren.

Es überrascht mich nicht, dass es im Stockwerk meines Vaters nahezu finster ist. Nur die Tür zu seiner Wohnung steht einen kleinen Spalt offen, aus dem ein blauviolettes Licht herausflackert. Ein von diesem Licht ebenso blauviolett eingefärbter Nebel oder Rauch quillt unter der Tür hervor und wabert über den Steinboden, fällt am Geländer in den schmalen Spalt im Treppenhauszentrum hinein und auf die letzten Stufen vor dem Absatz.

Ich höre ein brutzelndes Geräusch aus dem Innern der Wohnung meines Vaters, wie von einem Schweißgerät oder sich entladender Hochspannung. Und ich höre die Worte des Medienpropheten Professor Brian O'Blivion, in meinem Kopf oder im Treppenhaus, der in *Videodrome* die *Cathode Ray Mission* betreibt, eine Art Tafel-Organisation für mittel- und obdachlose Menschen, die dort in kleinen, durch Stellwände abgetrennten Separees vor laufenden Fernsehern sitzen können und sich ihre tägliche Bestrahlung abholen, was nach der Philosophie O'Blivions die Befriedigung eines menschlichen Grundbedürfnisses darstellt, wie essen und schlafen.

»Der Fernsehbildschirm ist die Netzhaut des geistigen Auges«, höre ich die Stimme des Professors sagen. »Das macht ihn zu einem Teil des menschlichen Wahrnehmungsapparats. Wer in ihn hineinschaut, empfindet, was immer auf dem Fernsehbildschirm erscheint, als echte Erfahrung. Deshalb ist das Fernsehen Wirklichkeit. Und die Wirklichkeit ist weniger als das Fernsehen.«

Der Nebel aus der Wohnung meines Vaters umwirbelt meine Füße. Es gibt oberhalb dieses Stockwerks eigentlich noch ein weiteres, aber von dort, wohin die Treppe führt, kommt ein eisiger Luftzug her, wie von der Baulücke, wo früher die Turnhalle gestanden hat. Eine sagenhafte Schwärze ist da, ein saugendes Nichts.

Auch ein anschwellendes Rauschen ist jetzt deutlich zu hören. In meinem Bauch ist wieder ein Gefühl, als wolle sich etwas da hervorwühlen oder herauskratzen.

Wenn ich meine Augen schließe, leuchtet der geöffnete Spalt der Wohnungstür auf den Innenseiten meiner Lider nach. Es macht gar keinen Unterschied, ob ich hinsehe oder nicht. Also greife ich den Knauf der Wohnungstür meines Vaters, schiebe sie ganz auf, gehe in den Flur hinein und drücke die Tür hinter mir ins Schloss. Das blauviolette Flackern ist hier noch sehr viel intensiver. Es kommt vom Durchgang zum Wohnzimmer am Ende des Flurs her, der nicht wie eine Öffnung in einen Raum, sondern wie ein Bildschirm auf mich wirkt, auf dem verschiedene Farben und Flächen und Linien sich bewegen, die sofort ungewöhnlich starke Kopfschmerzen direkt hinter den Augäpfeln bewirken, wenn man länger als ein paar Sekunden hineinschaut.

Als ich drei, vier Schritte in den Flur hineingegangen bin, drehe ich mich zur Wohnungstür um, die jetzt wie die Unterseite einer Leiterplatte aussieht, mit den festgelöteten Metallstiften der Bauteile und dem komplexen System der Wege, die sie in der richtigen Reihenfolge miteinander verbinden. Ich bin von hinten in einen rückseitig geöffneten Fernseher eingetreten, denke ich, den ich auf seine Unbedenklichkeit für den Strafvollzug zu überprüfen habe, und finde das irre lustig.

Die anderen Türen, die vom Flur abgehen, stehen offen, sind aber von einem finsteren Schwarz ausgefüllt. Es müssen überall in der Wohnung die Rollläden heruntergelassen sein, denke ich, vielleicht schon seit Wochen.

Die Schuhe in dem etwa kniehohen offenen Schuhregal, das an der Wand aus dem blauvioletten Bodennebel herausragt wie ein Parkhaus in einer morgendlichen Großstadt, sind mit einem gleichmäßig dichten grauen Staubfilm überzogen. Der Flurspiegel, der dem Schuhregal gegenüber an der Wand hängt, ist nahezu blind. Ich erkenne darin nur einen Schemen, der sich auf dieselbe Weise bewegt wie ich. Oder der vielmehr in dem flackernden Licht nicht alle meine Bewegungen sichtbar mitmacht, wie die Münder der Filmfiguren bei einem schlecht synchronisierten Sprechen nicht alles sagen, was man hören kann.

In diesen Spiegel hinein rufe ich meinen Namen, um mich meinem Vater anzukündigen.

Oder um ein erkennbares Bild von mir überhaupt erst zu beschwören.

ABBILDUNGEN